蒼い琥珀と無限の迷宮

石神茉莉
ISHIGAMI Mari

アトリエサード

目次

「驚異の部屋」ヴンダーカンマーについて

「驚異の部屋」（ドイツ語の Wunder Kammer）は、十五世紀イタリア貴族が始めた珍品を集めた書斎（ステュディオーロ studiolo）にはじまり、十六世紀にはドイツ貴族や学者、富裕層に広まって、十八世紀頃までヨーロッパ各地で作られた世界中の驚異を蒐集・陳列した部屋のことです。

そこには節操なく世界中から集められた機械仕掛けの工芸品、甲冑、天球儀や地球儀、中東の楽器や中国の陶磁器、珍しい鉱物、未知の生物の剥製、マニエリスムをはじめとした奇矯な芸術作品など、珍奇で人を驚かせるような蒐集品が、それこそ一つの宇宙を創るが如くに並べられました。殊にハプスブルク家を中心にした王侯貴族が作った「驚異の部屋」は特別な賓客にのみ入室が許される特別な場所で、時に饗宴の会場にもなりました。王侯貴族は著名な学者を招いて収蔵物を分類させ、他にはない趣向を凝らした驚異の部屋を競いましたが、それは科学の前身たる博物学的でありつつ、占星術に照応し錬金術的でもありました。

特筆すべきは十六世紀末のプラハで、ハプスブルク帝国の長にして神聖ローマ皇帝ルドルフ二世の居城であったプラハ城でしょう。ルドルフ二世は世界中の著名な魔術師や錬金術師をプラハに集め、マニエリスム絵画のアルチンボルトやベルギー幻想絵画の源流ヒエロニムス・ボスの作品を愛し、当時最高の天文学者にして占星術師のティコ・ブラーエのために天文台を建設し、まさに宇宙までも自分の手に集めようとするが如く、世界中の珍品と世界中の知と神秘を大規模に蒐集しました。

各地の「驚異の部屋」は科学の進歩とともに非科学的な収蔵物となってしまい、その多くが意味を消失して散逸し、一部が大英博物館などに接収されていきますが、蒐集の快楽の象徴として近年再評価され、残存する「驚異の部屋」は人気を博す存在になっています。

当時のヨーロッパの人々が知りうる限りの広大な世界を象徴する珍品、知識が集積されて、星々の創る大宇宙に対応する形で作られた小宇宙が再発見されたのです。

本書はそんな混沌としつつも奇矯な美の集合としての「驚異の部屋」をイメージの元にして、様々な驚異の形を魅せることをコンセプトにしているのです。

かはたれどきの住人たち

海　聲

石神茉莉のデビュー後三作目の作品として、光文社文庫『異形コレクション18　幽霊船』に発表されたのがこの『海聲』です。後に何度か取り上げることになる人魚をモチーフにした最初の作品でもあります。

本作では人魚にまつわる幻想の地中海での船旅が描かれます。大船に乗ったつもりで、という慣用句がありますが、たとえ大型客船でも、大海原では本当に小さな存在です。そうそう安心してはいられません。海は未だにカオスです。

船が何らかの理由で秩序を失った時、海は巨大な迷宮になります。

無限に続く迷宮の中にたち現れるモノたちがこの短編集に集められた物語でもあります。

その最初の一遍をまずはお楽しみください。

（編集部）

本物そっくりだ。

思わず呟いた一言に苦笑する。

薄暗く小さな薬店の棚に、置物の人魚が座っていた。陶製の肩や腰に、うっすらと埃が溜まっている。かつては彩色されていたようなのだが、今は鱗に少々銀色の染料を残しているばかりだ。

上半身は人間の女だが、飛び出した目玉、尖った顔、への字に結ばれた大きな口が魚類じみている。尾の部分には丁寧に鱗や鰭が刻まれ、心なしかしっとりと湿っているような気がした。

絵本に登場する美しい人魚姫のイメージからは、かけ離れている。どちらかといえば、グロテスクな姿だ。それが、ずっと抱いていた人魚のイメージと重なったのだ。

ローマから飛行機で一時間と少し。長靴型の本島に蹴飛ばされそうな処に、この島は位置している。反対側には高級リゾート地などもあるらしいのだが、この辺りは本当に静かだ。土産物屋もろくに見当たらない。マーガレットに似た可憐な花が咲き乱れている。風が吹く度、柔らかく香る。通りで遊んでいた少年が、カモミールだと教えてくれた。その向こうに青い海が広がる。

海辺を散策するうちに、小さなハーブ専門店を見つけた。夫や姑には空港の免税店で買ってもいいのだが、友人用に何か珍しいものを探したかった。ポプリか香水の類か、何か女性好みのものがあるだろうと店に入った。

その店はアロマ・ショップというより、場末の漢方薬屋に近いようだ。洒落た印象はない。乾いた薬草のつまった広口瓶が、くすんだ色彩でならんでいるばかりだ。埃とむれた枯れ草の匂いが染みついている。声をかけてみたが、返事がない。

定年を迎えた父は、妻と共に余生をイタリアで過ごそうと決めた。それも以前住んでいたミラノではなく、観光ガイドにもほとんど紹介されていないS島を選んだ。義母（はは）の生まれ故郷なのだ。実の母は私が三つの年に逝（い）ってしまった。以降、私は、ほとんど祖母と共に日本で暮らした。父は海外の任地を転々としていたので、たまにしか会いに来てくれなかった。寂しくはなかった。家族なんて、そんなものなのだと思っていた。

私が中学にあがったとき、父はイタリアで再婚した。私はそれから五年間、父とイタリア人の義母と共にミラノで暮らしたのだ。父が台湾（たいわん）に転勤になったのを機に、再び帰国し、祖母の家から大学に通った。

父はかつて再婚前も来日する度に、異なった女性を伴っていた。国籍も髪の色も様々だ。みな、異国の人にしては小柄だった。それ以外に、あまり共通点は見当たらなかったように思う。ホテルのレストランや料亭で向かい合い、カタコトの英語で会話をした。小学生のうちから英会話を習いに行っていたのは、実は父の恋人たちと話すためだったのだ。英語を使う機会が多かったため、上達は早かった。祖母は理由を知らないまま、孫娘の英語力を自慢にしていた。

義母となった女性に初めて会ったとき、他の人とどこが違うのだろうか、と子供らしい好奇心で観察した。

義母は、明るく実際的で、義理の娘である私の細かい心の動きには、ほとんど無関心だ。自分は母親になり得ないということを、初めから割り切っていた。私も母（マンマ）とは呼ばず、ルチアと名前で呼んでいた。

私は、生母の最期を目の当たりにしているらしい。母は海に消えた。そして私は同じ船に乗っていた。しかし、当時の記憶は幽かにしか残っていない。生母の存在はお伽噺と同じくらいに遠かった。

当時のことを思い出そうとすると、もどかしくて胸の奥が疼く。それは恐怖や哀しみではなく、懐しいような慕わしいような不思議な気持ちだ。眠りに入る前に、記憶を引き寄せようと何度も試みた。摑んだと思った瞬間、遠ざかってしまう。そんな思い出の断片と戯れるうちに、気持ちがふわりと緩み、闇に柔らかく包まれる。

「悲劇の主人公」としての自覚のなかった私は、同情されるのが大嫌いだった。誰かに「可哀相」と言われる度に苛立った。まるで見下されているような気がしたのだ。まして、家族に憐れんでもらいたくはない。ルチアは私の保護者になってくれたが、感情的な面では放っておいてくれた。

ルチアの髪は黒く、目もダークなブルーグレーである。背もたいして高くなかったので、圧倒されることはなかった。だが、その表情の美しさ豊かさに見惚れた。私が「ルナ」と名乗ると嬉しそうに微笑み、空を仰ぐ仕草をした。その時は昼間だったので、もちろん月は出ていなかったのだが。

私は頷き、「はい、月です」と日本語で答えた。ルチアは満面の笑みで手を差し出し、私たちは固く握手した。共通語を持たない義母と通じ合ったようで、とても嬉しかった。このとき、当分イタリアに住もうと決心したのだ。

身振り手振りのコミュニケーションも、悪くなかった。父は笑いながら、義理の母娘の悪戦苦闘を眺め、どうしても必要なことは通訳してくれた。幼児期から離れていた父と親しむきっかけにもなった。

私にも、今は娘がいる。母が死んだ年齢も越えた。今回は娘のサラを連れて、両親に会いに来たのだ。

サラもすぐにルチアに懐いた。私の声より、「サァラ」という独特の抑揚のある呼び掛けの方に、よく反応する。もちろん、イタリア語など分からないはずだ。が、誉められているのか、叱られているのかが分かれば充分用が足りる。まだ、犬や猫とたいして変わらない。

今だって、サラを散歩に誘ってみたものの、「家にいてルチアやぶち猫と遊ぶ」と断わられてしまった。


店の奥を物色して、アロマオイルを見つけた。効能書きはブルーのインクで丁寧に書き添えられていた。ネイテイブのハンドライティングは読みにくい。棚に近づいてよくよく眺める。と、その時、瓶の陰にその置物の人魚が座っているのに気がついた。私はその姿に惹かれた、というわけだ。

「お気に召しましたか」

いつの間にか現れた老婦人が、話しかけてきた。ちいさく尖った顔で、きわめて華奢な体つきをしていた。品のよい銀髪を長く波打たせている。瞳は透明に見えるほどに薄い青だ。南イタリアでは珍しい容貌である。言葉には全くなまりがない。

「これは、人魚ですね?」

リアルというのも妙だが、本当に人と魚と半々の生き物がいたらこんな感じだろうと納得させられる。

「この辺りでもあまり、見られなくなりましたが」

「何がですか」

「人魚ですよ、もちろん」

真顔だった。からかっている様子はない。

「見たことあるのですか」

「ええ、あなたも見たでしょう?」

「いいえ」

私は慌てて首を振った。

「つまり、あなたがおっしゃるのはジュゴンのことですよね」

「ジュゴンと人魚は違います」

不思議な笑みをたたえて、老婦人は人魚に愛撫(あいぶ)するような眼差(まなざ)しを送る。

「ジュゴンは歌いません。人魚は歌います、美しい歌だといわれます」

人魚の歌。

心の奥で何かが疼いた。忘れかけていた記憶、四方を海に閉じ込められた風景が浮かんできた。ひどく懐かしい。あの中で、私は……。

「子供の頃、船に乗ったんです。ずっと、一ヵ月以上かけて、地球の裏側まで」

私はいつのまにか語り始めていた。

「日本からブラジルまで行くはずでした。母と一緒でした。父の海外赴任で、母と私ももちろんついて行くことになっていました。その時、私はまだ小さくてよく中耳炎にかかる子供だったから、母が飛行機に乗せていいものかどうか危ぶんだのです。ジェット機に幼児を乗せて、後遺症でも残るのではないかと。航空会社は医者がいいというなら問題はないと言い、医者は航空会社がいいと言えば、ということでした。結局、父は一足先に飛行機で行き、母は私を連れて船で行くことになりました」

そんな時代もあったのだ。それもそんなに遠い昔ではない。私は三つになるところだった。船での記憶は、いくらか残っている。順序もバラバラで曖昧（あいまい）で、そのくせ奇妙に鮮明に残っている場面もあった。しかし、それらはとても現実とは思えないものが多すぎる。子供のことだから、空想と現実がごっちゃになってしまったのだろう。

子供の頃の事は周囲の大人たちが、あの時はこうだった、ああだったと記憶の補足をしてくれるものだが、あいにく、その頃の事を知る人はこの世にはいない。わずかな手がかりと言えば、母のカメラに残されていた写真くらいのものだ。

甲板で母と並んで笑っているところ、キャプテンに抱き上げられている写真、上機嫌でホットケーキをほおばっているところ、大勢の大人たちに囲まれてちやほやされているところ。

船で最年少だった私は、とても可愛（かわい）がられた。それはよく憶えている。キャプテンに抱っこされて「お船の一番高いところ」から眺めた海原（うなばら）、コックさんに特別に作ってもらった「ルナ・スペシャルプレート」の味、黄色い髪のお兄さんが開店前のバーで聴かせてくれたトランペットの高らかな響き。それらは私の記憶の中に、収まりよく存在していた。

　が、しかし。

「その船に乗っていた人は、私以外助からなかったのです。みんな、死んでしまいました。私の母も」

　大きな船だった。乗客、乗員あわせて何名いたのだろうか。キャプテンも、コックも、ウェイターも、トランペット吹きのお兄さんも皆死んでしまった。

　私はなぜ、こんなことを話しているのだろう。訝しく思ったが、とまらなかった。薄青の瞳が私をじっと見詰めている。

「でも、何があったのか分からないのです。港に着いたとき、船にはほとんど誰も残っていませんでした。残っていた人も正気ではなかったのです。私は小さすぎて何ひとつ説明することができませんでした」

「憶えていないのですか」

　私はためらい、そして人魚を人差指で撫でた。

「最後の寄港地、キュラサオ島に着く直前のことでした。夜、一緒に寝ていたはずの母が、何時の間にかいなくなっていました。何かに呼ばれたような気がして、甲板に出ました。目の前には船がいました。帆船、だったと思います。動いているのが不思議なくらい古いものでした。もちろん、本当に見たのではないと思います。そんなものを見たような気がしたのです」

　甲板から見た景色をそれ以上、話す気にはなれなかった。あれは、母を失った恐怖と哀しみのあまり作り出した幻影に違いない。事実では有り得ない。

「あなたは夜、夢を見ますか」

「夢、ですか」

あれも、やはり夢だったのだろうか。

「普段、夢はあまり見ないですね。憶えていない方なんです。見たとしても他愛ないようなものが多いです」

「夢を無理に思い出そうとするのは、よくないことです」

「何故ですか」

「夢が綻びるといけないですから」

何か聞き違えたのかと、首を傾げた。イタリア語での会話は久し振りである。到着して四日目、義母との会話で大分呼吸を取り戻しているはずなのだが、まだ完璧ではない。

「眠りの間、皆、死を見ているのです。『無意識』は死をさ迷い、そのことによって命を得ます。ただ、もしも理性がそれを見てしまえば、耐えることはできません。気が狂うか、そのまま死に至るか」

老婦人の言葉は詩のように美しく響いた。忘れかけていたものが、私の中でじわじわと面積を広げていく。

「夢は死を塞ぐ役目を担っているのです。意識の残骸で封をします。時々、死が夢に滲み出ることもありますが。悪夢ですね」

「私も、毎晩死の中に降りていっているのですか」

「誰でもです。夢は目覚める前に、すべてを封じてくれているのです。でも、人魚の歌を聴くと夢は破れてしまうのです。生きたまま地獄に落ちるようなものです」

私は目を大きく見開いた。景色が浮かんできた。今迄になくくっきりと。

老婦人はふいに店の外へ出ていった。戸口で振り返り、私を促す。一瞬ためらい、人魚を手にしたまま追った。

薄暗い店内から一転して、青い空と海が広がる。目を庇いながら、老婦人と並んで煌く波を見た。

「帆船の周囲に人魚がいたはずです。人魚の歌を聴いたでしょう」

見た。

本当は、私は人魚を見たのだ。

帆船を囲むように人魚が泳いでいた。何人くらいいるのだろう。数えきれなかった。

下半身は完全に魚で、上半身は人間に近かった。が、肌は月光で銀色に光っていた。瞳は薄い青だ。どこを見ているのか分からない。濡れた髪は金茶色で、海草に似ていた。口許も魚そのものだ。

性別は判じにくい。顔立ちにはほとんど差がないように見えた。女とおぼしき人魚も、胸はわずかに思春期の子供くらいの隆起しかない。腕は異様に長い。この人魚の置物によく似ていた。

美しいと思った。目が離せなかった。

魚と人とを溶け合わせた肢体が蠢く。

月の蒼白さを宿した瞳が輝く。

人魚たちはいっせいに口を開けた。顎のつくりも人間とは違うらしく、蛇のように百八十度近く開く。口の中は黒々とした洞窟のよう。歯は針のように鋭い。舌も黒ずんでいた。

叩き付けるような高音が響く。

鳥肌がたった。手すりを摑んだ腕が震え、痛いほど痺(しび)れた。奥歯が幽かな音をたて続ける。その場から動くことができなかった。

静かな低音、微妙に空気を震わせる節回し。高く低く、長く短く、音と音が響きあい、追いかけあい、重なりあう。今迄聴いたこともないような音楽だ。

骨だけのような腕が水を叩く。人魚の長い長い指には水掻きがあった。驚くほど大量の水を一気に弾(はじ)き飛(と)ばす。波がたつ。船が揺れる。波にもまれて上下する。船の周りだけ海が荒れくるっていた。

いつの間にか甲板に人々が出て来ていた。生気がない。目は閉じられたままで、歩いている。人魚の歌が響く方へと、次々に海中に消える。黒い海の中でもがく腕、腕、腕。

母の姿がなかった。群れの中にいるらしい。甲板の上か、海の中か。

波が巨大な腕のように人々に絡みついて、沈める。盛大にしぶきがあがり、海面が泡立った。口を大きく開いて浮き上がった顔に、また波がかぶさる。人間たちは海に玩(もてあそ)ばれていた。

人魚たちは歌いながら力尽きた人間に群がり、船に乗せる作業を始めた。ぺたぺたと守宮(やもり)のように船にとりつき、引っ張り上げる者、海の中から押し上げる者。笑い声のようにも思えるけたたましい声が響いた。

帆船は黒い影でいっぱいになっていく。向こう側に移ってしまえば、もう顔は判別できない。人魚たちは嬉しそうに作業を続ける。喜んでいたわけでもないのかも知れないのだが、私の目には楽しそうに見えた。

母は何処(どこ)だろう。甲板に立ち尽くしたまま母の姿を探す。

キャプテンは見つけられた。海中で泡を飛ばしてもがいている。いつも抱き上げてくれた逞(たくま)しい腕を、人魚のか細い腕が摑み軽々と放り投げる。そして、キャプテンは黒い影に変わる。

黄色い髪のお兄さんは、もがく元気もなく仰向(あおむ)けに海に浮かんでいた。人魚の女が後ろから抱き付き、仰(の)け反(ぞ)って海中に沈める。波間で白い手が何かを摑もうとするように、振り回された。相棒のトランペットを探しているのだと思った。

気がつくと、此方側(こちらがわ)の甲板には誰も残っていなかった。私は巨大な船に取り残されていた。

人魚たちの歌声が、高くなる。美しい不協和音だ。私は、恐怖よりもその美しさに心を奪われていた。もがき苦しむ人々の姿さえ、もはや恐ろしいとは思わなかった。向こう側に行くための通過儀礼。もちろん、そんな言葉を知っていたわけではないのだが、そんな風に捉(とら)えていた。

手繰(たぐ)り寄(よ)せた記憶は、そこで途切(とぎ)れた。私も海に飛び込んだのだろうか。帆船の中の闇を覗(のぞ)いたような気もする。しかし、キュラサオ島に着いたとき、私は甲板で眠っていた。

「みんな、お船で行っちゃった」

目を醒(さ)ました私は、にこにこしてこう言ったそうだ。

「綺麗(きれい)な人魚のお船で遠くへ」

船の惨状とあまりに対照的な私の姿に皆、驚いたそうだ。脅(おび)えた様子も疲れた様子もなかったらしい。

誰もいなくなったと思った船だったが、実は船底に二十人くらい取り残されていた。三等船室の人たちだ。正気だった者は一人もいなかった。皆、何一つ語ることなく、間もなく亡くなったという。

航海日誌にも、格別異常は認められなかった。天候良好で、すべて予定通りのはずだった。乗客のいない船だったが、その到着日には狂いがなかった。

その後、祖母に手紙が届いた。事件から一週間くらい前、第三寄港地であるパナマから母によって投函(とうかん)されたものだ。

ルナも私も、船酔いとは無縁です。心配することもなかったようです。ルナは海にあやされているようにご機嫌で、皆に可愛がられています。

最初はみんな船酔いで寝込んでいたらしいです。食堂に来る人もほとんどいなくて、なんて乗客の少ない船だろうって驚いていました。

船上生活での驚きや楽しみ、これからの生活への期待とわずかな不安などがいきいきと書かれていた。死者からの手紙は、いたってのどかなものだった。やはり、あの日まで何一つ、問題はなかったはずなのだ。

ルナに声を荒(あら)らげることもなくなりました。まるっきり、天使です。地上でもこんなにいい子にしていてくれると助かるのですが。

そう手紙は結ばれていた。

「なぜ、私だけ無事だったのでしょう。私も人魚の歌を聴いたのですよ。それに発見されたときだって、私は脅えていなかったそうです。地獄を見たとは思えません」

「地獄を見て、笑っていられる心を無垢と呼ぶのです」

老婦人の青い瞳が、冷たく輝いている。どこを見ているのか判じにくい……あの瞳だ。唇を幽かに震わせ、流れ出す調べ。

懐しい。私はきっとこの音色を求め続けていた。

ガラスを引っ掻くような高音が、私を繰り返し撫でる。つられるように私は声を絞り出す。高く低く音を探る。歌いながら、海へ向かってふらふらと歩き出していた。

稀にしか見ない夢の中、時折あの日の船影が横切る。母は今でもあれに乗って旅しているのだろうか。今は黒い影になって。

サラの顔がダブった。サラの寝顔は本当に可愛らしい。見飽きない。昼間のやんちゃぶりはともかく、眠りの中を漂うときだけは天使のようだと思う。

私は夢の中で目を開ける。夢の壁が綻びて、静かに裂けていく。

サラも人魚の歌を聴いて微笑むだろうか。母の落ちた地獄を眺めて。娘はもうすぐ三つになる。あの頃の私と同じ年だ。

人魚の腕に抱え上げられ、見た帆船の中。月に照らされた甲板。

そこにあったものは……

海鳴りと、あの音色と、そして私の声が重なる。美しい不協和音が響く。波が私の膝を洗っていく。私は遠い水平線へと手を伸ばした。

夢の子供

人形作家　林美登利さんの作品集『DreamChild』に書き下ろした短篇です。林さんが創られたホムンクルスのドールは、大きなガラスのフラスコの中に棲んでいて、肌も髪も真っ白なとても可愛らしい子です。静かに目を閉じて、物言いたげな口元をしています。

この子に相応しい物語を、と考えて可愛らしいファンタジーを書いたつもりなのですが、意外と怖い話になってしまいました。

（石神茉莉）

蔦の絡んだ煉瓦造りの古い洋館。ここが診療所だったのはもう遠い昔のことだ。木製の看板はすっかり朽ち果てている。ガーゴイルが飾られた門も錆び、庭の樹木も鬱蒼と繁り、家は薄闇の中でひっそりと存在している。かつては美しく咲き誇っていた小さな薔薇園も手入れする人を失い、野生化している。それでも季節には棚が傾くほど傍若無人に伸びた蔓に、小さな純白の花を溢れる程咲かせる。

この家には秘密が沢山あって、十三歳のリンはそれをたった一人で守っている。

ドクターと呼ばれるリンの父親は地下室で眠っている。無機質な硝子の柩の中で。もう二年になる。もともと変わり者で、ここ十年位はほぼ研究室から出ることがなかったドクターの姿が見えないからといって、気にかける者はいない。

ドクターは何も食べないし、動くこともない。呼吸すらしている様子もない。だが、腐敗したりその姿を変えることはない。髪も髭ものびることはない。ドクターは、ドクターのままだ。変わらない。

ドクター自らその硝子の柩に横たわり、深い眠りに入った。リンは父親の意志を尊重して、その眠りを見守り続けている。これは勿論、秘密だ。

ドクターの地下室には、用途の分からない機械や、鋸、地獄絵にでも出てきそうな古くて巨大なペンチ、焼き鏝、汚れた拘束具、鎖のついた足枷、不気味な笑みを浮かべた鉄の仮面、それに有名なところでは鉄の処女、ギロチン、ファラリスの雄牛なども無造作に飾られている。これらはレプリカだろうけれども、棘の鋭さや刃の輝き、雄牛の造りの頑丈さなどを見るとどれも「ちゃんと使える」ように思える。この辺りはドクターの趣味による秘密の蒐集品なのだろう。

この世に存在していたとも思えないような生物がホルマリンで満たされた瓶に封じられ、化石や鉱物、骨格標本とともに並んでいる。尖ったものや刃物、錆びたものは子供には危険なので、リンは決して手を触れたりはしない。柔らかな羽のハタキで埃を払うくらいだ。化石や標本は時々そっと手にとって眺めたり、並べ替えて遊ぶことはある。オパールと化しているアンモナイトや樹木の化石に宿る玉虫色の光は実に見事だ。

リンには弟がいる。これが、最大の秘密だ。彼はホムンクルス、というものらしい。ドクターが人工的に造った命だ。リンより二年遅れてこの世に産まれた。戸籍はない。この世に彼がいることを誰も知らない。だが、リンにとっては大切な弟だ。大きさは新生児より二回り小さい位で、それ以上成長はしていない。目を閉じて、いつも眠っているように見える。彼にも名前が必要だとドクターに進言したのは当時七歳だったリンだ。ドクターはリンの好きにつけるように許可してくれたので、空と名付けた。

ホムンクルスは色白で、髪も白く、全体的に色素に乏しい。透き通るように美しい男の子だ。一度だけ目を開けたのを見たことがあるのだが、瞳は紅色だった。夕焼け小焼けの空の色。きっと、真っ白な兎と同じ理由で眼が紅いのだろう。

空は無限に広がる叡智とつながっている、という。

その空が「ドクターは眠っている」、というのだから、きっと父は死んでいないのだと思う。空は何でも知っているのだ。しかも学習した訳ではなく、生まれつきすべての知識を持っている。自分では一歩も動けはしないけど。

空が硝子の城から出られないのと同じで、ドクターも眠りの城から出てこない。空によると、ドクターは永い永い夢を見ているのだそうだ。何の夢、と尋ねると「森羅万象」と答えた。空にはドクターの夢までよく見えているのだ。具体的にどんな夢なのかイメージすることは難しいけれども、何だか楽しそうだ、とリンは思う。

リンは戸籍もあるし、学校にも通っている。リンが常に心掛けていることは、とにかく目立たない存在であること。誰からも興味を持たれないこと。秘密を守るためにはとても重要なことだ。どうでもいい人間ならば、どう暮らしていても放っておいてもらえる。今のところ、概ね成功している。学校の外でまで一緒に遊ぶような友達はいないが、仲良くはしている。誰とも争ったことはない。何の問題もおこさない、中の上の成績をおさめている大人しい少女に特別の関心を払う者はいない。

リンには母親がいない。記憶にある限り、いたことはない。亡くなったのか、出て行ってしまったのかも知らない。母親というものがどんなものだか全く分からないので、いたらいいのに、と思ったこともないし、いなくて寂しい、と感じたこともない。誰かに母親のことを尋ねられたときには、何の感情もこもらない声で目を伏せて「全然覚えていないの」とだけ答える。それ以上、追求されたことはない。

家事の類はリンが生まれる前から、この家に通ってきている年齢不詳の男性に任せている。Iさんと呼んでいる。本名は知らない。愛想は全くないが、決して余計なことは言わず、余計なことには手を出さず、黙々と仕事をして帰っていくこの人をリンは好きだ。信頼していると言ってもいい。エプロンの代わりのように、いつも白衣を着ている。長い黒髪を無造作に後ろで束ね、映画に出てくるマッドサイエンティスト風だ。

とにかく料理の腕前が素晴らしい。一日天日干しにして良い香りを引出したきのこのソテーとふわふわのオムレツ、黒胡椒(くろこしょう)をたっぷりかけて、表面がカリカリになるまで焼いたレバー、ごくごく低温でゆっくりと蒸した野菜のサラダ、ネギとジャガイモの滑らかなポタージュ、コアントロー味のカスタードシュークリーム、薔薇とサフランの香りのインド風アイスクリーム、どれも絶品だ。そして、彼が淹(い)れるココアはまさに芸術だとリンは思う。

いつか、この人が来なくなることだって有り得る、例えば病気や事故で。もしくは、信頼を裏切った場合、どう対処するか、リンは決断しなければならないだろう。あらゆる不測の事態に備えておかなければならない、と健気に思いつつ、そんな日は来ないことを密かに願う。

リンは月に一回、Iさんの口座に決められた金額を送金している。口座名はIで始まる名ではない。どちらにせよ、偽名なのだろう。

ドクターのパソコンを使えば、手続きは簡単だ。子供が銀行に行って、大金を動かすなんて目立つことをする必要のない時代でよかった、とリンは思う。お金だって世話が必要なのだ、ということもリンは空から習った。まめに世話をすれば、お金はお金を産むのだ。ドクターの名前の影に隠れて、リンは財産管理という仕事に励む。公にはドクターは未だにこの家の世帯主であり、リンの保護者である。

それから、定期的に血液のパックが届けられる。リンはまた決められた金額を振り込む。これは弟の糧になる。保冷庫に管理して、定量を空に与えるのもリンの役目だ。

これは何の血だろう、とリンは考える。やはり人間なのだろうか。送り主の住所と会社名は調べてみたが、架空のものだった。入手経路は追求してはいけないのだろう、と思う。

ここの地下室を維持するためには、きっと、法律の一つや二つは無視しなければならないのだ。現世の理が通用しない世界なのだから仕方がない。静かで小さな異世界、こちら側とあちら側を迂闊に混ぜたりしなければ、問題は起こらない。リンはその番人だ。

　もし血液の供給が止まってしまったら、どうしたらいいのか、と時々考える。リンだって人間なのだから、一部は自分の血を与えてもいいのだろうけれど、それだけでは足りない。外にはこんなに大勢の人間で溢れているのだが、その血液を手に入れるのは容易ではない。頭の痛い問題だ。だから、無事に荷物が到着する度、リンは心底安堵する。

　いつか、この家に、もしくはリンに興味を持つ人間が登場する可能性はゼロではない。悪意を持ってか、善意の塊で近づいてくるのか。どちらにしても厄介なことには変わりはない。リンは沢山、本や映画で学んでいるのだ。

　ここを護るためにはどうしたらいいのか。まずは、そう、武装しなくてはならない。近づいてくる人間がいたら、上手く言いくるめて追い払う。理論武装。これで回避できれば、一番無難だ。

　もしそれでも強引に入り込んでこようとするなら。リンだけの力で戦うことはできるだろうか。映画で見たシーンを思い出す。非力な女子供が戦うためには、毒を用いるのが多分、一番現実的だ。

「ねえ、空君、うちにもアーモンドの香りのするお薬ってあるかな」

　空はリンの問いには必ず答えてくれる。嘘をついたり、ごまかしたりすることはない。空からリンに話しかけてくることはない。多分、できないのだと思う。

「分かっているって。最期の手段、ていうやつ」

アーモンドの香りのする薬は手で触れても危険だということ、空気に触れるとだんだんにその効力が損なわれることをリンは知る。

「とにかく、家にあるって知って安心した。ここに近づく人が現れないとも限らないからね。空君とドクターは私が護る」

地下室はいつもとても静かで、安全だ。ここで動きまわっているのは、リンだけ。この小さな世界はドクターの「夢」そのもののようだ。ドクターの永い永い夢の中で、リンは空との会話を楽しむ。リンが問いかけ、空が答える。空の小さな硝子の城の中に、無限の叡智が広がってるのだと思うと、とても贅沢な気持ちになる。リンが成長していけば、空から受け取れる言葉も増えていく。

昨日より今日、今日よりも明日、と。


平和が乱されたのは、冬休みに入る直前のことだった。学校から帰って地下室に行きドアを開けた途端、リンは息を呑んだ。

男がいた。

黒ずくめの服でドクターの机に座り、書類を眺めている。入ってきたリンを見ても慌てる様子もなく、屈託のない笑顔を向けて立ち上がった。

「お邪魔しています」

「誰？　何処から入ったの？」

男はキーホルダーを振ってみせた。二つの鍵がチャリチャリと音をたてる。玄関のと地下室のと。

「ドクターに貰(もら)った」

「いつ？」

「十五年位前かな」

リンが生まれる前だ。リンは機嫌を損ねて口を噤(つぐ)んだ。

「君、リンちゃんだよね」

リンは黙って相手の眉間(みけん)、咽喉(のど)、鳩尾(みぞおち)のあたりを視線でなぞる。急所に意識を集中させているのだ。

「君が一人で世話しているんだよね。とても状態がいいよ。ドクターもホムンクルスも。まだ子供なのに本当によくやっているね」

「ホムンクルスとか言わないで。この子は空っていうの」

「ああ、名前があるんだね。失礼」

「で、貴方は一体誰なの？」

「そうか。覚えている訳ないね。君が小さい頃には何度も会っているんだけどね。今、ここに血液のパック送っているのは僕」

「ドクターの友達？」

「まあ、そんなとこ、かな。ホムンクルスを創るのは、ドクターと僕、二人の夢だったんだ」

リンは混乱していた。こういう形で調和が乱されることは全くの想定外だった。どうやら味方、らしい。だが、全くリンは気に入らなかった。ドクターに友達がいるなんて、聞いていない。十五年以上前からずっとドクターとともに研究をしていたとすれば、もう四十に手が届く頃だろうけれども、リンには男性の年齢など、さっぱり分からない。

「ここに来るのは初めて?」

リンの問いに男はあっさりと首を横に振る。

「時々、来ていたよ。ホムンクルスのメンテナンスのためにね。あと、資料やデータの整理も必要だし。ドクターが寝たきりだから、研究も進めるのはもう僕しかいないんだ。気が付いてなかったでしょ。最初、君に会うつもりはなかった。君のことは失敗作だと思ってたからね」

表情を変えるまい、としたけれども、失敗したようだ。微かな揺らぎに気が付いた男が嬉しそうに嗤(わら)う。

「本当は君もホムンクルスになるはずだったんだよ。知ってた? ホムンクルスってね、人間の精液を蒸留して創るわけじゃないんだよ。人間として完成する前の胎児を使うんだ。無限に広がる叡智を宿す器としてね。でもね、君は普通の人間として育ってしまった。だから失敗作」

今度は無表情を通すことに成功した。

「と、今までは思っていた。でも違っていた。君はホムンクルスと繋がっているんだね。空君と話すことができるんだね」

男は資料の束をトントンと叩きつつ、得意そうに言う。

So what?

唇の動きだけで答える。

リンにとって、ここは世界のすべてだった。そこに無断で踏み込んできた男が、この世界について自分よりも知っているような口ぶりなのは本当に気に入らない。

「叡智を宿しているのは物言わぬ胎児、そして繋がっているのは永い永い眠りについているドクターとそして、君。ね、一番話が通じそうなのはリンちゃんだよね。これからは僕に協力してくれるよね？　そうすれば、きっと何もかも上手くいくよ」

「私たち、貴方と話したくないわ」

「そう？　僕なしでどうやって空君のメンテナンスするのかな？　この装置を創ったのは、ドクターと僕なんだよ。例えば血液は何処で手に入れるつもり？　ここに子供だけで住んでいるなんて知られたらどうなるかな？　リンちゃんは何処か施設に送られる。そうしたら、空君は何処かの研究所にでも連れて行かれて。そうなったら生きてはいられないよね。解剖されて標本にされちゃうかもね」

一息に喋った男は、パチンと音をたててナイフを開いた。装置に歩み寄り、不気味なほど人懐っこい笑顔でリンの顔を覗きこむ。

「ねえ、今、もしも、だよ。配線のここところ。プチンと切ったら、どうなるか。リンちゃんに分かるかな」

敵だ、とリンは思った。背筋がぞくぞくとする。動悸が早くなる。落ち着け、と自分に言い聞かせる。男は微笑んでいるが、声が低くなっていた。ナイフを揺らしてみせる。

「やめて、空が死んじゃう」

「リンちゃんが僕の言うことを聞いてくれれば、そんなこと、しないよ。ね、子供は大人の言うことをきいていれば安心なんだよ。僕はドクターの友達で君たちの味方だから。ここで必要な人間なんだ。空君に必要な血液だって、ちゃんと調達してあげるし」

リンは目を伏せたまま、ゆっくりと視線を巡らせた。何とかなるはずだ。ならないはずがない。空とドクターはリンが護る。そう決めたのだ。

「そうだ。僕がずっとここにいてあげてもいいよ。僕は医者だし、いろいろと便利だと思うけど。度々、ここに通ってくるのも結構面倒でね」

「ここにずっと？　家族いないの？」

「一人っきりだよ。君と同じ。寂しい人間同士、仲良く暮らそうよ。嫌だと言ってもここの地下室は僕なしではやっていけないんだよ。アーモンドの香りのする紅茶なんか出さないことだね」

同じ映画を見ているらしい。リンは項垂（うなだ）れた。男がリンの頬を撫でて、片手で顔を上向かせる。

「反抗的な態度はなしにしようね。ほら、見て。この地下室には随分面白い道具が並んでいるよね。使い方、知ってるかな？　こういうの見ていると、試してみたいって思わない？　どう？」

拷問具、拘束具や足枷の方にリンの顔を向ける。リンは身震いをした。

「お金だって、子供が管理しているのは感心しないな。任せてもらえるかな？　悪いようにはしないよ」

「お金だったらあげるよ。だから、空を、私の弟を傷つけたりしないで」

リンは身に着けていた通帳数冊を手渡し、涙を浮かべて哀願した。男は相好（そうごう）を崩した。

「いい子だね、リンちゃん」

通帳のページをめくり詳細にチェックしている。

「それで全部だよ。印鑑は机のところにある。隠してなんかないから。ね、これで空のこと、大切にするって約束してくれる？」

「勿論。リンちゃんのことだってちゃんと大切にしてあげるよ。いつも僕の言うことをきくならね」

男は反対の腕でリンを抱き寄せた。その手にはまだナイフが握られている。嫌悪を抑えてリンはぎこちなく微笑んだ。とにかく、この男を空のお城から引き離さなければ。

「先刻、貴方が座っていた椅子って、ドクター専用だったの。ドクターが眠りから醒めるまで、絶対誰にも座らせないつもりだったんだ」

リンは静かに言う。

「ああ。この椅子のこと?」

男はゆっくりと黒い椅子に戻り、上質な革を撫でる。肘掛けには不可思議な模様が施されている。リンの顔を見ながら、これみよがしに腰かけてみせる。

「でも、貴方にあげるわ」

溜息をついて、再び項垂れるリンを男は満足そうに眺める。

「このボタン押すと、足載せが上がるの、こっちがリクライニング」

リンは足元に膝まずいて、リモコンを見せながら、説明した。

「悪くないでしょ?」

「うん、さすがに立派な椅子だ」

「でね、こっちのボタンを押すと」

リモコンの蓋を開いて隠しボタンを作動させたリンは、くすくすと笑った。

「貴方はもうその椅子から立ち上がれないわ」

いきなり座面が落ち、肘掛けと足載せが狭まり、男は態勢を崩したまま、椅子に捕えられた。

ナイフが床に転げ落ちた。

「何をする!!」

男の顔色が変わった。

「ずっといてくれるんでしょう?」

リンは無邪気な顔で言う。敵が来ることは、想定していた。入り込んできた男を味方として遇しなければならない、と思ったときには困惑した。だが、敵なら大丈夫だ。容赦なく対処できる。

空が笑ったように見えた。

「先刻、こういうのって、試してみたくなるって言っていたじゃない。使い心地、どう?」

リンは冷静に手早く、男の腕、足、腰、咽喉を順にベルトで固定していく。

「ふざけるな。すぐにこれを外しなさい。さもないと」

「さもないと、なあに?」

「ホムンクルスがどうなってもいいのか」

「どうかなったとしても、別に空は困らないと思う」

リンは悠然と微笑む。

「空の中にあるのは、すべての叡智。空は永遠、空はこの世のすべて」

男は落ち着かなくなった。

「ここにすべての叡智が宿っているのは、まさに奇跡よね。空、という器に叡智をとどめたのは確かに、ドクターと貴方の手柄だと思うわ。私と空はドクターの夢の子供たち。でも、この器を失っても、空は永遠なのだから、全く困らない。解き放たれるだけのこと。困るのは貴方の方。

独りで叡智を捕まえられるとでも？」

喋っているのは自分ではないような気がしてきた。

「私たちはとりあえず、今のこの世界が気に入っているの。護るためなら、何でもするつもり。貴方が本当に必要かどうか、考えてみたの。それでね、やっぱり必要だと思ったの」

リンは拾い上げたナイフを男の目の前に翳してみせる。

「貴方の血をちょうだい。空を養う糧として」

「やめろ」

男が蒼ざめていく様子をリンはにこやかに見守った。

「ああ、鉄の処女も試してみたいの？　あれならば、沢山の血が採れますね。でも、一気に搾り取っても鮮度を保つのが難しくなるから、注射器で採血させてね。診療所にあったやつ。ちょっと古いかもしれないけど、まだ使えるわよね」

男の叫びが意味を失った。ごっこ遊びをしているような笑顔で、リンは注射器を持ち出した。

「こう見えてもドクターの娘よ。採血くらいすぐ上手になるから怖がらないで。子供だけど、財産管理だって、手慣れたものよ。貴方の費用もちゃんと計上してあげる。お部屋も作らないとね。地下牢なんて、考えただけでわくわくしない？　隣の部屋が空いているから、模様替えして、それらしくしなきゃ。Ｉさんに頼んで、貴方のために栄養のある美味しいもの沢山作ってもらうわ。レバーとかホウレンソウとか血がいっぱい増えそうなやつ」

リンは弟のガラスの城を軽く指で叩いた。ハイタッチの代わりだ。

空が笑った。

目をぱっちりと開いて、今度ははっきりと笑った。空の笑顔はとても可愛い。紅の瞳がルビーのように美しい。

空はドクターの夢の中で生きている。ドクターは、空を通して森羅万象を旅する。リンは空の言葉を受け取る器であり、ドクターの夢の中に棲(す)みつつ、その眠りを護るものであり続ける。騙し絵のように、美しい円環をなす地下室の世界。

「地下牢の準備とか、この先のこと考えるとやっぱり男手が必要よね。Iさんに後でお願いしてみよう」

白衣を着ていつもてきぱきと仕事を片付けるIさんの姿を思い浮かべる。頼りになりそうだけれども、話を切り出すのは慎重にしなくては。どんなリアクションをするか、予測がつかない。あの無表情が崩れるとは思いにくいが。

「Iさんが私たちの敵にまわることがないように、祈るわ」

リンは針先を見つめながら、まじめに言う。

「あんな芸術的なココア淹れられる人なんて、他にいないもの」

I see nobody on the road

I see nobody on the road

『鏡の国のアリス』の中のアリスの台詞です。勿論「道には誰もいません」という意味なのですが、白の王様は Nobody というモノが見える、と解釈するのです。そして、そんなモノが見えるというアリスの視力を羨むのでした。

これはそんな Nobody の物語です。

（石神茉莉）

初めての土地の地図を読むのは難しい。三週間の滞在で英国の交通ルールに慣れてきたとはいうものの、残念ながら、方向感覚に優れているほうではない。

行き先も定まらぬまま車を走らせた。十八年前、望兄がくれた手紙と写真だけが頼りだ。兄と呼んでいたが、日夏望と私に血のつながりはない。近所に住んでいた十五も年下の私を望兄は弟のように可愛がってくれた。英国に留学をしてからもよく手紙をくれた。その望兄が何処に消えたのか、今更探しに行くわけではないのだが。

白い影のような美しい女を見た、という。望兄の手紙にその女についての描写はほとんどなかった。だから、その姿を思い浮かべることもできない。だが彼がその女に異常なほどに執着しているということは、幼かった私にもはっきりと読み取ることができた。いつもの望兄の手紙とは違っていた。走り書きのような歪んだ文字も、秩序を失った文章もひどく不吉に思えた。何かが起こったのだと思ったが、どうしていいのか分からなかったし、その不安を大人に訴えるだけの力もなかった。ただ脅えているうちに望兄は消息を絶った。最後の手紙は支離滅裂だったが、もう帰れないかもしれないけれど、そうなっても後悔しない、という一文だけかろうじて理解できた。

未現像のフィルムが一本同封されていたので、誰にも内緒で写真屋に持っていった。私は望兄を本当の兄以上に慕っていたのだが、彼が失踪したときに、彼とは全くの他人なのだということを思い知らされた。今思えば当然のことだが、心配で身の置き所のない望兄の家族には、ほとんど相手にされなかった。望兄は学生寮を出ていたことも、家族に知らせてはいなかった。何が起こったのか、推測するてがかりもほとんどなかった。

他人の家のことに首を突っ込もうとするのではない、と自分の両親にまで怒られた。心配する権利もない、とあしらわれたように思いずいぶんと傷ついた。私はまるで仕返しのように望兄から来た写真のことを大人には一言も話さなかった。もっともそれらを見せられたところで、彼らは困惑するしかなかったではあろうけれど。

草の生い茂った水辺の風景が何枚も何枚も写されていた。近くには木々が青々と葉を茂らせている。森なのだろうか。淡く靄（もや）がかかったのどかな田舎の風景だ。ほとんどが似かよった写真だったのだが、そのうちの一枚だけには、背の高い草の向こうに白い人影が写っていた。望兄はそれを見せたかったのだろうか。はたして、それがその執着しつづけた相手なのかどうか、分からない。姿かたちも定かには見えなかった。白く、影のようで髪が長いことだけは分かった。

望兄をいつか一人で探しに行くのだ、という幼い決意を忘れたわけではなかったが、英国はあまりに遠かった。彼の身内でないことを哀しんだ。もし私が本当の弟であるのなら、彼の地（か）に行くことも許されただろうに。時間は流れ、安否も知れぬまま、望兄のいた形跡は薄れていった。

私は結局留学することもなく大学を卒業し、すぐに就職した。四年目で勤務していた会社が日本支社をたたんでしまい、唐突に日々当然のように通っていた居場所を失った。いつもの通りに出勤したら、景色がすっかりと変わっていた。

仕事をするのは「稼ぐため」と割り切り、精神的に会社に依存しているつもりは全くなかった。なのに社員証もスチールの机も通勤定期も名刺の肩書きも失ったとき、自分と社会を繋（つな）いでいた儚（はかな）い糸が切れたようで、急に自分の存在が心もとなく感じられた。何者でもなくなった自分を楽しむ気持ちもあったが、やはり不安は大きかった。

今まで収入は悪くなかった。忙しかったので、あまり使う暇もなかった。次の仕事を探す前に、少しばかり回り道をしてもいいだろう。休暇らしい休暇をとったこともなかったのだ。そして、思いついたのが英国だ。望兄が手紙に書いていた景色を見てみたかった。正確な場所は示されていなかったので、あの写真の場所にたどり着ける保証はなかったのだけれども。

白い影の人なんか、いないよ。

マークは首を振った。

「でも、君は小さい頃に見たんだろう」

私はマークと話すのが好きだった。英国に着いてから、一番仲良くなったのはこの九歳の子供だ。彼は縁起の悪いことを言われたように、眉(まゆ)を顰(ひそ)めた。マークは、以前「奇妙な音とともに白い影を見た」という。そこは草深い湿原だった。足元はかなり危うい。歩きまわろうとすると、足をとられる。写真と見比べたが、ここがその場所なのかどうかは分からない。

「見るもんか。そんな気がしただけさ。小さい子供の頃は奇妙なものを見たり聞いたりするんだよ」

自分は子供ではないつもりなのだ。

「昔、友達が英国に留学している時に見たらしいんだ。手紙にそんなことを書いてきた。僕はその頃まだ子供で、彼はすっかり大人だったけれど。仲が良かった」

「場所はどの辺り？」

「オックスフォードからウェールズ地方に向かって行く途中の何処か」

「とんでもなく大雑把(おおざっぱ)な説明だね。この写真じゃわからないなあ」

マークには比較的風景の特徴が出ている写真を十枚ほど見せていた。白い影の写った一枚を傾げる。

は省いた。マークは呆れたような口調だったが、写真に注ぐ眼差しは真剣だ。周囲と見比べ、首

「その人っていくつだったの?」

「二十三歳だよ。僕は八つだった。今の君と同じくらいだ」

「僕はもう九つだ」

少年は胸をはった。

「つまり、君と僕みたいな友達だったっていうことだね。君はまだ二十三にならないだろうけどさ」

「二十六だ」

「子供っぽいな。ティーンに見える」

私は苦笑した。

「彼は、英国から帰ってこなかった。もらった手紙に湿原に棲む白い女のことが書いてあった。それがどんなに美しかったかも」

少年は顔を顰めた。

「大方、湿地帯にはまって帰ってこられなくなったんだろう。残念ながらよくあることなんだよ。こういう場所はかなり危険なんだ。車だってさ、あのくらい手前で停めておかないと、泥にはまってたいへんなことになるよ」

「立ち入り禁止の表示は何処にもなかったけどな」

「そんなもの他人に教えてもらうことではないよ。危険かどうかは自分で判断しないとね。い

ちいち誰かに警告のマークをつけてもらわないと何も分からないなんて、みっともないことだよ。運が悪ければ死ぬし、良ければ生き残る。そういうもんじゃないの」

「なるほどね。彼は運がなかったんだ」

「気の毒に思うよ。本当に」

マークは腕を伸ばし、大人びた仕草で私の肩を叩いた。

「好き好んで行方不明になったのかもしれないね。最後に来た手紙は大半が意味不明だった。でも、末尾にもう帰れないかもしれないけれど、そうなっても後悔しないって、そう書いてあったんだ」

少年は肩を竦めた。

「彼とその白い影の女、彼らは末永く幸せに暮しました、と。こう思っているのかい」

「そうじゃない、そうじゃないけれど」

私は言葉を捜した。

「彼を魅了した場所を見ておきたかったんだ。本当はもっと早く来るつもりだった。いつの間にか彼の年齢を超えていたのには、驚いたよ。彼は手が届かない位、大人だと思っていたから」

「キョージの年齢はそんなにはるか彼方にも見えないな。きっと僕はじきに追い越してしまうよ」

「少しは目上の人を尊敬しなさい、マーク・ディクスン」

私はディクスン家の離れを一ヵ月の契約で借りていた。コッツウォルズ地方のかつて羊毛産業で栄えた小さな村。色とりどりの花が道端にまで咲き乱れ、のどかで美しい場所だった。ロンドンからわずか二時間ほどのドライブで景色は全く変わってしまう。手紙の住所を頼りに望兄のいた下宿屋を探したところ、すでに家主は替わっていた。ディクスン一家はここに越してきてもう十年近くになるらしい。特に家を貸すことはしていないが、離れで良ければ貸してもいいと言ってくれた。石造りの玩具を思わせる可愛らしい家だった。マークはここのオーナーの末の子供だ。離れにもよく遊びに来る。初対面から日本の宗教観についてや、アニメについての質問を次々に浴びせられ、ずいぶん驚いた。口のきき方も大人びた子だ。

ディクスン夫人は料理が得意で、時々食事に招待してくれる。たいへん美味だ。イギリス料理の悪評ばかり聞かされていたので驚いた。装飾過剰な料理ではない。鮮度のいい素材が活かされたシンプルな料理で、味加減や火加減が絶妙だ。分量はただ事ではない。私の三食分くらいの量がダイナミックにテーブルに並び、一家揃って盛大に勧めてくれる。庭でとれたベリーにクリームをかけたデザートになるころには、息も絶え絶えになりそうに満腹になる。すでに三キロも体重が増えていた。が、マークやその母親にはまだ痩せすぎだとがめられる。食卓でのマークは付け合せの野菜を嫌がっては母親と口論をしたり、デザートに目を輝かせたり、とまるっきりあどけない少年になる。

「ねえ、メアリ。キョージはわざわざ日本から白い影の人を探しに来たんだってさ」

メアリと呼ばれた品のいい老婦人はマークのお祖母さんにあたる。にこにこと笑いながら、私とマークの会話に耳を傾けていた。

「キョージ、そんなものはいないのよ」

「ほらね」

マークは得意そうに言い、私の腕を揺さぶった。

「私の友人が昔、白い影の女性を見たというのです。それきり行方が分からなくなって」

「いないものを見たりするから」

メアリは哀しそうに微笑んだ。

「出会ってはいけないの。見てはいけないの。だってそれは、いないものなのだから」

「『いない』ものなのに姿が見えるのですか？」

「しゃらん、しゃらんと鈴のような音が聞こえたら、風の音とまごう歌声が響いたら、窓を閉ざしなさい、目を逸らしてやり過ごしなさい。通る間、目を伏せなさいという合図です」

メアリは何かを振る手つきをしてみせた。

「それが『いない』者に対する作法なの。子供は無作法だからうっかり眺めてしまったりするのよ」

マークは口を尖らせた。

「僕は無作法なんかじゃないよ」

「その音は何処で聞くことができるのですか」

「たとえば、山の裾野、川のほとり、草が高く覆う場所かしらね。草のざわめき、川のせせらぎに紛れるような処。そして身を隠す場所のある。水辺が多いわね」

マークに見せたのと同じ写真をメアリにも手渡した。

「そうそう。こんな感じの場所ね」

「この写真見て何処だかは分かる？」

マークは熱心に乗り出したが、メアリは首を横に振った。

「見てしまったらどうなるんですか。その、つまり、うっかりとね」

「見なかったことにするのよ。『いない』ものが『いる』ことになったら、大変でしょう」

「大変なのかな」

私は曖昧に呟いた。

「実在するというのは、そんなにすごいことなのかな。実在しないものが実在するものより深い意味を持つこともあるだろうに」

「キョージは時々、変なことを言う」

マークは驚くほど真剣な表情で、私の腕に縋った。

「実在するというのは大変なことだよ。キョージは今、僕の目の前に実在しているだろう。たとえ君が日本に帰って、目の前からいなくなってもちゃんと君は『いる』んだっていうことを僕は分かっているんだよ。それはすごいことじゃないっていうの？　いるのといないのとは大違いだよ」

私は慌てて少年の肩を柔らかく叩いた。子供の体温は私のより高い。温かい。マークは確かにここに存在している。

マークの両親は御伽噺に興じているメアリ、マーク、日本からの客を微笑ましそうに見守りながら、お代わりのお茶を勧めてくれた。

「今でも伝説が生きている場所がありますからね、時々、調査に来られる方もあるようですよ」

ディクスン氏はさほど酔狂とも思ってはいないらしく、穏やかな口調でミルクのポットと砂糖壺をまわしてくれた。

「ただ足元がよくないですからね。雨の後など、道はひどいものです。調査に行かれるときには気をつけたほうがいいですよ。また今年はことのほか雨も多いので」

「調査されるのを嫌うものだっているんだよ」

マークは行儀よく父親の言葉が途切（とぎ）れるのを待ってから、言い募った。

「おやおや、マークは信じているようだね」

「危険な場所には近寄らないほうがいいってことだよ」

「音を聞いた人はたくさんいるわ。水辺の不思議な音をね。でも姿を見たものは誰もいないのよ」

メアリはマークの頭を撫（な）でて微笑んだ。

「だって、そんなものは『いない』んですもの」

滞在予定もあと一週間となった。私は詳細な地図を手に入れて、だいたいの場所の目星をつけた。異形（いぎょう）のものが現れるのならば、きっと夕方か明け方だろう。私は一晩だけ夜明かしをしてみることを決意した。ディクスン一家にはドライブ旅行をするとだけ告げた。

「やあ」

マークがドアから顔を覗（のぞ）かせた。

「入っていいかな」

「どうぞ。まだ出かけるには時間がある」

「荷物を持ってきたんだ」

マークは包みを差し出す。

「マムが作ったサンドイッチ。残り物のローストチキンで作ったんだけどね。美味（おい）しいよ」

「ありがとう。ローストチキンは好物だよ」

「ポットには紅茶が入っている。あとキョージの好きなジンジャーチョコレートもあるよ。車の中で食べてよ」

砂糖漬けの生姜（しょうが）にチョコレートをかけた菓子は、マークの家にお茶に招ばれたときに初めて食べた。気にいっていくつも口にしていたのを憶（おぼ）えていてくれたようだ。

「ありがとう」

「あと、ダッドの車、使っていいって言ってるから乗って行きなよ。古いし見た目格好よくはないけどさ、丈夫だよ」

マークはキーを投げてよこした。

「いや、車はあるからいいよ。レンタカーは一週間単位で借りているんだ」

「遠慮するなよ。ダッドが旅行ならこっちの方がいいって貸してくれたんだからさ。週末、でかける予定はないし、買い物ならマムの車で充分なんだし」

「いや、だけど」

私の言葉をマークは無造作に遮（さえぎ）る。

「この車に乗っていけばさ、少なくともダッドに返さなければって、帰る努力をするだろうからね」

「どういう意味」

キーを手に戸惑っている私にマークはにやりと笑ってみせる。

「白い影の人を探しに行くつもりだろう。一晩中、車をとめてその中から見張ろうっていうんだろう」

どうして、それを。

「キョージの考えていることなんか、お見通しだよ。君のお友達はそういう風にしてていなくなったんだろう。おんなじようにやってみようって、夢見るキョージの考えそうなことだよ」

マークはにやにやしながら、私のベッドに腰掛けた。私の顔を覗き込んで、注意事項を並べる。

「車を停める場所にも気をつけなければならない。下手なところに停めると車が沈むからね。魅力的なご婦人にもふらふらとついていくわけにはいかない。何しろ君と車は無事に帰って来なければならないんだ。分かるよね」

「でも、車が傷(いた)んだりしたら申し訳ないから」

「傷つけたり汚したりするくらい平気だよ。後でよく見てみなよ。ボディは傷だらけだ。車は乗れば傷むんだよ。そんなの当たり前じゃないか。誰もそんなことは気にしないよ。無事に返してくれればいいからさ」

やおらベッドにかかっていた格子縞(こうしじま)の毛布を剥(は)ぎ取る。

「毛布も持って行きなよ。夜はかなり冷えるよ。ダッドの車なら広いから身体のばして眠れるよ」

「ありがとう。すっかり親切にしてもらって」

「誰にでもってわけじゃないよ」

マークは半ば照れ隠しのようにぶっきらぼうに言う。

「キョージはまるで迷子になった子供みたいなんだ。放っておくわけにはいかないような、さ。日本では一人前に仕事してたなんて想像できないや。だからダッドやマムも君のことを構いたがるんだよ。何だか得体の知れないもの、その白い影のようなものもね、君のようなふらふらした人間を好むんだ。つまり、その……そういう風に言われている、ということなんだけど」

こんな子供にまで糸の切れた凧だと見破られていたのだ。

褐色の萱ネズミが黒く丸い目をくりくりとさせながら、草の間を走っていくのが見えた。とても清潔な感じがする。掌に乗るくらいの大きさだ。ふわりと宙を舞うのは形からすると蛾なのだろうけれど、黒地に派手な赤い水玉模様だった。日本では見られない、童画めいた美しい光景だった。私は何度も周囲にカメラを向けてシャッターをきった。自分が今何処にいるのか定かではない。こんな場所に川があっただろうか。どうも地図を読み違えたらしい。まあ、だいたいの方角は分かっているつもりだし、景色はあまりにのどかで、不安に感じることはなかった。

窓をあけたまま車の中でサンドイッチをほおばる。外で座って食べるには地面がぬかるんでいた。サンドイッチは噛む度に肉汁が染み出してとても美味しい。脂肪の部分がとろけるようにほのかに甘く、いい香りがする。ローストするときに何かハーブを使っているのだろう。マスタードとてもよくあう。バターもなめらかで風味がいい。パンの切れ端をネズミにやろうかどうか迷い、やめにした。人なれしているようにも見えなかったし、異国ではどんな法律があるかも分からない。「野生動物餌付罪」がないとは限らないわけだ。

ポットの中の紅茶はまだ熱く、ほんのりと添えられた甘みもちょうどいい。古びたポットは、マークのランチボックスに入っていたものなのだろうか。背が低くずんぐりとしたデザインで、ウィニー・ザ・プーと仲間たちが淡い色合いで描かれていた。あの生意気な子供もこんなものを喜んで使っていた頃があったのだ。

すっかりピクニック気分で陽射しを楽しんだ。川の流れる音が聞こえる。草は私の咽喉の高さまで茂っている。完璧だ。何枚もある写真と景色を見比べても、果たして望兄の来た場所がここだったかどうかは分からない。写真の景色に特徴というものがほとんどない。だが、私はここで一夜を明かそうと決めていた。白い影の人を見たかったわけではない。ただあの頃の幼い気持ちを整理したかった。

望兄が英国に旅立つ日、空港に見送りに行った。「遊びに行ってもいい?」と尋ねる私に「いいよ」と答えてから真剣に考え、「しばらくは学生寮にいるんだ。慣れたら一人暮らしするつもりだから。そうしたら、必ずおいでよ。恭司なら歓迎するよ」と言ってくれた。子供でも真剣に相手をしてくれる人だった。守れない約束を軽々とする人ではなかった。だから望兄が「おいで」と言うのだから、絶対に遊びにいかれるのだと思っていた。一体何者が私から望兄を奪っていったというのだろう。

もし望兄が生きていれば、四十を越えているはずだ。中年の彼などもちろん想像もつかない。だが、この国の景色は十八年前から変わっていないだろう。

「約束通り、遊びに来たよ」

姿の見えない人に声をかけてみた。

うっすらと差し込んできた光で目が覚めた。夜明かしするつもりがいつしか寝入っていたようだ。周囲は乳白色の霧と淡く色づいた光が混ざり合った不思議な空気で満ちていた。霧は薄くたなびく冷たい煙に似ていた。空気の中をマーブル状に静かに流れていく。霧の粒が細かい宝石のように輝いている。視界は決して悪くはない。

夕焼けは美しいと思うのだが朝焼けは何故か気味が悪い。見てはならない景色の中に入りこんでしまったような心地悪さがあった。

幽かな音が聞こえる。不思議な節回しにのせられた奇妙なもの哀しい響きは私の知っている言葉ではないものの、何かしら意味を持つような気がした。ウェールズ語だろうか、と耳を澄ましてみる。もしそうならば、分かるはずもないのだが。

しゃり、しゃり。

素朴な鈴のような音が混ざる。ざるの中で米をとぐ音にも似ていた。風の音、虫の音、動物の鳴き声とは違う。私は身体を緊張させて、そっと頭を持ち上げた。

車から数メートル離れた場所にその女は立っていた。細い杖を手にしていた。女が優雅な手つきで振るとしゃり、しゃりと儚い音をたてる。杖の中が空洞で石か木の実でも入っているのだろうか。それとも先についている飾りが揺れる音だろうか。草のそよぎに混ざってしまうあどけない音。どんな音律にも支配されていないのびやかで何処か哀愁をおびた声を風に紛れて響かせる。

白く輝く腰まで覆う長い髪、そして華奢な身体、肌も白い。目が大きく、瞳の色も白く見えるほど淡かった。視線がどちらに向いているものか判じにくい。つんと尖った細い鼻は上を向いていた。まだ、私に気がついていないようだ。身長は百四十センチくらいだろうか。マークより小さいくらいだ。だが子供ではなさそうだ。骨ばった腕と捻じ曲がった唇は老婆を思わせたが、決して年をとっている風でもなかった。髪を靡かせ、無邪気な足取りで車に近づいてくる。蹄でもあるかのような不思議な歩き方だ。鹿に似ている。

白い動物は神の使いだという。白い人もこの世ならぬものに見えた。背の高い草をかき分け、ゆっくりと忍びよってくる。私が頭をあげたら最後、消えてしまうのではないだろうか。私は毛布を被ってシートに蹲り、様子を窺った。ひどくバランスが悪く、グロテスクではある。だがそれゆえにヒトが感じる「美」というものの基準を越えて、私を魅了した。目にすることも許されていない神聖かつ不吉な存在。

女は不思議そうに車を眺めていた。熱心にライトのあたりを撫でては、首を傾げるような動作をする。

突然、警告のような音が発せられた。

その瞬間、ガラス越しに女と目があった。瞳はほとんど色がないかと思っていたが、ラムネの瓶の色を薄めたような淡い淡い蒼だった。その目に動揺がはしる。

女の背後に白い髭をのばした老人が長い杖に縋るようにして立っていた。か細い身体は大きく傾いており、立っているのもやっとであろうに、懸命に杖を両腕で揺すっている。女の杖よりも大きい分、重たい音がする。威嚇しているようでもあり、哀しそうな響きでもあった。瞳はもともとは黒かったと思われるのだが、白い膜がかかり、どんよりと濁っていた。幽かな視力でこちらを見ているように見えた。東洋人かもしれない。ちょっと望兄と似ている。だがそんなはずはない。あの白い髭といい、皺だらけの顔といい六十より下ということはなさそうだった。杖を振って去れ、という仕草をする。

女は身を翻して逃げ出した。私は考えもせず、ドアを開け、後を追った。とっさにカメラを摑んでいた。シャッターを何度もきったが、たぶん写ったのは霧か背の高い草ばかりだと思う。

写真を諦め、全力で追う。湿った土に足をとられ、走りにくい。

白い女は不思議な走り方なのだが、信じられないくらい速い。危うい足元も高い草も、ものともせず走る。あっという間に大きく引き離される。森に入ってしまったら、もう見失ってしまう。森林の重たい匂いに混ざって漂う、甘酸っぱくやや獣じみた匂いが私の呼吸を乱す。気が遠くなりそうだった。私は女を指差し、子供のように懸命に叫んだ。

「I see you!（見いつけた！）」

女は身体をこわばらせ、立ち止まった。ゆっくりと振り返る。冷たい目がじっと私を見据えていた。

草むらの中に、土の中に、空気のすべてに不可思議な気配が満ちていた。その中に何かが潜んでいた。無数の「いない」はずのものたちが、一心に様子を窺っている。息を殺して、こちらをやり過ごそうとしているかのように。あの二人だけではない。私は我に返って車に走り戻った。

車のエンジンをかけた。空気を暴力的に振るわせるエンジン音に、身が竦む。

立ち去らなくては。

車を返さなければならないのだ。マークのダッドに。タイヤが地面にめり込んでいたのか、柔らかい泥の上で何度も空回りしている。

あっという間に追いついた女が掌で車のサイドガラスを叩く。女の瞳は冷たく蒼い炎に似ていた。骸骨じみた手が何度も何度もガラスを叩く。銀色の髪が波打つ。

細い身体に似合わず、力が強い。車がみしみしと揺れる。大気が荒れていた。霧の中、こんなに風があるのは何故だろう。霧の粒がガラスを覆っていく。ワイパーでふき取ってもふき取ってもすりガラスのようにしてしまう。手が大きく震えてハンドルも上手く摑めない。咽喉がからからに渇いていた。

帰らなくては、帰らなくては。

私の頭の中にはそれしかなかった。この車を無事にあの家まで戻すこと。

ちゃんと帰らなければならない、約束したから。

私は無事に発進することに成功した。車の鼻面は帰る路に向けておいたはずだ。道順は覚えていない。だが、とにかくここを脱出するのが先決だ。前方はほとんど見えなかったのだが、そのままっすぐに走らせる。ライトも役にはたたない。視界がゼロに近いということがこんなに恐ろしいとは思わなかった。世界は音と振動だけになってしまった。すべてを振り払おうと、震える足でアクセルを踏みこむ。

もう女の影は見えなかったが、ときおり車を叩くような振動を感じた。しゃり、しゃりとあの音がいつまでも追ってくる。鼓膜にまとわりつく。そうだ、祖父が亡くなったときに火葬場で聞いた音に似ている。お骨を箸で拾ったあの感触、最後にスコップのようなもので無造作に骨の欠片を集めていた男の手つきまで思い出した。

車の中にまで霧が染みてくる。ざりざりと自分の骨を削られているような気がした。刃に似たものが鋭く空を切った。その金属音は先刻見た老人の杖を思い出させた。

ふ、と気配が消えた。

霧が唐突に晴れた。いつのまにか普通の道路を走っていた。世界は明るくなっていた。ミルクの配達車がのんびりと走っている。あの奇妙な音も聞こえない。平和そのものだ。

私は呆然と周囲を眺め、息をついた。いったん車を停め、標識を探し、地図と照らし合わせた。地図は濡れてぐしゃぐしゃになっていたが、すでにディクスン家の近くまで戻ってきていることが分かった。

「お帰り!!」

少年が腕に飛び込んできたのには驚かされた。目が真っ赤だ。眠れなかったのか、泣いていたのか。外に長い間立っていたのだろう。マークの身体は冷え切っていた。

「どうしたの」

「待ってたよ」

マークは私の胸に顔を凭(もた)れさせた。

「君はこんな想いでお友達を待っていたんだね。そして、その人は帰ってこなかったんだね」

「マーク」

「君の気持ちが分かったよ。もし君が戻ってこなかったら、僕も白い影の人を探しにいったと思うよ」

車を無理に発進させて戻ってきて本当に良かった、と思う。この少年を哀しませることをしてはいけないのだ。

「で、見たの？」

「音がね。しゃり、しゃりと」

「音が」

「後は歌声が。不思議な風のようなね」

「風の音だよ。草の間を過ぎていく風、それだけだ」

「そうだね、風の音だ」

「姿を見たわけじゃないんだろう」

「見るもんか。だって、いないんだろう」

「そうだね。いないんだ」

ようやくマークが微笑んでくれた。いつも小憎らしいくらいに落ち着いたこの子供を取り乱させてしまって申し訳ない気分になる。

「ねえ、どうして姿を見たものはいないんだと思う？　音だけしか知られていないのはどうしてだと思う？」

「さあ」

「姿を見たものはもう、この世にいないからだよ」

マークは安心したらしく、いつもの調子を取り戻した。瞳をきらきらさせながら声をひそめる。夜のお楽しみに怪談を語るときの顔だ。

「『いない』ものが『いる』ようになるということは、大変なんだよ。そうなると今度は見つけたものが『いなく』ならなければならなくなる」

「鬼ごっこかくれんぼみたいだ」

「そうだね。こうして振り向いたときには鬼になっている」

マークの灰色の目が不思議に蒼い光を帯びる。霧が長い睫毛(まつげ)に宿り、雫(しずく)を光らせている。

霧？　いつの間に霧が。先刻まで晴れていたはずだ。道路からこの家を見たときには、柔らかな陽射しに包まれていたはずだ。

マークの冷たい身体が私の体温を奪っていく。少年はゆっくりと顔を両手で覆った。

Ready or not, here I come!!（もういいかい、今行くよ!!）

マークの声ではない。しゃがれた低いトーンだ。心臓をつかまれたような衝撃を感じた。

「キョージの臆病者」

声色を使ったのだろう。マークは右手の親指を鼻にあて、残りの指をひらひらとさせた。悪たれ小僧の顔だ。

「うちで朝ごはん食べていきなよ。マムにキョージの分も頼んで来る」

少年がポーチの階段を駆け上がろうと背中を向けた途端、私の視界を霧が包んだ。先刻の音が追いかけてくる。

しゃり、しゃり、しゃり。

「キョージ？」

振り向こうとしたマークの頭を後ろから抱え込み、視界を遮る。

「家に先に入っていて。荷物置いたら後から行くよ」

「どうしたの、誰かいるの？」

いや、いない。誰もいない。だから見てはいけない。

「I see Nobody on the road」

私はできるだけ穏やかに言った。マークを安心させるため、懸命に笑顔を作る。

「すぐ行くから」

少年を家の中に押し込み、ドアを閉める。

振り返っても誰もいない。ただ道は真っ白な霧に覆われている。


音が聞こえる。鼓膜にまとわりつく。

しゃり、しゃり、しゃり。

もうあの音しか聞こえない。この目が悪いのか、霧に捕らえられて逃れられないのか。分からない。目の前は白一色だ。

最後に触れてくれたのは、誰の手だったのだろう。彼方でざわめいていたのは、誰の声だったのだろう。圧倒的な分量の音に阻まれて、何も届かなかった。もう二度と「言葉」を聴くことはできないのだ。私の声も掻き消えてしまった。

手の届かない世界は、間もなく霞み、遠のいていった。もうあの音しか残ってはいない。誰のぬくもりも誰の声も届かない。

杖に縋って歩く。どのくらい歩き続けているのか、分からない。何処にいるのか分からない。日本なのか、まだ英国なのか、どちらでもないのか。

足元すら見えない。足の裏の皮膚が裂け、肉や骨が減り始めているような恐怖にかられる。痛みは通り越して麻痺している。身体が傾く。だんだん歩き方が下手になってきている。それでも歩を進める。歩き始めてから、一度として休んだ記憶はない。

杖は音をたてる。

しゃり、しゃり、しゃり。

焼けた骨の欠片が擦(こす)りあわされるときの音で鳴る。私自身を削り続ける音で鳴る。

風の音に混じる奇妙なもの哀しい響き、不思議な節回し。あの女の声か。言葉の形を成していない不思議な響きが、私を揺さぶる。追い立てる。

あの姿を求めている。グロテスクで神聖な白い影を。この視力で、この脚で追いつけるはずもないのだが。あの響きが耳から離れない。

何も見えない。音だけだ。一体いつまでこうしていればいいのか。ただ歩を進める。終わりはない。

しゃり、しゃり、しゃり。しゃり、しゃり、しゃり。

鈴のような音が聞こえたら、風の音とまごう歌声が響いたら。

窓を閉ざしなさい、目を逸らしてやり過ごしなさい。通る間、目を伏せなさいという合図です。

出会ってはいけない。見てはいけない。

もう私はいないのだ。

月夜の輪舞

夜の遊園地というのは、本当に魅力的な場所です。特に小さな子供たちにとっては、異界のようなものです。

私が本当に小さかった頃のことです。まだ遊び足りないのに明るいうちに遊園地を後にしなければならなかったので、ちょっとがっかりしていました。で、帰る間際に受付のおじさんがそっと再入場のスタンプを私の手の甲に押してくれながら「夜になったら、戻っていらっしゃい。ゴーストたちが貴女を待っていますよ」と囁いたのです。きっとハロウィンのシーズンだったのでしょう。

ライトに翳(かざ)さないと見えないスタンプは魔法のようでした。勿論、戻ることなどできはしなくて、幼かった私はそれからかなり長い間、手の甲に目には見えない刻印が残っているのではないか、とか、ゴーストが今でもあの遊園地で自分を待っているのではないか、とか思っては、ドキドキしたものです。

そんな子供の気持ちに戻って、お楽しみください。

（石神茉莉）

別に特別なものは何もないよ。

すでにその遊園地へ行った、という同級生は一様にそう言う。それ以上のことになると曖昧に口をつぐむ。思わせぶりにしているわけではなく、表現する言葉を持ち合わせていないようだ。

ビルの谷間に長い間空き地になっていた場所、そこに一晩のうちに遊園地が誕生した。否、ずっと囲いがあったので、ある程度の期間工事をしていたのではないか、とは思う。だがいつも何処かしら工事をしているつぎはぎだらけの街で、格別それに注意を払うものはいなかった。いつの間にか観覧車やコースターのレールが完成していた。夜になると極彩色の光が溢れる。期間限定らしい。移動遊園地なんて本でしか読んだことはなかった。何だかとても魅力的ではないか。

小学生のリナは一人で遊園地に行くことなど、まだ考えられない。親にねだるしかない。だがそれがなかなかの難関なのである。もともと遊びに連れて行ってもらったことなど、数えるくらいにしかない。両親ともに忙しいのだ。それぞれの理由で。

昼間なら友達と一緒に、という選択肢も有りかもしれない。入場料はそんなに高くないらしい。三つ四つ遊具に乗って、キャラメルをかけたポップコーンでも食べられれば満足だ。まずは雰囲気を楽しみたいのだから。そのくらいならお正月にもらったお小遣いで充分に何とかなる。

だがリナは女の子同士で遊園地なんて様にならない、と思う。彼氏などいない。彼氏がいることを自慢にしている友達もいるが、小学生を二人並べて彼氏彼女に見えるわけないじゃん、と内心馬鹿にしていた。まるっきりおままごとだ。もっと様にならない。それにやはりリナは夜に行きたいのだ。高層ビル街は日が落ちてからは、金色にぴかぴかと輝く。ガラスでできた塔に遊園地の色とりどりの光が反射したら、きっと夢のような風景になるに違いない。そんな特別な場所が降ってわいたように出現するなんて、今までなかったことだ。やはり何としてでも親を口説き落とすしかない。

「何でそんなにあの遊園地に行きたいの？　観覧車とかジェットコースターとか、目新しいものは何もないんじゃないの。そんなのだったら普通の遊園地にもあるじゃない」

早くも交渉は難航していた。

普通の遊園地にだって全然連れて行ってくれないくせに、というのは禁句だから呑み込む。

「夜のイルミネーションが綺麗なんだって。花火なんかもあるみたい。期間限定で今度の土曜日で終わりなのよ。ねえ、その日ママが夜勤なのは知ってる。だから私、一人で行ってもいいでしょ」

「そんなところに一人で行ったら帰れなくなります」

「帰れなくなるって、すごいね。そんなに面白い場所なの？」

「やめなさい、そのノーテンキな考え方」

母は仕事で疲れているだろうから、忍耐力が磨り減っている可能性がある。今は笑っているが、油断はできない。

「じゃあ、遊園地の着ぐるみに隠れている人攫(ひとさら)いが子供を誘拐して外国に売り飛ばす、とか？　臓器移植に使われちゃうの。そういう噂、聞いたことある」

「ママがそういう冗談嫌いなこと、知っていて言っているのかしら？」

やはり怒られてしまった。確かに看護師である母親に言っていい冗談ではなかった。

「ごめんなさい」

リナはすぐに謝った。めいっぱい反省しているポーズをとりながら、交渉を再開する。

「私だってもうティーンエイジャーなんだから。ちょっと覗きに行くだけ。だから、えっと、八時までには帰るから」

「こらこら、リナちゃん、ティーンがつくのは十三歳から。あなたはまだ十一でしょ。立派に子供です。子供だけでそんな場所に行くのは絶対に駄目。分かりましたか」

テン、イレブン、トゥウェルブ、サーティーン……本当だ。負けた。

「はい、分かりました」

リナは俯く。母親の手がふわりと頭の上にのった。

「パパにお願いしてみたら。パパなら土曜日はお休みでしょう?」

ママが夜勤の日にパパが帰ってくるはずないでしょう、いつも朝帰りです、なんていうことはもっと禁句だから、また呑みこむ。いつでも一番言いたいことは呑みこんでいるなあ、と思うと少しばかり哀しくなった。

「そうだね、頼んでみる」

「花火なんて、あんなビルの谷間でできるものなのかしらね。危なくないのかしら。パパに連れて行ってもらったら、どんなだったかママにも教えてね」

母は表情を和らげた。リナの肩を抱くようにしてぽんぽんぽん、と軽く三回叩く。

ママの目が届かない間、きっと無事でいてね、いい子にしていてね、貴女を信じているからね、という合図だ。リナはこれに弱い。俯いて頷くしかない。

「はい」

もちろん、約束は守るつもりだった。

「遊園地に連れて行って」と一応父にも頼んでみたものの、予想通りにあっさりと却下され、仕事の付き合いだか何だかで出かけてしまった。どんな仕事だか怪しいものだと思う。

静まりかえった家でテレビを見ているうちに、魔が差した。今なら誰にも気がつかれないうちに行って戻って来られるではないか。母はよほどの用事がないと、電話はしてこない。つまり信用されているのだ。父はまずは明日の朝まで戻ってはこない。もちろん連絡など入ったことはない。こちらは信用されているのか、単に放置されているだけなのかわからない。

遊園地までは電車で四駅。駅からはすぐだ。特に寂しい道もない。そんなに危険があるとも思えない。

看板には「カーニバル」と描かれていた。工事現場のような急ごしらえの塀で囲まれており、その向こうで光が上へ下へ駆け抜ける。

入場料を払って中に入った。かなり賑やかだった。もう時間が遅いせいなのか、大人のほうが多かった。夜の一人歩きなんかしたことはない。誰かに見咎められたりしないように、精一杯大人っぽい格好をした。白いコットンのセーターに赤いタータンチェックのスカート、ベージュのシンプルな革のショルダーバッグと靴、そして、ほんのりとピンクの色がつくリップクリームで仕上げをした。多分中学生くらいには見えるだろう、と本人だけは思っていた。

道化師のメイクをした男が手回しオルガンを演奏している。銀色のパイプが行儀よく並ぶ白くペイントされた古めかしい楽器は玩具のようだ。オルゴールのような可愛らしい音色がころころと零れ落ちる。蛍光色の風船を売る男はパントマイムで人寄せをしていた。高層ビルの谷間であるにもかかわらず、風がない。色とりどりの風船は微かに弾みながら、のんびりと浮かんでいる。見上げるとすりガラスでできたような白っぽい満月が、群青の空に張り付いていた。

芋虫を模した原色の乗り物が上下にくねりながら、レールの上を疾走する。その影が巨大なドラゴンの形となって一瞬で消え去る。錯覚ではないかと地面を凝視しながらもう一台通り過ぎるのを待ってみたところ、翼のあるドラゴンのシルエットが威嚇するように首を持ち上げて走る様がはっきりと見えた。

鉄塔からはピンクや黄色や水色の花の形をした乗り物が下がり、軽やかに上下している。歓声は遠く空へと拡散していく。

様々な光に満ちてかなり明るいように思ったのだが、そこかしこに闇が澱んでいた。たとえばジェットコースターの順番待ちをする階段の脇、りんご飴屋台の脇のゴミ籠や花の寄せ植え辺り、射的の的と台の谷間、化粧室の矢印が示す奥、錆びかけたゲーム機の並び。まだ小さいリナは大人と大人の間からいくつもの暗がりを覗き込むことができた。不可思議な生き物の潜む洞窟のように見えた。

リナの視界の隅で闇がふわりと動いた。いつの間に現れたのか、男が立っていた。漆黒の瞳が瞬きもせず、じっとリナを射すくめる。思わず後ずさると、男はまるで子供のような顔で笑った。表情のギャップに驚き、そのはずみでリナの警戒心は端から綻びていった。服装は黒ずくめで、夜の中ではまるで保護色だ。

「カーニバルにようこそ」

おどけた身振りで一礼してみせる。リナも反射的にぺこりと頭を下げた。

「君はここに何しに来たの」

何しにって……遊園地に他の人は何をしに来るものなのだろうか。リナは周囲を見回し、首をかしげた。

「遊びに、来ました。どんな場所だか見たかったのもあったし」

あんまり遊園地って来たことないし、という言葉は口にしなかった。幼稚園の遠足で行ったというくらいしか覚えがない。でも、それでは何だか「可哀想な子供」という感じがする。

「そうか。じゃあ、案内してあげよう」

手を差し伸べられた。リナは一瞬躊躇(ちゅうちょ)した。その人は父親とか親戚のおじさんと違って「男の人」という感じで、しかし、そんな心の動きを悟られるのも気恥ずかしく素直にその手をとった。

「迷子になると、危ないからね。迷子になりたい場合は別だけど」

「なりたい人なんて、いるの？」

「いるいる。たくさん、いる。噂聞いたことないかな、カーニバルに行ったきり行方不明、とかさ」

恐ろしいことをさらりと言う。

「あるけど。まさか貴方が人攫いなの？」

口にしてから自分の質問の馬鹿馬鹿しさに首を竦(すく)めた。たとえそうであったとしてもそんな質問に、はいそうです、と答える者がいるはずもなく。

「人聞きの悪い。無理に連れて行ったりしないよ。みんなはさ、遊園地に何を期待していると思う？」

「さあ。楽しいこととか面白いこととか」

「遊園地に来て何が一番楽しい？」

「よく分からないけど。スリルがあったりどきどきすることかな」

「普段はあんな風に振り回されたり、天地がひっくり返ったりとかしないわけじゃない。普通に地面に立ってこうして歩いているよね。それをぎりぎりまでひっくり返すんだよ。普段見られないもの、普段は経験できないことができる。ちゃんと細かく計算されているんだよ。闇の縁まで連れて行って、そして無事に日常へと戻すためにね。実は戻す方が難しかったりするんだけど」

高速で転がっていくコースターやライドの光を示してみせる。

「闇を鮮やかに引き立たせるためにいろいろな灯りをつけているんだ。ね、綺麗だろう」

リナは緊張した表情で頷く。光に彩られた闇は深さを増し、その奥底に不可思議なものを潜ませる。

「できるだけ上質の闇を、上等な怖いものを、たくさん見せてあげるの。でもうっかりするとね、その闇に魅せられてぴょん、とそっち側に転がって帰って来ない人がいるんだよ」

「ぴょん、と転がって？」

リナは笑った。何だか楽しそうだ。

「君みたいな子供だと軽やかに戻って来られるんだけど、大人は不器用なんだね。身体が重すぎるのかもしれない」

リナは男をしみじみと見た。

「貴方は大人よ、ね？」

顎に鬚をたくわえているし、もちろんそうなのだろうけれど、屈託のない表情は子供にしか見えなかった。

「大人に見えない？」

「大人に見えないっていうか、普通の人間じゃないみたい。さっきだって暗がりがね、こう動いて人間になったように見えたわ」

リナは左手で宙に人間の形を作ってみせる。

「詩的な褒め言葉をありがとう」

今、私、褒めたっけ、とリナは首を傾げた。

「で、何に乗りたい？」

「観覧車」

「さすが御目が高い。観覧車はイチオシです」

遊園地のほぼ中心に位置している観覧車には電飾がついていない。ゴンドラの一つ一つに宿った淡いクリーム色の光が幻想的に空へと上っていく。柔らかな蠟燭の火のような灯りだ。近くから見上げる鉄塔は何だか古めかしく見えた。ブルーのゴンドラに二人で乗り込む。

「一周十五分。ごゆっくりお楽しみください」

「意外に長いのね」

「景色を楽しむものだからね」

ゆっくりゆっくりと上昇していく。ゴンドラの床を通しても、足元に浮遊感が伝わってくる。ほんの少し心細くて、そしてわくわくするような感じだ。ビルの明かりはやけに遠く見える。この遊園地って、こんなに広かっただろうか。

「あれ、あれはなあに?」

窓の外に白く不思議なものがいくつもいくつも飛んでいた。

人間の首のように見える。

まだ子供のようだ。ふわりふわりと漂うのもあれば、アクロバティックな動きをするものもあった。リナたちのゴンドラを覗いていくものもあるのだが、決して視線はあわない。

あわないはずである。瞳がない。

目はアーモンド形に磨かれた白い大理石のように見えた。だがどうやら視力はあるらしい。お互いぶつからないように、上手に避けあいながら舞っている。首の切断面のところから彗星のように白い尾が伸びる。靄(もや)のようでも淡い光のようでもある。

みんな、哀しそうではなかった。宙で呑気そうに戯(たわむ)れている。

「幽霊?」

「いや、あれは生きている子供。こういうお客様も来るから、面白いね」

「お客様?」

「遊園地に来たくて来たくて、それでもどうしても来られない小さな子供たち。首だけこっそり飛んでくるの。そう遠くまでは行かれないからさ、遊園地のほうが移動してあげるんだ」

「首だけで来ても楽しいの?」

「首だけでも、ちゃんと夢を見せてあげられるからね」

リナはこっそりと自分の身体を探って確かめた。もしかしたら、自分も首だけが浮遊してきて、夢を見ているんじゃないかと思って。

男が笑ってリナの肩を叩いた。

「大丈夫、君は普通に全身で来ているよ」

子供の笑い声が微かに聞こえた。柔らかそうな髪がなびく。まるで重さなどないように自由自在に舞う。月の光のせいか、顔はずいぶんと蒼白く見えるけれども、どうやら元気いっぱいのようだ。

「君も遊園地へ来たくて来たくて、でも来られない小さな子供だったんだ」

男の声には憐れみなどまるで感じられなかったので、リナもすんなりと本当のことを話すことができた。

「そんなに大袈裟な話じゃないんだけど」

リナは肩を竦めた。

「パパの田舎に遊園地があったの。小さい頃にね、パパが連れて行ってくれるって約束したのに、結局一回も行かれなかった。今はもうその遊園地はないの。あまり行く人もいない場所だからかな、閉園しちゃったんだって。でも遠くから見えるの。まだぼろぼろになった観覧車が残っているの。鉄でできた骨組みとか、くっきりと見えるの。二度と動かなくなって、ガラスなんかも割れて危ないから近づくこともできないんだけど」

リナは唇を尖らせた。

「そこに見えているのに。見えているのに行かれないの、すごく悔しいの」

観覧車にコースター、コーヒーカップに回転木馬、規模は小さかったたし、そんなに特別なものはなかったように思う。パステルカラーで玩具箱みたいに可愛らしい場所。今は木々の間から見える抜け殻のような廃墟になってしまった。

　男はゴンドラの窓を開けて、闇の中へ白く半透明に光るものを投げた。石かガラスの欠片のように見える。首が素早く寄ってきて、口だけで上手にキャッチする。いくつもいくつも投げる。平等にいきわたるようにと方向を変えて投げている。一番小さな子供の口に入ったのを見届けた男は、安堵したように微笑んだ。なんだろうと不思議に思って見ていると、小さな欠片をリナの口にも押し込んでくれた。

「甘ぁい。すーっとする」

「薄荷糖だよ。美味しい？」

　リナは頷いた。子供の首も美味しそうにぺちゃぺちゃと咀嚼している。目や鼻の辺りは無表情で冷たく鉱物的なのだが、赤い口や舌は軟体動物のようによく動き、唾液で光っている。

「飛ぶのはね、エネルギーがいるの。だから甘いほうがいいんだ」

　何だか鯉か金魚に餌をやっているの図に見えなくもなかったのだが、子供たちは楽しそうだし、まあいいか、とリナは思った。

　確かにここには滅多に見られないものがあるなあ、と窓の外を眺める。

「上質の闇、上等な怖いもの」

　先刻の男の言葉をそっと呟いた。

　遠く遠く小さくなった遊園地は玩具じみていて、綺麗だった。

　地上についてもまだ足元がこころもとない。地面がふわふわとする。

見上げても観覧車の周囲を浮遊する首たちの姿は見えなかった。そのために観覧車だけは照明を落としているのかもしれない。安心して飛びまわれるように。

次は何に乗ろうかと物色していたリナは、息を呑んで男の後ろに隠れた。

「どうしたの」

「厭なもの、見ちゃった」

「何」

「うちの親。父親。隣にいるの、ママじゃないし」

「ふうん」

遊園地に行くって約束したのに。絶対先に約束していたのに、とリナはこっそりと歯を食いしばる。指きりしたのは、まだ小学校にあがる前なのだ。

ひどい。

それに
と、リナは涙をこらえながら二人を睨む。

何、あの女の人の歩き方。パパの腕にしがみつかないとまっすぐ歩けないいって訳。服の趣味も最悪。似合ってない。靴も安物っぽい、ヒールが不安定でゆらゆらしている。もしかすると酔払っているのかもしれない。ママの方がずっと素敵だ。姿勢がいいし、歩き方もかっこいい。体形は何だか重心が下にありすぎて、顔が細いのに下半身がひどくぼってりしている。バランスが悪い。

などと、ありったけの悪口を内心呟きながら、靴のつま先で地面を二、三回蹴った。

顔立ちは悪くない。かなり綺麗なほうだ。ママに似ている。横顔の感じなんかそっくり。そしてママよりだいぶ若い。

母に似た人だということで、何故か裏切られた気持ちが更に強くなる。

「なるほど、なかなかの色男だね」

他人事だと思って……とリナは涙で言葉が出なくなり、平手で何度も何度も男の腕やら肩やらを叩いた。それは八つ当たりでしかなくて、そもそも、母を裏切っているのは父なのに相手の女の人を悪く思うのも、やはり八つ当たりで、リナは自分自身にも腹を立てていた。

「まあ遊園地は女の人と来る場所だから。そう膨れなさんな」

その意見には賛成だけれども、素直に頷くわけにはいかない。

「それとも、あんな親父に見切りをつけてうちの子になる？」

「カーニバルの人になるってこと？」

「そう」

それは悪くないかもしれない。あちらこちらに旅行ができて、いつも遊園地とともにいられる。だけど。

「無理だよ。貴方はお父さんというより、男の人って感じだもの」

「お父さんていうのも男の人の一種なの」

「なあるほどね」

妙に納得した。だらしない歩き方の女の人を腕にぶら下げてでれでれしている男の人って街中にたくさんいるような気がする。

「君だって同罪だよ。お母さんとの約束破ってここに来たんだろう。もし、君が今夜無事に戻らなかったら、あのお父さんが家に帰らないよりも、もっともっともっと、お母さんを哀しませると思うよ」

「一緒にしないで。私は絶対に帰るもん」

「本人が帰るつもりだって、事故にあうことだってあるんだよ、まして、夜は危険だからね」

「どうしたって、帰る。どんなに危険でも帰る」

もし、胴体が戻れない事態になったら、きっとリナは首だけでも帰ろうとするだろう。両手の拳を握り締めて、闇を飛び回っているであろう幼い首のほうに目を凝らした。

父と女性は寄り添うように観覧車の赤いゴンドラに向かった。乗るときに父が手をかして、女の人はうっとりと微笑み返していた。

「パパも連れて帰ってやるんだから」

月の冷たい光が目に染みたような気がした。目を閉じて深呼吸をする。突然激しい目眩がした。身体が急に重くなった。何者かに首を上のほうへと思い切り引っ張られた。なのに身体は後ろに倒れた。


そして、空へ。身体を置き去りに首だけが上へ上へと吸い上げられる。

少しずつ浮上していくゴンドラを追いかける。月光にふわふわと誘導されていく。

窓の中にいるのは、父と先刻の女の人だというのは分かっているのだけれども、目にうつるのは肢のいっぱいある奇妙な蜥蜴か巨大に膨れあがった蜘蛛のようで、ゴンドラいっぱいに蠢いていた。その化け物が奇妙に美しく思えて、更に壁や床に黒々と映り揺らめき踊る影にまで見蕩(みと)れてしまって、リナはとても哀しくなった。ゴンドラの窓にぽんぽんと当たってみたところで、気がついてもらえるはずもない。

　気がつくと仲間が集まっていた。白い靄の尾を引いた小さな首たちがいっせいに窓にとりついて「よいしょ、よいしょ」と揺さぶっていた。十も二十も集まった。みんな、笑っている。お祭りの子供神輿(みこし)のようだ。リナも嬉しくなって、声をあわせて揺すった。かなり重量があるので難しい作業だったのだが、じきにコツをつかんだ。宙吊りのゴンドラは荒波に玩(もてあそ)ばれる小舟のようになった。

　顔を上げた女の人が悲鳴をあげた。リナを見てパニックに陥る。訳の分からないことを叫び、髪を掻(か)き毟(むし)り、首をいやいやするように振った。

　ゴンドラの窓をこじ開け、父を押しのけ、あっという間に闇にダイブした。リナがとっさに女の人を受け止めようとしたのは、母のことを思い出したからだ。自分の身体だろうと、他人のであろうとわざと傷つけるようなことは許されない、と繰り返し教えられてきた。自殺や傷害事件のニュースが流れたときの切なそうなやりきれないような母の顔が浮かんだのだ。リナも母たちが日々どんなに懸命に折れた骨や切れた筋肉や破れた皮膚を修繕すべく努力しているのか、知っていた。

　今はあいにく手を使うことができないので、白い靄のような尾で女の人の身体を巻き取ろうとしたのだ。けれども、その尾は実体がないので女の人はあっけなくすり抜けて落ちていった。

　あ、しまった、と思った瞬間、真紅の花火が夜空にはじけた。赤と金色とが混ざった火花が柳の枝の形になって、とろとろと闇を滴り落ちていく。小さな首たちはきゃあきゃあと喜んで逃げ惑った。

ゴンドラの窓から赤い光に照らされた父が呆然と外を見ていた。

リナと父の視線はあわない。きっと、今のリナには瞳がないのだろう。

頂上に達したゴンドラが静かに下降しはじめた。

慣れないことをしたので、疲れた。ちょっと眠い。

リナの意識もみるみる闇へと沈んでいく。


「身体はちゃんとお預かりしていましたよ、全く無茶をするお嬢さんだ」

男が笑っている。リナは目をこすりながら、男を見上げた。

「屋外で首なんか飛ばしては駄目だよ、身体を安全な場所に置いておかないと。戻れなかったら死んじゃうんだよ」

リナの身体は男の上着に包まれていた。

「それに首が離れた胴体は体温を保つのがとても難しいの。こういうときには普段より暖かなものを着ていなければなりません。でないと、風邪をひきますよ。分かりましたか」

「あ、はい」

「首を飛ばす場合の心得」に間の抜けた返事をしながら、おそるおそる観覧車下の地面を眺める。

まさか先刻の女の人が、壊れて落っこちているのではないかと思って。しかし、何も変わったことはないようだ。のんびりと順番を待つ人々がゴンドラを見上げている。

「あの女の人は？」

目が醒めきっていないように、だるい。意識と身体が馴染まないような感じだ。男がリナの身体を起してベンチに落ち着かせ、もうひとつ薄荷糖を食べさせてくれた。運動した後にはなるほど甘いものが美味しい。

「気にしなくていい。非日常のスリルを楽しんだ後、闇のほうにぴょん、と転がっていったよ。時々あるんだ、こういうことは」

「あの真っ赤な花火、とっても綺麗だったね」

リナは微笑み、呟いた。薄荷糖は口の中でほろほろと崩れ、吸い込む息まで冷たく美味しくなる。

「首だけの子供たちも喜んでいたよ」

リナは赤いゴンドラを目で追っていた。思い切り揺らした名残でその一つだけが右へ左へと傾いでいる。ゆっくりと地面に近づく。

「戻ってきたようだね。君もお父さんと一緒に帰りなさい」

「まだ回転木馬もコースターもコーヒーカップも乗ってないよう」

父のことも気になったが、男と離れがたい気がした。

「じゃあ、一緒に乗っておいで。券をあげよう」

空色のボール紙でできたチケットを何枚か手に押し込んでくれた。リナは上着を男に返した。すっかり自分の体温が戻っていた。

「貴方は？」

「君には振られたしね。本日の人攫いは失敗だ。そろそろ退散するよ」

「楽しかったです。いろいろありがとう」

ガタンと音をたてて到着したゴンドラから、ふらふらと父が降りてきた。リナは手を振りながら駆け寄った。

「パパ」

ぼんやりとした目で娘を眺める。リナは腕にすがって笑う。

「どうして?」

「約束したじゃない。遊園地に連れて行ってくれるって」

リナの背後で闇がふわりと動く気配がした。振り向くともう男の姿はなかった。頭の上でもう一つ花火がはじける。

また誰かがぴょん、と転がったのかな、とリナは空を見上げる。今度は鮮やかな紫と金色の火花がふわふわと流れては闇に溶け込む。はしゃぐ幼い声が遠くに聞こえた。リナは見えない子供たちに小さく手を降った。リナの視線を追って、父は不安そうに眉を顰(ひそ)めた。

回転木馬とジェットコースターとコーヒーカップに乗って思う存分に振り回され、天地もひっくり返されて、再びふらふらになった。お腹がすいたと父にせがんで、トマトのピザとラム酒フレーバーのクリームを浮かべたホット・ココアを買ってもらった。更に「りんご飴とキャラメルポップコーンと三段重ねのアイスクリームと銀のアラザンをかけたチョコバナナ」と三百六十度見渡して目に入ったものをすべて一息にねだり、「いい加減にしなさい」と怒られた。その顔がとても「父親」らしかったので、リナは安心して笑った。

父は苦笑して娘の食欲を眺めながら、プラスティックのカップに注がれたビールを飲んでいた。

なるほどこういうのを色男というのか、とリナはその顔をつくづく眺め、ココアの最後の一口を飲み干した。

手をつないで帰る二人の背後で最後の電飾が消えた。凍りつくような月の光で骸骨じみた観覧車が浮かんだ。

リナは母への報告の言葉を考えて、そっと呟いてみた。

赤い花火と紫の花火を見たよ、特別なものは何もないんだけどね、楽しかった。


それから。

父は相変わらず母の夜勤の日には家を空ける。母も父のことを特に気にかけている様子はない。仕事が忙しく、リナもあまり構ってはもらえない。リナの肩を三回叩いて出かけて行き、疲れきった顔で戻ってくる。きっと毎日のように折れた骨やら破れた皮膚やら壊れた内臓やらを繕って(つくろって)いるのだろうと思う。大変な仕事だ。

母を裏切ってしまったという負い目から、「禁句」も今まで以上にスムーズに呑み込むことができるようになった。やはり後ろめたいことのひとつもしておくものである。よくよく観察していると父も母が自分の目の前にいる間は、優しい言葉や態度を惜しまない。彼の場合、負い目には事欠かないのであろう。

そんな両親の状況を理解しているわけではないのだが、こんなものなのだと納得して日々を過ごしていた。それにリナもそろそろ自分のことで忙しくなりつつある。

カーニバルのことはそれっきり噂にもならなかった。一瞬のうちに現れ、消えていった遊園地のことは誰も口にしなかった。そんなものは最初から存在していなかったかのように。

今はただむき出しの土地がビルの谷間に黒々と残されている。

人魚と提琴

本作は後に石神茉莉の初長編『人魚と提琴　玩具館奇譚』の元になった短編です。本短編集にも収録されている『海聲』でローレライ的な人魚の物語を『異形コレクション　難破船』に発表された直後に、編者の井上雅彦氏の依頼を受けて、同じ人魚をテーマにしたアンソロジー『異形コレクション貴賓館　人魚の血』のために書き下ろされました。

ここで描かれるのは囚われた人魚の物語であるとともに、提琴（ヴァイオリン）にまつわる幻想音楽の物語でもあります。音楽もまた、石神茉莉が蒐集する重要な怪異の一つ。そして人魚と提琴を繋ぐのはどちらも人外の聲（こえ）であることなのです。

（編集部）

燃え盛る焔の中から、人魚たちが這い出してきた。河へとじりじり進んでいく。身体にたっぷりと水を含ませて、人魚の腹は大きく膨れていた。焔が髪を焦がし、頬を弄(なぶ)る。焔は舞う。ごうごうと音をたてて、驚くべき早さで広がっていく。まるで、意志を持っているかのように。

「人魚を海に還してはならない」

それは、掟だ、と頭の中で祖母の声が響いた。人魚を陸に留めておくこと、それだけがこの村に住む者たちの仕事だった。そして、それはさほど難しいことではなかったはずだ。人魚の身体は陸上で動くには適していない。逃亡などできるはずがなかったのだ。

それなのに。

僕は人魚とともに河岸まで逃れた。だが、水には飛び込めなかった。胸に抱えたヴァイオリンを濡らしたくない。

それに。

焔に包まれた村を振り返った。皆、死んでしまった。自分だけが助かる訳にはいかない。

ゆっくりと、弓を構えた。最期に「あの曲」を奏でようと思った。もう一度、この手で人魚の歌声を。

＊

水守貴史(みなもりたかし)は天才と呼ばれるヴァイオリニストだ。私は彼の姪にあたる。

髪の色も瞳の色も薄く華著（きゃしゃ）な身体（からだ）つきをしている。整った顔立ちなのだろうけれど、生気がない。まるで、セピアに変色しかけた古いデッサン画のようだ。現実感に乏しい。

だが、ヴァイオリンを手にした途端に印象が変わる。穏やかだった大きな瞳に酷薄とも思える光が宿り、全身に緊張が走る。時間の流れが止まったように錯覚してしまう。誰もがその弓が奏でる音を待ちかねて、息を呑む。

音色の甘美さに酔う。同時に身が竦むような忌まわしさに襲われる。身体が震える。息を吐くことすら、忘れそうになる。美しさは、あるレベルを超えると恐怖に転ずるのだろうか。

私はヴァイオリンに関して、曲の好き嫌いはない。水守貴史の演奏とそれ以外、という区別しかない。彼が奏でる音あれば、何でもいい。何度耳にしても、最初に聴いたときの感動と恐怖を同質に味わうことになる。その響きは空気を変える。自分という「個」の輪郭も失われ、音に蹂躙され、満たされる。エクスタシーに近い。

演奏が終わった瞬間、ホールは静寂に包まれる。聴衆は魂を抜かれたように呆然としている。彼もヴァイオリンを肩に凭（もた）れさせたまま、しばらく宙を眺めている。はぐれた子供のように頼りない姿だ。ゆっくりと楽器を下ろして一礼したとき、我に返ったように拍手が湧き上がり、歓声が響く。涙を流す客、失神する客までいた。とてもクラシック音楽のコンサート会場とは思えない光景だ。意味の分からない叫びをあげる聴衆を後に、彼は足早に舞台を去る。アンコールには決して応じない。カーテンコールもしない。そのまま楽屋に直行する。

名の通ったヴァイオリニストに師事してはいない。留学経験もない。経歴もあまり知られていない。それなのにその演奏は神の手、悪魔の音色などとも言われる。いささか陳腐な表現だが、よく似合っていた。

水守貴史は微笑んで言う。悪魔じゃない、人魚だ、と。僕のヴァイオリンの音は人魚と一緒に創りあげたんだ、と。

彼は私の母の末弟である。ヴァイオリンを手にしていないときは、明るく穏やかな人だ。私とは十六しか違わないので、兄に近いような存在だ。

十の年に母方の祖母——私にとっては曾祖母だが——の姓を継ぐために、養子となって山の中の村へ連れて行かれた。しかし、突然の大火のため、村はほぼ全滅した。叔父はただ一人の生き残りだ。

私は水守貴史の唯一の弟子だ。物心もつかないうちからヴァイオリンに没頭していた。響という名も叔父がつけてくれたらしい。産まれたときから彼の後継者に定められていたようだ。それなのに私には才能がない。水守貴史とは雲泥の差だ。恐ろしいほど正確で、個性の入る余地のない演奏だと言われる。とても褒められているとは思えない。そんな凡庸な演奏に何の意味があるだろう。あの奇跡のような音のただ一人の後継者が凡人だなんて、許されることではない。少なくとも私は私自身を許せない。

＊

かつて山の中の村には古い土蔵があって、その中には人魚が二人いた。人魚の存在を決して口外してはならない、と言われた覚えはない。特に秘密にしていた様子もなく、ごく当たり前に存在していた。だが、今思えば、こんなに珍しいモノを他所から身に来る人もいなかったから、やはり秘していたのだろう。村の人間はあまり外と交流することを好まなかった。麓ではこの山の上に村が存在していることさえ知らない人もいたようだった。

人魚は幼い頃、絵本で見たものとはかなり違っていた。決して美しいものではない。目はどんよりとして、何も見ていないようだった。顔立ちに違いはないように思えたが、よく見ると目の色が違う。一人はブルーで、一人はグリーン。澄んだ色合いではなく、川底でもつれ合う藻の色を思わせる。

かつては、人魚と接するには数え切れないほどのしきたりがあったという。

人魚に与える海水は日の出の光を映した水でなければならない、月のうちの一週間、男たちは決して人魚に触れてはならない、人魚に火を見せてはならない、等々。

人魚が幽閉されている土蔵に入るとき、前を横切るとき、人魚に触れるとき、そんな日常的な所作や声のかけ方まで細々とした作法があった。人魚に接することすべてが儀式のようなものだったらしい。僕が村に来たころには、すでに廃れてしまっていたけれども。人魚の祭で行われる子供たちの舞に、その所作がいくらか残っているのみだった。

人魚は淡水でも充分生き延びたので、わざわざトラックで海水を汲みに行くものはいなくなった。逃亡など思いもよらないほど、無気力なので、見張りもおざなりになった。闇の中でただ目を光らせ、じっと蹲っている。あらかじめ声帯を奪われている人魚たちは静かだ。ときおり思い出したように水音をたてる。

人魚は神様なの?

おそるおそる尋ねてみると、子供たちは声をあげて笑った。やはり余所者は何も知らない、と。何が神様なものか。動物以下だ。ただ生臭くて醜い。

年に二回行われる祭のときだけ、人魚は女たちの手で洗われ、花や真珠、美しい貝の類で飾られていた。だが、花で飾られようと、苔や水垢にまみれていようと、人魚にとって違いはないらしい。すべてにおいて無関心だ。人間と同じ感情を持っているとは思えない。どちらかといえば、魚に近いのかもしれないと思っていた。

子供たちの舞の後に、胡弓に似た奇妙な楽器が演奏される。かすれた海鳴りのような音色だ。祭囃子にしては陰気だ。

その瞬間、人魚の表情は一変する。目を見張り、身体を震わせる。その瞳には知性をたたえた奥行きなどはない。ただ原始の力、狂暴な深みが潜んでいた。髪を振り乱し、口を大きく開き、失った声を振り絞ろうとする。喉に無造作に刻まれた傷が揃って震えている。まるで無声映画のようだ。

人魚の舞で吉凶が判断されるのだという。もちろん、吉なのか凶なのか判断ができる人間は限られている。どちらの卦が出ても、僕の目には狂気としか映らなかった。そしてどんなに狂乱している時でも、二人の人魚の動きは鏡の像のようにぴったりと同じだった。

失われた声……その切なさに身を震わせた。歌っている。懸命に叫んでいる。それなのに、その声は伝わらない。一体、どんな歌なのだろう。人魚の声を聴いてみたい、そう願った。

祭の後、ヴァイオリンを手に土蔵に忍び込んだ。祭が終わってしまえば、人魚に関心を寄せるものもほとんどいない。まだ子供ということもあってか、誰に見とがめられることもなかった。

小さいころからヴァイオリンを習っていたのだが、この村に来てからは、教えてくれる人もいないのでそのままになっていた。この村はいつも湿気が強い。海からの風がここまで届くのだろうか、常に磯臭かった。こんな場所でヴァイオリンのケースを開くのも嫌だった。楽器は湿気を嫌う。だが、今はそんなことは気にならなかった。声を失った人魚に音楽を聴かせてあげたい――自分の思いつきに熱中していた。

弓をかまえる。Aの開放弦に弓をすべらせただけで、人魚は反応した。瞳が大きく聞かれる。うつろだった視線が、ゆっくりと焦点を結ぶ。吟味するように僕の手許を見た。始めて見る「人間らしい」表情だった。

あの、変な楽器よりヴァイオリンが好きらしい。

嬉しかった。祭りの音楽よりも、ずっとずっと、綺麗な音が出せる自信があった。あの楽器は何と言うのかは知らないが、音が洗練されていない。

目の前で、僕が奏でる音色に耳を傾けてくれている。それが人間であろうと、そうでなかろうとどうでも良い。久し振りに得た聴衆だ。張り切って調弦した。

セザール・フランク作曲のヴァイオリン・ソナタ。

暗い水面にたゆたう幽かな光を思わせるメロディ、気だるい音色が人魚にきっと似合う。ピアノなしでは第二楽章と終楽章は諦めるしかない。ピアノとともに織り成すカノンができないのは残念だが、仕方がない。第一、第三楽章を続けて演奏することにした。

思いの外、音響がいい。天井が高いからだろうか。深い闇の中に澄んだ音が螺旋状に立ち上り、溶ける。余韻が柔らかく、心地よい。

久し振りの弦の感触と響きに、夢中になった。周囲の子供たちには音楽に耳を傾ける習慣はない。もう二度とヴァイオリンは弾けないのだろうか、と思った。何度も帰りたいと願った。何も分からないまま、大人の都合でここに連れてこられた。

人魚も故郷から引き離されているのだと思い至った。広大な海を泳いでいたであろう人魚たち。今、浸かっている水槽は単なる水溜まりだ。腰までしか水位のない狭い風呂のようなスペースがあてがわれ、暗い土蔵では空も見えない。それに、人魚たちはもう歌うことができないのだ。人魚たちの寂しさと自分の寂しさをいつしか重ねあわせていた。

演奏を終え、深々と頭を下げてみせた。高音もよく伸びた。今までで一番良い出来だったと満足する。喝采はなかったが、人魚の瞳ははっきりと僕の姿を認めてくれていた。こんなことは初めてだった。

海へ還りたい？

人魚は人語を解しているものかどうか、ただゆっくりと瞬きをした。グリーンの瞳をした人魚が、髪に絡んだままになっている萎れた薔薇を千切り、ブルーの方の目の人魚もそれに手を伸ばし、二人は細い手で茎を握り締めた。指に血が滲む。

血が紅い。

人魚は同時にゆっくりとその手を差し伸べた。アーモンド型の四つの目がじっとこちらを見つめる。引き潮のような抗いがたい力を感じた。そっとその指を口に含んだ。人魚の血が口の中に沁みてくる。味は分からなかった。その滴は冷たいのに、舌や口蓋が焼けるように熱くなった。じわじわと僕を侵食していく。

僕が声の代わりをしてあげる。ヴァイオリンは、どんな音でも作ることができるから。きっと代わりに歌ってあげる。

人魚の肌はなめらかで、魚類のぬめりが感じられた。うっすらと銀色がかっている。人の肌のような柔らかさはなく、身がつまって硬い。潮の濃厚な香に気管を塞がれた。息苦しさと幽かな嫌悪感から身を引こうとすると、無造作に動きを封じられた。両側から合わせ鏡のように、迫ってくる人魚に潰されそうになった。

折れそうに細い腕だが、力は強かった。そして、自分より弱いものに対しての加減を知らないように思えた。人魚の中にめり込んでいくようだった。僕と人魚の境目が何処にあるのか、分からなくなった。

＊

水守貴史の姪であり、ただ一人の弟子であると聞くと、皆、ひと膝乗り出し、期待に満ちた目で、私を見る。そして演奏を聴くと、あからさまにがっかりした顔をする。そして取り繕うようにぎこちなく褒める。

さすが、素晴らしい。こんなにきちんと正確な演奏は聴いたことがない、全くブレない音で、気持ちがいい、等々。

顔立ちまで、私は両親よりも叔父に似ていた。褐色に近い髪、ほとんど日焼けをしない肌に散る金色のそばかす、バランスを欠くほど大きい目、背ばかり伸びて太らない体質。あまり女らしい曲線が感じられない。いつまでたっても男の子っぽい。

子供のころは赤毛だの外人だのとからかわれた。私は叔父よりさらにメラニン色素が欠乏しているらしく、瞳の色は緑色に近い。斜視気味なので何を見ているのか分からない、と言われる。今では、仕草や話し方までが似てきた。誰が見ても水守貴史の血を感じるだろう。姿形だけは。舞台映えしていい、と叔父は呑気な発言をして私を苛立たせた。こんなに似ているのに、どうして私にはあの音が創れないのだろう。

彼には音楽家にありがちな神経質さは微塵もなかった。物静かだが、根は陽性らしい。気負いもなく、誰とでも気軽に話す。大火をひとり生き残ったような過去は感じさせない。そして、人間にも物にも執着がないように見える。

「欲しいものは全部手に入れたから」

「嘘」

「本当だよ。世界のすべてがここにあるんだ」

叔父は冗談とも本気ともつかない口調でヴァイオリンを撫でた。

「気障なやつ」

手に入らない音に焦がれ、練習中に癇癪をおこすのは、私の方だった。普通は逆だろう。私は悔しさで何度も泣いた。

教える側は悠然と笑っている。私はこの人が怒ったところを見たことがない。

望むものが手に入らない苦しみを天才に理解できるはずもない、と私は叔父を恨んだ。私は生活のほとんどを練習に費やしていた。学校に行く前にまずはヴァイオリンの練習をする。帰宅してからもする。時には登校を忘れて一日中、演奏していることもあった。これ以上、どうしたらいいのだろうか。

「焦らなくていい。響は大丈夫だ。僕よりもずっと才能がある」

慰めのような言葉をかけてくる時の叔父は大嫌いだ。私の方が才能がある？　あり得ない。

「いつ？　いつになったらできるの。私の年齢には、とっくに叔父さんはあの音色を奏でていたじゃないの」

浮世離れしているせいか、叔父はある日突然、目の前から消えてしまいそうな気がした。貴重なものほど損じやすく思われる。完成しないうちに彼を失って、私は一生、あの音に焦がれ続けて終わるのだろうか。叔父とあの音色とを永久に失う瞬間を幻視して、私はまた涙を流した。時間がない、ということを私は本能的に感じていた。

＊

土蔵に澱んでいる空気が、変わる。その瞬間がとても好きだった、毎日毎日人魚が幽閉された土蔵に通って練習した。弓を操るうちに、腐った魚か潮溜まりのような臭いだった空気が、ゆっくりと澄んでいくのだ。

ほんの少しの仕草、そして匂いで人魚たちは音を教えてくれた。空気に身を委ね、そこに調べを解き放つことによって、少しずつ人魚が望む音を覚えていった。気の遠くなるような作業だが、音符に表しきれない旋律を拵えていくのは、ぞくぞくする程楽しかった。

半年ほどで音が変わった。かつての「音楽教室の優等生」の音ではなくなった。自分の手許からではなく、遥か彼方より到来する響きのように思える。弓は軽々と動く。何かに導かれているように。正統な音に比べて、幽かに揺らいでいる。それが一般的に心地よく響くのかどうかは分からない。でも、僕にはたまらなく美しく、心を揺さぶられる音だった。

そして、人魚が満足する音を手に入れるのに、五年を費やした。

ヴァイオリンだけが生活のすべてだった。自分自身が奏でる音に憑かれたように。僕はごく自然に仲間から外れていった。そのせいで、いじめられたということはない。子供たちは声をかければ愛想よく返事はするのだが、口調は僅かに改まる。大人たちを相手にする時よりも、もっと余所余所しい。無視することは決してない。だが僕がが立ち去るまで、遊びを再開することはなかった。じっと立ってこちらを伺っているのみだ。

それで不満はなかった。ヴァイオリンを邪魔されなければいい。それ以外、やりたいことなどない。

祖母も好きなようにさせてくれた。楽器のメンテナンスのために月に一回は山を下りて街へ行くようにとすすめてもくれた。孫の才能を喜んだからというよりも、僕のヴァイオリンに出会ってから、人魚の機嫌が良くなったというのが、主な理由だろう。

人魚の舞は吉凶を占うのではない。吉凶を左右するのだ。

昔はそう信じられていた。ただぼんやりと蹲っているばかりの人魚を、皆、見下すように振舞ってはいた。だが、かつて人魚を怖れた歴史は彼らの中に残っているのだろう。人魚はもともと嵐を好み、船を沈め、津波をおこし、戯れに人を溺死させたともいわれている。

人魚が「凶」の卦を出した後はろくなことがない。病が流行し、災害が頻発する。僕が人魚の世話をして演奏を聴かせるようになってからは、「吉」が続いた。

叔父の記憶の中に存在している、人魚とともに過ごした場所。それは、本当に「この世」と地続きにあるのだろうか。決して行き着くことができない空間、異界であるように思えた。伝説のものが、目の前で生きていたというのだから。

＊

「人魚はいつから村にいたの」

幼いころの私は、よく御伽噺（おとぎばなし）をせがむようにそのころの事を尋ねた。

「ずっと、ずっと昔から。響のひいひいおばあさんが生まれる前からいたらしい」

「ずっと、同じ人魚？」

「もちろん。蒼い目のと、そして碧色の目の人魚」

彼は秘密を打ち明けるように、声を潜めてみせた。

「どうやら、人魚は死なないらしい」

「本当？　それなら、今でもその人魚たちは生きてるの？」

「そう。どこかに、今でもね」

叔父は微笑んで、私の髪を撫でた。私に向けられる瞳は、とても優しい。けれども、私は叔父に愛されているのかどうか分からなかった。私ではなく、遠くを見ているように思えたからだ。

「何ていうお名前だったの、叔父さんに音を教えてくれた人魚は」

「人魚に名前をつけてはならない」

「どうして」

私は目を丸くした。

「決まりだよ。人魚は人魚だ」

「タブーってこと?」

「そうだね。数え切れないくらい決まりはあったな。村自体が儀式で成り立っていたというのか。もうほとんど有名無実になっていたのもあったけれど」

決していい思い出ではないだろうに、叔父は懐かしそうに話す。

「じゃ、呼ぶときはどうしていたの」

「呼んだことなんてない」

「名前をつけると、何かまずいことが起こるの」

「さあね。つけようなんて料簡をおこした奴はいなかったからね。多分僕以外は二人の区別もついていなかったと思うよ。まるで鏡の像のようによく似ていたしね」

「可哀想だね」

「どうだろう。人間にどう思われようと関係なかったんじゃないかな。人魚が考えていることはよく分からなかった」

＊

人魚が人をどう思っていたのか見当もつかない。ヴァイオリンの音がないとき、人魚の瞳はたとえ僕に対してでも、焦点を結ぶことはほとんどない。

ときおり、若い男たちが人魚の処を訪れていた。触れることを許されている時期のみ。たいていは二人か三人で来る。

そんな時は黙って外へ出て行く。静かな音を選んで、弓を動かす。

人魚の匂いの届かない場所での演奏は邪気がなく、伸びやかなのだが、どこか物足りない。幽かに漂う潮の香にメロディを重ねる。そうだ。ここは山の上なのに、いつも海の匂いがしていた。

土蔵の壁は厚い。人魚たちに聴こえるだろうか。

壁を眺めながら一心に音を紡ぐ。自ら奏でる音色が、切なく心を震わせる。たった一枚壁を隔てただけなのに、人魚の不在がたまらなく哀しかった。

男たちが帰った後の人魚は疲れているようではあったが、いつもとあまり変わっては見えない。ただ、土蔵の匂いが幽かに違う。樹木に似た深くもの哀しい匂いが澱んでいる。あまり機嫌がよくないらしい。ヴァイオリンを弾いてみても、空気は澄んではいかない。

自分も所詮は人間側の存在だ、と溜め息をついていた。人魚の仲間にはなれない。自分だけは心を通わせている、なんて勘違いもいいところだ。澱みにのせて奏でる音は、地面を這うように流れていく。

＊

思えば、私の母も、その兄弟たちも、その子供たちも叔父の演奏会に来たことがない。私だけである。皆、決して音楽が嫌いなわけではない。オーケストラだ、バレエだ、ミュージカルだと連れ立ってよく出かけている。趣味程度ではあるのだが、それぞれに楽器も演奏する。

身内は叔父とは距離を置いているように見える。母は五人兄弟で仲良く行き来してはいるのだが、末弟に対する態度は何となくよそよそしかった。才能は認めているらしい。だが、貴史は天才だから、と言う母の口調には侮蔑か諦めに近い響きがあった。

「私も天才だったらよかった」

私は溜め息をついた。

天からの賜りものはあどけない者だけに宿り、結晶する。老成して得られるものではないのだ。十五を過ぎても、あの音が得られなかったときには、本当に哀しかった。私は天才では有り得ない。

「天才なんて、何もいいことはないわよ。楽しむのは他人だけで、本人にも周囲にも災難みたいなものよ」

「あれだけの演奏が出来れば、多少の災難なんて何でもないわ。ママは何で貴史叔父さんの演奏会に来ないの。本当に一見の価値……じゃなくて、一聴の価値はあるわよ」

母は縁起の悪い話をされたように、眉を寄せた。

「貴史が何でアンコールに応じないか、知っている?」

「知らない」

「演奏してはならない曲を、弾いてしまいそうになるからだって」

「演奏してはならない曲?　そんなのあるの」

「あるんでしょ、本人がそう言っているんだから」

素っ気なく言い、溜め息をつく。

「貴史のヴァイオリンはヒトを喜ばせることも悲しませることもできる。そしてヒトが許容できないこの世ならぬ音を創り出すこともできるんだって。そんな物騒な曲、聴きたくないわ」

「私、それ聴きたい」

人魚に習ったという曲だろうか。あの音色を究めていくと、どんな旋律に行き着くのだろうか。私は目を輝かせた。

「響ちゃんになら伝授してくれるんじゃないの。たった一人の弟子なんだから」

諦めているような口調だ。叔父だけではない。自分も「よそよそしい」位置におかれているのかもしれない、と私はようやく気がついた。母はあまり「親」らしいことを私に言わない。

私のことは、ほとんど叔父に任されていた。人並みの小言さえ言われたことはない。私がしたいと言えば何であれ、反対されることはなかった。一日中ヴァイオリンばかりに熱中している娘を母がどう思っているのか、分からない。

「美しい旋律を奏でるには、貴史が抱えているような闇がきっと必要なんでしょう。ああいう仕事なんだもの、人と違った部分を持っていた方がいいとは思うのよ」

母は思いきったように言う。

「でも、家族にとってはあまり有り難くない部分よね」

母の言葉は、昔の大火、祖母を失った経験を指すのだろうか。私にはそれが叔父の心に影を落としているとは思えなかった。しかし、確かにあの音色を求めるのは自分の心の明るい部分とは言えない。

それでも、私はあの音が欲しい。そして、人魚の歌が欲しい。

＊

十五になった秋、祭が近くなるにつれて、人魚たちは変わっていった。水槽の水の減り方が激しくなった。そしてそのせいなのか、醜く太り始めた。身体に触れるとむくんだようになっている。細胞が水分を蓄えているように思える。病気ではないかと心配したが、それ以外は元気そうにしていた。祭を心待ちにしている様子さえみえた。

祭にヴァイオリンの演奏で乱入する。人魚の歌は祭の日に完成させる。

「人魚に触れてはならない」時期に、こっそりと土蔵に忍び込んだ。打ち合わせのためだ。今なら絶対に邪魔は入らない。寂しいと思うのだろうか。この時期、人魚は奇妙に馴れ馴れしい態度をとる。帰ろうとすると行かせまい、と、僕の腕をつかむ。人魚の力は強い。有無を言わせない。

人魚の肌の匂いが変わる。不思議に植物的な匂いになる。深い森に迷い込んだような。いつか嗅いだ匂いに似ていたが、ずっと澄んでいる。人魚の機嫌は悪くないらしい。僕は人魚の作る空気や匂いで機嫌や体調が分かる。

いつのまにか、人間の温もりよりも、人魚の淡い体温の方が親しいものになっていた。五年間、人魚とともに過ごした時間の方が長かったのだから仕方がない。子供たちは人魚を生臭いと罵ったけれども、僕にとっては、人間の脂臭さのほうがずっとずっと厭わしい。

祭の当日、まず、耳を塞いだ。人魚の指示だ。人魚は自分の脂で真綿をかためて耳に詰めてくれた。不思議なことに全く音が聞こえなくなった。

「決して聴いてはならない」演奏なんて、面白い。ますます遊戯じみて思えた。はしゃいで言うなりになる。

自ら奏でる音が聴こえないのは奇妙だったが、空気の振動と匂いを頼りに音をつくることには、すっかり慣れっこだ。念入りに弓の動きを確認する。

祭に最適な日和だった。秋晴れの空。初めて多くの聴衆を得られる、と胸をときめかせた。五年がかりの大仕事が完成するのだ。皆に証人になってもらう。音楽に興味がないはずの人々なのだが、自分たちが生み出した音にどんな反応をするだろうか。僕の演奏は人魚の舞を必ず「吉」とすることができるのだから、喜ばれるはずだ。あの胡弓に似た楽器を使うのは「伝統」かもしれないが、一回くらい掟破りがあってもいいだろう。

人魚とともに企んだほんの悪戯くらいのつもりだった。

＊

人魚の歌を弾く「お許し」がもらえたのは、本当に突然だった。いつものレッスンの後に無造作に告げられた。私が十九になる直前のことだ。

「次回のレッスンのときに」

「え？　次回っていつ」

「いつでもいいよ」

「じゃあ、今すぐ」

くずぐずしていたら気が変わってしまうかもしれない。一夜明けたら夢だった、ということもあるかもしれない。これほど焦がれ続けてきたものが、本当に手に入るのだろうか。私は気がせいていた。

「せめて明日にしてくれ。準備しないと危険だ。最低でも響の耳栓くらいは必要だ」

「今、買ってくる。耳栓くらいそこのドラッグストアで売ってるわよ」

「普通の耳栓で、ヴァイオリンの音が聞こえなくなると思うか？　特製のを用意する」

「全く聞こえなくなるの？　それで演奏出来るかなあ」

「逆に聞こえていたら、人魚の歌は演奏できない」

実はまだ、心の準備ができていなかった。あれほど待ち望んでいたというのに、いざ、こういう事態に直面するとどうしていいのか、わからなくなる。

「僕は耳栓はしない。あの時、僕だけ聴けなかった人魚の歌。それを響が演奏してくれるなんて、こんな嬉しいことはない」

もう、思い残すことはないと笑う。嬉しそうだ。疎外されたような哀しみが沁みる。

「私もいつか、聴くことになるのかなあ」

他人事のように呟いてみる。それは「死」を意味するらしいのだが、実感はわかなかった。

「敢えて勧めはしないけど」

「でも、伝授してくれるんでしょ」

翌日までに何度も指の位置と弓の角度を確認した。音を出さない状態で動きだけ真似してみる。そして完全防音のレッスン室に入った。

＊

もちろん、分かっていたはずだったのだ。なぜ人魚が声帯を奪われていたのか。

だが演奏がこれほどの効果をもたらすとは想像してはいなかった。

人魚たちは自分で歌っているかのように口を開き、膨れあがった身体をくねらせた。僕が奏でる音を耳にしたものはすべて狂気に陥った。誰が火を放ったのか、分からない。気が付いたら、村は炎上していた。

朱の焔を全身に纏った人間たちが、両手を振り上げて右へ左へよろめき、舞う。誰も逃げようとはしない。地面にくずおれて大きくうねる人影は、祖母に似ているような気がした。もう区別はつかない。哀しかった。

人間があんなにあっけなく燃えてしまうものなのだろうか。人魚と対照的にすべての水分を身体から失ってしまったようだ。

人々を冷たく見据える人魚の目を見たとき、心底後悔した。取り返しのつかないことをした。人魚は人ではない。ずっと戯れて過ごしたのは、異形のものだった。

鎌首を持ち上げ、釣り上がった目で笑う。初めて見た人魚の笑みは、僕をその場に凍りつかせた。

黒煙を背景に、洋ナシに似た人魚のシルエットが浮かびあがった。

見慣れた痩せぎすな姿とは違う。

子供がいる？　お腹の中に？

産むために海に戻るのか。それが、無気力だった人魚を動かす力になったのか。

人魚を海に還してはならない。

すべての禁忌をやぶってしまった。人魚に触れてはいけない時期に、土蔵に通い人魚に触れ続けた。そして、決してヒトが聴いてはならない、人魚の歌を再現してしまった。僕は「人魚を海に還さない」という使命を負っていた村の皆を裏切った。可愛がってくれた祖母までも。

人魚は尾で地面を蹴り、こちらに向かって飛んできた。立ち竦んでいた僕が邪魔をしているとでも思ったのだろうか、容赦ない力だった。魚というよりも、大蛇に似ていた。

煙と焔の熱さ、錯乱して叫んでいた。背中から河に落ちた。頭を何かに打ちつけた。鼻の奥に嫌な脂臭い味が広がる。自分の身体なのに痛みがいやに遠い。

水に捕らえる。

流されると思った瞬間、気を失った。

＊

「響は人魚の歌をたった三歳で弾こうとした。ヴァイオリンを手にしてほんの三ヶ月でね」

叔父はそこに三歳の私がいるかのように、手を伸ばし、頭を撫でる仕草をする。いつもの御伽噺を語るような優しい表情だ。

「こんな小さかった響に殺されるところだったよ。響自身だって危なかったかもしれない」

私はヴァイオリンを抱え、じっと立ち尽くしていた。何を言われたのか、理解するのに時間がかかった。

そんなはずはない。今まで、どれほど努力をしてきただろう。それでも得ることはできなかった。

「でも、私、弾けないじゃない。こんなにずっとずっと練習した今だって、叔父さんみたいな音、出せないよ」

「そりゃそうだよ。僕が封じたからね。響が『正しい』音から一ミリも逸れないように訓練したんだよ」

「ふ、封じたあ?」

あまりに意外なことを言われて、頓狂な声を上げてしまった。

「まずは制御できるようになること、それが大事だった。何しろ危険物だからね。音で出来た凶器、というか使い方によっては兵器にもなりうるし」

呆然としている私の頭を軽く叩く。

「だから、響ならできるってずっと言ってたじゃないか。師匠の言うことはちゃんと信じろよ」

「あの音色に焦がれて練習していたのに、師匠は私をその音から遠ざけていたわけ?」

「これからもずっと長く弾いていたいだろう?　自分の音を自分でしっかりと操ることができれば、ヒトの心に寄り添う音も出せる。そしてこの世ならぬ音にしても、できるだけ美しく奏でて欲しい」

「返して」

考えるよりも先に、言葉が出た。まっすぐに叔父の目を見る。

「私の音を返して」

「わかった」

叔父は耳栓をするよう、私に命じた。音が聴こえないことを確認する。

向かいあって同時に弓を構える。

不思議な響きが顎に伝わってくる。楽譜ではなく、叔父の弓を見つめ、懸命に音を探る。

潮の香がした。

何かに導かれるように演奏した。弓が命を得たように軽々とすべる。私も楽器の一部になっている。

体内に溢れる水が反応している。耳には聴こえない調べが、私の奥に潜む闇に反響する。

この音。私は知っている。あやふやだった想いが確かな手応えに変わっていく。聴いていた。

あの日、私もあの村にいた。まだこの世に生は受けていなかったけれども。

叔父の手が止まった。

目が大きく見開かれた。私に焦点が結ばれる。

恐怖で顔が強張っていた。血の気を失った頬。腕が細かく震えている。

秩序を失った動きで演奏が再開される。空気の振動が変わったので分かる。

水守貴史は叫ぶ。

私の名を呼ぶ。

否、人魚の名だ。禁忌を破ってつけた名前。

叔父が奏でる荒れ狂った響きに、かまわず音を重ねる。引きずられたりはしない。私は完璧に音を制御できるように訓練されているのだから。

水守貴史が十五の年に奏でた調べをなぞる。生まれたハーモニーが彼を呑み込んでいく。

彼は私の目の前で仰向けに倒れた。

目は閉じられなかった。いっぱいに見開かれたまま、結局どうしても閉じることはできなかった。断末魔の痙攣がおさまるまで、彼を見つめたまま一心に弓を操った。

私が殺した。水守貴史を私の手で葬った。

耳栓を捨て去り、セザール・フランクのヴァイオリン・ソナタを弾く。たゆたうメロディ、気だるい音色。頂点に達した音が一気に下るときの豊かな響きが官能的だ。

音が変わっている。恋焦がれた音色を、この手に取り戻した。

彼方から到来する響き。

そして、音が消えていき無に変わる瞬間に、この世ならざる「深み」が姿を見せる。儚く消えゆく音が、永遠を孕む。いくつもの響きが生みだす極上の沈黙が人魚の歌を織り成し、二度と還れない深みへと導くのだ。それが、神の手なのか、悪魔の音色と呼ぶべきなのか、私には分からない。

叔父が殺した祖母たち。私の旋律に倒れた叔父。

そして。

何処かに存在し続けているであろう人魚に微笑みかけ、最期の音を闇に溶かす。

FROGGY

幼少期の数年間を、アメリカで過ごしたことがあります。そのせいか、この物語を「実体験?」と訊かれたことがありました。

未だ仮面を被ったブギーマンもどきに襲われたことはございません。

この中に実体験があるとすれば、「ハロウィンで黒猫の仮面を被ったことがある」くらいでしょうか。自作のものではなく、親に買ってもらった市販品です。もっと大きくなるまで、アメリカに滞在して、自分であれこれコスチュームを作って、ハロウィンに参戦したかった、と思います。それが心残りです。

（石神茉莉）

稚拙な造りの仮面だった。彫刻刀の粗い削り跡が、指先にざらざらとひっかかる。どういう種類の木なのか、とても軽い。大きな目玉には愛嬌があるが、あまり幼い子供に好まれる雰囲気ではなかった。顔全体が毒々しい緑色に塗られている。

「何これ。ワニ？　蛙かな」

知佳は姪が差し出すその仮面を見て笑った。アメリカ一週間の家族旅行から戻った妹の百合と三歳になる姪が、土産の香水と山ほどの写真を持って遊びに来た。

「さあ。ハロウィン用だと思うけど。ありすが気に入って、店先で離さないのよ」

「ハロウィンというよりも、何処かの民芸品みたいね。インドとか」

姪の名はありすという。百合もその亭主も大変なアメリカかぶれなのだ。幼少時の四年間をロスアンゼルス郊外のアーバインで過ごしたことを、百合は自慢にしていた。初対面の相手に「向こうではリリイと呼ばれていたの」などと言い、無理矢理その愛称を定着させた。

「ねえ、アーバインにも寄ってきたの。とっても懐かしかったわ。知佳ちゃんも来れば良かったのに。やっぱりツアーじゃなくて、レンタカー借りてまわったのは大正解よ」

アメリカにかぶれるのは結構だが、その割に妹夫妻の英語力はお粗末なものである。幼いころの英語などあっさりと忘れてしまったし、高校時代の一週間のホームステイなどは何程にもならなかった。写真を見せながら看板や立て札を示し「これは何て書いてあるの」などと尋ねてくる。「この周辺は毒蛇や毒虫が多く生息しているので注意が必要」などと赤い字で、でかでかと掲げられた看板をパックに母娘でピースサインなどしているのだから、恐れ入る。大人二人ならどうなろうと勝手だが、幼いありすが一緒なのだ。

アリスという名は、知佳にとっては苦い思い出がある。知佳が帰国する直前に死んでしまった友人の名だ。もちろん百合は、そんなことを憶えてはいないのだろうが。

姪のありすは名前に似合わず、艶(つや)やかな黒髪と切れ長の目の市松人形のような子供である。百合はこういう容貌の方が、かえってアメリカ人にウケるのだ、と自慢する。本当は百合が娘の髪を脱色しようとして、姑と大喧嘩になったことを知佳は知っている。

最初は姪の名前が嫌で仕方がなかったのだが、アメリカ娘のアリスとはかけ離れた顔立ちの姪を見ていると、過去が浄化されていくように思えた。姪は人懐っこく、知佳を見ると、膝(ひざ)によじ登ってくる。よく似た名を持つ子供が自分にまっすぐに笑いかけてくれる。知佳は過去に棲(す)むアリスに許してもらえたような気持ちになる。幼い子供の持つパワーは不思議だと思う。

アメリカで生活していたのは、知佳が七歳から十一歳、百合が二歳から六歳までの間のことだ。小学校にあがっていなかった百合の方は、たいした記憶は残っていないはずだ。ずっと、その僅(わず)かな思い出を大切に何度も反芻(はんすう)していた。こんなことがあった、あんなことがあったと百合は懐かしそうに語る。写真を眺めたり、両親が話してくれたことも継ぎ足し、アレンジして、ありもしない過去を拵(こしら)えているように見えた。百合の理想郷のアメリカ。知佳の記憶にある過去も本物なのかどうか、だんだん疑わしくなってくる。

友人だったアリスがあの日、死んだのは本当だったはずだ。アリスは確かに実在した。写真の中では、いつも知佳の隣にいる。美人とは言えないが、明るい笑顔の少女だ。上手に笑顔も作れない黒髪の知佳はくすんで見える。

たった一度被った仮面で、知佳の役は決まってしまった。

アメリカに来て初めてのハロウィン。あの猫の仮面は自分で選んだものだったのか、親が買って来てくれたものなのか、もう憶えてはいなかった。真黒で金色の目がくりくりと大きく、化け猫というよりは、アメリカン・コミックスに出てきそうな顔だった。知佳のあだ名はこれで決まった。

チェシャ猫。

一番仲が良かった女の子がアリスという名だったことも災いした。知佳という日本名に馴染めなかったこともあったのだろう。上級生にまでチェシャと呼ばれた。

アリスが有頂天になって、この呼び名を広めた。チェシャと一緒なら自分はワンダーランドのアリスになれる。そのアリスはどう見ても美少女アリスからは程遠かった。薄茶のそばかすが、ふっくらした頬を埋め尽くすように覆っている。グレーの目はさほど大きくはなかったが、くるくるとよく動き、髪の色は赤に近い。だが、明るく歌が上手く、人気のある少女だった。

アリスは丸々とした腕で知佳を抱え込むようにして、会う人ごとに言う。

「これがチェシャよ。日本から来た子。私の猫。チェシャ・キャット」

英語がまだ完璧ではなく、曖昧に微笑む知佳は「チェシャ猫のにやにや笑い」と囃し立てられた。猫なんだから、と校庭の樹に無理矢理登らされ、お気に入りの服が破け、両腕をすりむいた。RとLの区別のつかない発音を真似てからかわれた。

今思えば、いじめるというような気持ちではなく、文字どおり毛色の違う知佳をかまってみたかっただけなのであろう。

アリスが好んだ遊びは、学校ごっこだった。一人が先生になり、もう一人が生徒になるというありふれた遊びなのだが、知佳がどんなに優等生を演じようとしても、アリス先生はすぐに難癖をつけて罰を与える。四つんばいにさせられて、尻を叩かれるというものだったのだ。平手なので別に痛くはなかったが、スカートを捲くり上げられるのが、屈辱的で嫌だった。

　更に交代してアリスが生徒になると、今度はわざわざ悪い子を演じ、尻を叩く罰を自ら要求する。四つんばいになって、振り返って身体を捩り、早く、とせかすアリスの上気した顔は気味が悪かった。嫌悪を感じながらも逆らうことができず、幼い割に肉付きのいい尻に掌を打ちあてる。

　手加減すると、アリスが怒るので力をこめなくてはならない。知佳の手首の方が痛んだ。回数は五回と決められていた。顔を背け、息をとめ、掌に伝わる肉の感触から気持ちを逸らしながら、五つ数える。

　アリスは嬌声をあげ、許しを請う振りをしてみせる。不思議な匂いがアリスの全身から漂ってくる。甘酸っぱく、脂気を帯びた匂いだ。鼻腔や喉の奥の粘膜にねっとりと纏わりつくようだ。普段でもこれとよく似た匂いと遭う度に、息が詰まるような思いをしていた。例えば、果汁がぽたぽたと溢れ出るほど熟したパイナップル、子犬の耳の辺り、それに床に零したホット・ミルクのムッとする匂いにも似ていた。

　アリスと二人で過ごす午後は長かった。

　他の少女たちが一緒であれば、そのおしおき付きの学校ごっこをやろうとは決して言わない。知佳が相手のときだけである。拒絶がうまくできない知佳のことを何をしてもいいペットとみなしているようで、腹がたった。その遊びのことは誰にも言えなかった。

　なるべく二人きりになりたくはなかったが、アリスは常に知佳を追いまわした。知佳が他の少女といると「チェシャ」と咎めるような声で呼び、自分の傍らに引き寄せる。ほとんど自分の所有物に対する態度である。少女たちも心得ていて「チェシャはここにいるよ」とわざわざアリスを呼びにいったりもした。逃れる場所はなかった。

しばしば家にも遊びに来るアリスは、母のお気に入りだった。笑顔を振りまき、まとわりつく百合を軽々と抱き上げ「リリイはお人形さんみたいね」と頬を突ついてあやす。母の手作りのお菓子を、大袈裟な身振りで褒め称える。「アリスが来てくれると、家の中がぱっと明るくなるみたいよ」と母は微笑む。

引込み思案だった知佳が、よくまあアメリカの学校に馴染んで、アリスのような友達をつくれたものだと皆、感心していた。傍から見れば、知佳は上手くやっていたように見えたらしい。

学校の近くによく現れるその男のことを、子供たちは蛙さん（フロッギー）と呼んでいた。背が低く、姿勢が悪く、いつも重たそうな蛙の仮面を被っている。火傷で顔がぐしゃぐしゃだからだ、と少年たちは恐怖映画めいた推測をして楽しんだ。

フロッギーの姿を見るのは、なぜか子供たちに限られていた。そして、フロッギーが現れたところでは、必ず人が死ぬ。子供たちも敢えて親にフロッギーの存在を話そうとはしなかった。子供たちの間でも、必ず声を潜めて話す習わしになっていた。

お前は死ななければならない。と、蛙さんが言いました。

You shall die. Froggy said so.

子供たちの間での密(ひそ)かな流行語になった。この呪い言葉を誰かに向かって発し、それがフロッギーの耳に届くと、その相手は殺されてしまう。そしてフロッギーに殺された者はフロッギーになって、違う獲物を待つ。

いつのまにか、そんな伝説が広まった。

知佳も百合と一緒に、フロッギーを見たことがある。夕方、近所の家の前に、人影が立っているのに気が付いた。ここには年老いた男が、一人で暮らしている。名前は知らないが、姿は時々みかける。

百合はぎゅっと知佳の手を握り締めた。知佳も握り返す。頭が奇妙に大きい。蛙の仮面を被っている。噂には聞いていたのだが、本物を見るのは初めてだ。蛙の面はリアルだ。夕暮れの光の中、本物のようなぬめりで黄土色に、緑色に輝く。フェイクの瞳が、無表情に二人の少女を見つめる。そして、黙って老人の家を指差す。

知佳はその場で動けなくなっている百合の手を引っ張り、走り出す。

「百合、見た?」

まだ幼い百合はどの程度、例の噂についても理解していたか分からなかったが、男の佇(たたず)まいに脅えているようだった。

「うん」

それっきりそのことは話題にしなかった。老人は翌日、死んだ。

その老人は、気難しく、子供たちには嫌われていた。知佳と百合も、じろじろと眺められた挙句、

「中国人か、日本人か」と挨拶も抜きで尋ねられたことがある。窪んだ眼窩の中から光る蒼い瞳は酷薄な印象で、がさがさとした訛りの強い言葉は聞き取りにくかった。背はたいして高くないものの肩幅があり、胸板も厚い。立ちはだかる姿は、二人を覆いつくす影のように見えた。知佳が意味を取りかねて呆然としていると、驚くほどの声でもう一度繰り返された。

「日本人です」と知佳がようやく答えると「日本人は嫌いだ。早く帰れ」と怒鳴られた。百合は驚いて泣き出した。

老人は奇妙な様子で、上着のポケットに右手を入れていた。

あのじいさんはいつも銃を持っている、気に入らない奴を殺すためにね、とアリスが言っていたのを思い出した。

百合の泣き声が気に障り、撃ち殺されては大変だ、と蒼くなった知佳は懸命に妹を宥め、老人に頭を下げて足早に立ち去った。

すっかり脅えた知佳は、老人を避けていたが、向こうっ気の強いアリスなどは一、二回悪態をついたことがあるらしい。他の子供たちの中に呪い言葉を言ったものがいても不思議はない。

学校でも呪い言葉を受けた子供が死ぬ、という事件が起きたと聞いた。子供たちの噂には尾鰭がつき、様々な憶測が放課後の教室で飛び交った。

「チェシャ、知ってる？　日が暮れると、裏庭の池の近くに、フレッドが出てくるんですって」

アリスが目を輝かせながら、声を潜める。アリスは怪談などまるで信じていない。「私には常識があるからね」というのが口癖だ。それにしては、知佳や他の子供たちを脅かすのは好きなようだ。まめに話を集めてきて、また創作して、皆に語っては喜んでいる。

「フレッドって誰?」

「知らないの? この間死んだ、二級上の子だよ。今はね、蛙の仮面を被って、それで誰かが呪い言葉を言うのをじっと待っているの。だから、もしも今、学校であの言葉を言われたら……」

アリスは人差指で知佳の左胸を突つき、くるくると円を描くように滑らせる。知佳は口を尖らせ、アリスの手を払った。

「アリスはそんなこと、信じないんでしょ」

「あったりまえでしょ、そんなの迷信よ。もし、呪い言葉言われた奴が皆フロッギーになるとしたら、よ、今頃、学校中フロッギーだらけになっているわ」

「フロッギーの耳に届かなければ、殺されることもないんでしょ」

「あーあ、本気にしてる。馬鹿みたい」

アリスは呆れた、という仕草をとってみせた。

「もっと冷静にならないといけませんよ、チカ」

学校ごっこの口調でからかうように言う。知佳は顔を顰めた。

「私、フロッギー、見たことあるもん」

「臆病だね。迷信深いのは日本人の特徴なの? どうせ、マルディグラのお面でも、見たんでしょ」

学校では生徒主催でマルディグラ・パーティーを行うことになっていた。ニューオリンズ出身の教師の提案によるものだ。マルディグラは謝肉祭の最終日であり、かつてカソリック教徒はこの日を境にイースターまで肉を断つ生活に入ったのだと聞かされた。ここアーバインにはそのような祝いの習慣はなかった。だがフランスの影響が強いニューオリンズでは、盛大にパレードが行われるのだと言う。

目新しいものが大好きな生徒たちは、大喜びで手作りの仮面や衣装の準備をしている。マルディグラ、というよりはハロウィンの趣だ。ほとんどの少年がホラー映画の登場人物の仮面を作っていた。少女たちには妖精やディズニーキャラクターが好まれていた。つまりは仮装パーティーのようなものになるようだった。発案者を中心に若い教師たちが集まり、ジャズのバンド演奏をプレゼントする、と約束してくれた。夕方になると、毎日サキソフォンやトランペットの音が、講堂に響いている。

何人かの少年たちは、悪趣味にも蛙の面を拵えていた。作ったばかりの面を校内で被り、フロッギーの真似をして、女の子を脅かす者も確かにいる。だが、知佳があの時見たのはそんなものではなかった。


「違うってば」

「そんなことより、パーティーだけど。もう仮面、作った？」

「うん」

「今、持っている？　今日、先生に見せたんでしょ」

「うん、持っているけど」

「見せてよ。どんなの作ったの。チェシャ、器用だもんね」

「当日まで秘密。ちゃんと衣装もつけて完璧な状態で見せたいのよ」

「私たち、友達でしょ。私にだけ見せて」

「うん……」

気が進まなかった。だが結局嫌とは言えず、取り出した。

「すごい!!　何て上手なの」

アリスは大袈裟な身振りで賞賛する。さすがに悪い気はしなかった。

「ヴェネチアのカーニバルの写真、本で見て真似してみたの」

大好きなブルーで模様を描いた。金色の塗料で星や音符をアクセントに入れた。口にも細く隙間(すきま)を空け、唇を金色に彩った。母の古いドレスをねだって、丁寧にスパンコールを外してボンドで貼った。そのドレスで母にマントを作ってもらった。随分(ずいぶん)時間はかかった。間に合って良かったと思う。

「ねえ、これ私に頂戴(ちょうだい)」

「嫌よ」

知佳にしては珍しく、きっぱりと拒絶した。仮面は思い描いていた以上に上手くできた。両親も褒めてくれた。これでチェシャの名を返上するつもりだった。知佳が被る仮面は猫だけではないのだ。

「だって、私、チェシャの仮面、作ってあげたのよ。ほら、チェシャの分を作るのに忙しくて、自分のがまだなのよ。だから、これ、貰(もら)うわね」

アリスは知佳の手から仮面を奪った。代わりに寄越されたのは、想像通り猫を模した仮面だった。

「返して!!　返してよ、アリスの馬鹿」

「ほら、チェシャに似合うのはそっち。あんたは猫なのよ。私のペット。私、妖精の女王様の格好するつもりなの。これならぴったりね。ありがとね、チェシャ」

「You shall die' Alice!!」

知佳は叫んでいた。

「Froggy said so.」

アリスは動じなかった。振り返って笑い、手を振る。

「やったね、チェシャ。今の発音、完璧よ」

知佳の手に不細工な仮面が残された。アリスはあまり几帳面(きちょうめん)ではない。形も歪(いびつ)だし、仕上げにもムラがあった。丸顔のトラジマの猫だ。三日月のような口でにやにやと笑っている。アリスに似ている。作った人間に似たのだろう。あのヴェネチア風と名づけていた仮面はアリスが被り、知佳はずっとチェシャ・キャットのままだ。

闇が動いた。

「誰？　そこにいるの？」

気配はすぐに消えた。

チェシャのままだ、私。

誰にともなく呟(つぶや)く。

もし、本当にアリスが死んだらどうしよう、と不安になったが、やはり落胆した気持ちの方が強かった。

ひどいよ、アリス。友達なんて言って、私の気持ちなんか考えてくれたことないんだもん。一回だってないんだから。

アリスが死ぬわけがない。あんなに「常識」があるんだから、迷信に取り殺されるはずもないのだ。そして、知佳はずっと彼女の自尊心を満足させるためのペットであり続ける。

涙が滲んだ。あの仮面を被るのを本当に楽しみにしていたのだ。

アリスなんか、いなくなればいい。その瞬間、知佳は本気でそう思った。


知佳の呪い言葉は受け容れられてしまった。

マルディグラ・パーティーの夜、アリスは学校の裏にある池で溺死していた。

知佳の夢の中で、アリスが溺れる様を何度も見た。いつか見たフロッギーがアリスを抱え、池に沈める。アリスは何とか顔を水面に出そうと喘ぐが、フロッギーの力は弱まらない。

やめて、フロッギー。あの言葉は本気じゃないよ。仮面を取られて悔しかっただけ。呪ってなんか、いない。お願いだから、アリスをはなして。

懸命に呼びかけようとするのだが、声が出ない。アリスが咳き込む。助けようと駆け寄ろうにも、アリスと知佳は同じ平面に存在していない。ただ、何度も何度も沈められ、弱っていくアリスの姿を見ているしかない。水はまだ冷たい。アリスの身体から血の気が失せていく。アリスが死んでしまう。

フロッギーとアリスの体格にはそんなに差はない。本当にフレッドなのかもしれない。だが、もうフレッドとしての記憶など残っていないのだろう。冷酷な手つきだ。アリスの髪をつかみ、池の縁石に叩き付ける。

力尽きたアリスが水面に浮かぶ。白い頬には青黒い痣が浮かび、額には血が滲んでいた。恐怖と戸惑いの表情が、そのままかたまっていた。何が自分の身におきたのか、最期まで理解できなかったに違いない。

長い長い時間だった。夢を見ながら知佳も力が尽きていた。

呪い言葉を発したのは、知佳だ。知佳が手を下したようなものだ。

知佳の神経は病んでいった。毎晩のように見る夢にうなされた。食事も受け付けなくなり、夜、眠るのを嫌がった。灯りを煌々とつけたままベッドに入り、熟睡できず朝を迎える。表情がなくなり、やがて面体変わるまで痩せおとろえた。親友の急な死でショックを受けたため、と診断され、転地療養を勧められた。父が出していた転勤願いが叶い、それから半年経たないうちに、帰国した。

空港にはアリスの母親が見送りに来てくれた。以前から自分の母親に比べてずいぶん年をとっている、と思っていたのだが、更に年老いて老婆のようになってしまった。もしかすると、知佳の祖母より年上に見えるかもしれない。僅かな間に変わってしまった。アリスとよく似た、高らかな笑い声も今はもう聴くことはできない。

それでも、知佳を抱きしめて「アリスはチカのことが本当に好きだったのよ」と微笑んだ。知佳の髪を撫で、両手で顔を包み込むようにして覗き込む。

「チカの黒髪に憬れてね、染めるんだって駄々こねるの。チカには黒が、アリスには茶色が似合うのよって言い聞かせたら、チカはミステリアスな目をしているの、本当に猫みたいって羨ましがっていたわ」

知佳は目を瞠った。感情が戻ってきた。涙が溢れる。一度溢れると止まらなくなった。

「アリスのために、哀しんでくれて本当にありがとう。でも、もうアリスは天国に召されたのだから、チカも早く元気になってちょうだい。チカがいてくれて、アリスは本当に幸せだったのよ。ほら、アリスのために仮面を作ってくれたでしょう。あれが本当にお気に入りでね。チカは上手でしょう、私のために作ってくれたのよって何度も自慢していたわ。あれで妖精の女王になれるって喜んでいたの」

涙が止まらなかった。遠くから姿を認め「チェシャ」と叫んで駆けてくるアリスの笑顔が浮かんできた。

アリスに死んで欲しいなんて、思っていなかったんです。本当です。本当なんです。

伝えたくて、母親の手を握りしめた。何も伝わってはいなかったのだろうが、アリスの母は何度もチカを抱きしめ、精一杯の微笑みを見せた。

「チカ、元気でね。どこにいてもチカに神の御加護がありますように」

別れを告げ、搭乗口に向かった。その時、人ごみを隔てて、蛙の仮面が見えた。

汚れた妖精のドレスを着て、蛙の面を被っている。

「フロッギー」

知佳は小さく悲鳴を上げたが、百合の世話をやいていた両親は気が付かなかった。

白々と明るい光の下で、拵えものの蛙の顔が光っている。ほんの僅かな角度の違いで両生類の表情が、滲むように変わっていく。言葉にならない感情が知佳に伝わってくる。憎しみや殺意は感じない。ただ深い哀しみだけだ。

「アリス」

他の人には見えないのだろうか。特に気にとめている者はいない。フロッギーは黙って知佳の方を見て佇んでいる。いつか百合とともに見かけたものと、夢の中に出てきたフロッギーと、同じ顔だ。奇妙にぬめるように光る大きな仮面だ。

知佳は呆然(ぼうぜん)とその仮面を見つめた。謝る言葉も思いつかなかった。謝ってしまったら、自分の中の悪意を認めてしまうような気がした。

フロッギーは背を向け、とぼとぼと歩き始めた。いつも踊るように歩いていたアリスの姿がだぶった。ふっくらとした腕、柔らかな身体。大きな仮面を被っている以外はいつもと変わらない姿なのに、もうアリスは此世(このよ)にはいないのだ。

アリス、呪い言葉、本気じゃなかったんだよ。まさかこんなことになるなんて。

密かな呼びかけに応えるように、振り向いた。仮面の下に潜んでいるであろうアリスの目は見えなかったが、濃厚な視線を感じた。去っていく知佳の姿を忘れまい、と見つめているようだった。頬が緑色に光っている。泣いているように見えた。

知佳は黙って頭を下げた。涙が音をたてて床を濡らした。

フロッギーは片手を挙げる仕草をしたように見えた。そして、今度は振り返らず足早に歩いていく。雑踏の中からフロッギーの靴音だけ、知佳の耳には聞き取ることができた。スニーカーがフロアにこすれる小さく擦(す)れる音が、知佳に突き刺さる。

遠く離れていく。もうすぐ聞こえなくなる。

知佳は母親に名を呼ばれ、あわてて後を追った。


「Boo!!」

突然目の前に差し出された蛙の仮面が、知佳の思考を遮った。

「ありすってば。びっくりするでしょ」

「You shall die.」

ありすは蛙の面の向こう側から言う。母親よりもよほど正確な発音で。冷水を浴びせられたように知佳は身を縮めた。

「Froggy said so.」

甘酸っぱい腐臭が呼吸を塞(ふさ)ぐ。熟れすぎたパイナップルのような、子犬のような、生ぬるいミルクのような匂いが、口いっぱいにひろがっていく。

まるまるとした腕が知佳の頸(くび)に巻き付く。氷のような分厚い肉が、知佳を締め付けていく。

会いたかったよ、私のチェシャ猫ちゃん。

知佳は返事をしようと口を開いたが、声にならなかった。

「マミイ、蛙の人だよ、蛙さんがいるよ」

幼い声が母親のところへ走っていくのが、遠く聞こえた。

Left Alone

ずいぶん、いろいろな場所に行きました。ディープな妖怪好きな方々と一緒に。

そこは傍から見れば、本当に何の変哲もない場所です。大の大人が大勢集まって、何をしているのかと訝られ、「何の集まりですか」と怪しまれ、犬には吠えられ。水霊が出たという河のほとり、藪漕ぎしながら、河童が座っていたという岩を見に行ったり、京都の戻橋では、わざわざ橋の下に降りて皆で記念写真を撮りました。式神はこの辺りにいたのかな、と。

山梨岡神社にはキの神を見に行きました。山海経に出てくる中国の神獣が何故、山梨にいらっしゃるのかは分らないまま。ご神体が開帳されるのは七年に一度、と聞いて十人以上で賑やかに押しかけました。事前にもあれこれ調べ、神主さまにお話しを伺ったり、ご神体の他に掛け軸を見せていただいたり、と充実した旅でしたので、勢いあまって『夔神巡礼記』という同人誌まで作ってしまいました。

今思うと本当に錚々たるメンバーでした。論考有、小説有、漫画有、イラスト有、ギャグ有と盛りだくさんで、私はその中にこの短篇を寄稿しました。

もともとは仲間内プラスαのために書いたものですが、ほぼ再録します。


（石神茉莉）

神様に会いに行きたいんです。

休暇の理由を問われ、そう答えた。

顔を引き攣らせながらも平静を装おうとしている上司を前に、私は笑いをこらえた。

「神様の都合にあわせたら、平日になってしまったのです。申し訳ございません」

神妙な表情を作り、深々と頭を下げてみせる。東京から山梨まで、急行ならわずか二時間足らずの旅程だ。なぜ二日も休みを取るのかという表情がありありと見えたので、ついからかってみたくなったのだ。

「ど、どこの神様」

「山梨岡神社に祀られています。ご神体がご開帳になるのは七年に一度ということなので、ぜひ見に行きたいのです。お祭最終日には、お神楽もあるそうですし。今年は平日になってしまったようで」

「ああ、そういうことか」

苦笑している。私も笑ってみせた。

「お神楽、か。そういうのが好きなの」

「はい、そういうのが好きなんです」

印を貰った休暇申請書を手に席に戻る。

「どういう神様が祀られているの」

もう一度上司の声が飛んできた。

「キの神です」

「キの神、聞いたことないな」

実は私もよく知らない。予備知識もろくにないまま、山梨行きを決めた。

「一人で行くの」

「いえ、十人くらいで。伝説や妖怪を訪ね歩くサークルがあるんです」

「伝説をねえ。まあ結構なご趣味と言うんだろうけど」

物好きな、という意味だろう。私自身もそう思わなくはない。本当はサークルというような正式なものではない。不可思議なものを好む者たちが、お互い惹かれあうように集まり出かけるようになったというだけのことだ。

夔の神は山海経に登場するもともと中国の幻獣である。何ゆえ、それが山梨に祀られているのかは知らないが、独足で牛に似た神だと聞いて心惹かれた。入社以来、二日続けての休暇などとったことはなかったのだが、躊躇なく参加表明をした。呼ばれているような気さえした。

神様に呼ばれてるような気がするんです、と言えば上司は更に蒼くなっただろうか。


神様に会いに行きたい。


十九歳の時、私は同じ台詞を言った。

あの時は出雲に向かった。


そのときの同行者は同じ大学の先輩であり、当時の私の恋人だった。

どこが好きだったのかと問われれば「空っぽな表情」という以外に答えようがなかった。大人しいだけが取柄のような人だったが、所謂、アブセントマインド状態の顔は絶品だった。幽かに眉根を寄せるようにして、あらぬ方向を眺めている。この世ならぬモノを見ているようだ、と私はいつも見惚れた。

　待ち合わせの喫茶店で一人、アイスコーヒーのストローを弄んでいるときの表情などまさにそれだった。私は見つからないように身を潜め、すべての感情が削ぎ落とされている横顔を眺めた。鼻のラインや口許がギリシャの彫刻に似ている。つまりは笑顔の似合わない顔立ちである。自己申告によると、こういう場合、何も考えていないのだそうだ。

　私に気がついた途端に、彼はこちら側に戻ってきてしまう。人並みの表情が面を覆うと、どうしてこうも平凡になってしまうのか。一生何も考えずにいて欲しい、と半ば本気で願う。

　趣味が一致していたわけではない。気が合うとも言い難い。だが、当時の私にはあの顔だけで充分だったのだ。代わりは何処にもなかった。

　出雲に行きましょう、と誘ったら、一瞬だけ「彼方の顔」になった。

「どうして出雲なの」

「神様に会いに行きたいの」

「神様に？」

「来月は神無月でしょ。出雲では神有月。八百万の神様が出雲に集結するのよ」

「いいよ、行こうか」

　彼は二年上で、就職は早くも内定していた。四年生はあまり授業もない。暇だったのだろう。

話はあっさりと決まった。

宿の近くに川が流れていた。

私は宿に彼を残し、一人で散歩していた。川のほとりに佇（たたず）み、ただ流れに見入る。

出雲に着いてからというもの、彼の様子が変だった。先刻も何かを思い悩むように、座椅子に凭（もた）れたまま宙を見詰めていた。考え事をしている顔は美しくない、などと言ったら怒るだろうか。

散歩に誘ったが、ろくに返事もしてくれなかった。同行者を選び間違えた、と私は後悔していた。まだ一日目なのに、先が思いやられる。あと二日あるのだ。旅に出て喧嘩（けんか）別れなどという事態は、ありきたりすぎる。別れるならそれで構わないようなものだが、あの顔にだけは未練があった。第一、不機嫌の理由もまるで思い当たらない。

出雲大社は縁結びの神様なのに。

お守りは好きではない、と拒まれた。私は二人分のお守りをバッグに入れていたが、何だか重荷に感じられた。買わなければ、良かった。お守りというものは、捨てるに捨てられない。

十くらいの少年が、いつのまにか傍らに立っていた。

サイズが大きすぎるTシャツとデニムの半ズボンという服装で髪もぼさぼさとしていたのだが、息を呑むほど美しい顔立ちをしていた。

「こんにちは」と声をかけると、大人びた表情で会釈を返した。

「ここに住んでいるの」

少年は頷く。そして、しばらく川の流れを見つめていた挙句、ゆっくりと口を開いた。

「角がありますね」

「え？」

「あの人」

振り返っても誰もいなかった。

「あなたが一緒にいた人」

からかっている顔ではない。眉間に皺を寄せ、真剣に水面を見詰めていた。やや茶色がかった髪が風に靡いて頬にかかる。

「角って、これ？」

両手の人差し指をたてて、こめかみの辺りにあててみせると、少年は片頬を幽かに歪めた。

「どこで見たの。その、つまり、あの人のことを」

少年は無造作に、後方を指差した。宿の方角だ。少年は哀しそうな、私を哀れんでいるような目をしていた。

角、か。

私の大好きな「アブセントマインド」な顔を思い出す。放心して空っぽになった彼には「何か」が宿っているのだろうか。不可思議な光を湛える彼の瞳を想う。いますぐ宿に引き返し、もう一度、あの顔が見たいと願った。そうでないと、取り返しのつかないことになりそうな気がした。だが、私はその場を動かなかった。

「私にそのこと言おうと思ってここに来たの？」

少年は首を振って否定した。

「神様に会いにきたのでしょう」

このあたりでは、こんな幼い子供も伝説に詳しいのだろうか。

「そうよ」

「神有月に出雲に来たかったの」

少年は黙って、川のほうに注意を促した。いつの間にか、霧(きり)が流れてきていた。ミルクを薄めたような、奇妙に生暖かい霧だ。みるみるうちに私の頬や髪を濡らした。水の粒のひとつひとつが鉱物の結晶のように輝いている。

少年が指す方に、不思議な形をした生き物がいた。

牛に似ている、と思ったが、次の瞬間、それは何にも似ていないことに気がついた。大きな黒い眼は無垢(むく)で澄み切っていて、それ故(ゆえ)に酷薄に見えた。

神だ。

その胴体には、後足が一本あるのみだった。バランスが悪いようだが、水の中ではしなやかに動く。色合いは、なんと表現してよいのか、わからない。向こう側が透き通るような、内側から輝いているような色彩だ。

光でできている。

闇でできている。

水でできている。

一本しか足がない、と思った以外、全体像を思い出すことができない。形を正しく認識することができない。その姿を網膜が捉えているのかどうかも定かでない。夢の中で眺めているものに一番近い。

「一本足の神様」

私は呻くように、呟いた。

「一本足に見えるの？」

少年は目を見張り、私を見上げた。そして、初めて声をたてて笑い出した。

「あなたには、何も見えていない。目の前に在るモノなのに」

少年が腕を高く差し上げた瞬間、雷鳴が轟いた。爆弾でも落ちたような衝撃が、私の身体を打ちのめした。前方につんのめり、その場にうずくまる。身体を電気が駆け抜ける。眼球が痙攣して引きつり、髪が総毛だち、世界が冷たく蒼い光に包まれた。

川に飛び込んだ少年は、両腕いっぱいにそのモノを抱き取ろうとする。肉が焼ききれるような臭いが鼻を突く。少年が危ない。私は懸命に痺れる腕を差し伸べた。だが、「神」の無垢な瞳が私の悲鳴も哀願も封じた。

一瞬のうちにすべてが消えうせた。

霧が晴れていた。粘つくような黄金色の光が、川面で揺れている。闇の気配が近づいていた。濡れた頬を掌で拭った。髪を伝い流れる水滴が冷たかった。

宿に戻ると、彼も消えていた。

その後、一人帰宅した私は何も変わらなかったように思う。だが、飼い猫の態度が変わってしまった。

成猫になってから迷い込んできた猫なので、はっきりした年齢は分からないが、いつまでもほっそりとして姿のいい白猫だ。あまり人馴れしないのだが、私や母にはよく懐(なつ)いていた。

出雲から戻った私を最初は玄関に迎えに出てくれたが、突然身体を竦め、蒼い瞳で私を睨みつけた。そして身を翻(ひるがえ)し、一目散に奥へ走って行った。

理由も分からないままに彼を失ったばかりだったので、私は猫の態度に傷つけられ、涙ぐんだ。すべてのものから置き去りにされたような心細さを感じた。もともと気まぐれな動物だし、置いてきぼりをくったことで拗(す)ねているのだろうと自分に言い聞かせた。

以来、猫は私と目を合わせようとしない。にもかかわらず、好んで私の傍(そば)に来たがる。毛を膨(ふく)らませ、尻尾を微(かす)かに揺らしつつ、じっとうずくまっている。全身で私の存在を意識しながら、決して視線を寄こさない。聞こえないものにしきりと耳をすませているようにも見える。

擦(す)り寄って来る絹(きぬ)のような感触や、甘えた声を懐かしみながらも、私は猫に触れることはしなかった。これ以上嫌われたくない。二度と傍に寄って来なくなったら哀しい。

私は猫の気配が好きだ。緊張した息遣いや、あらぬ方向を眺めている佇まいが好きだ。私の左横のあたりを凝視(ぎょうし)していることが多い。私もその辺りに視線を彷徨わせる。何も見えはしないのだけど。

「思い立ったときが、ちょうど七年に一度のご開帳にあたっていたのは運がいいよね」

「有難みをだすために、そう言ってるだけなんじゃないの。もう俺、三回目なんだけど、どう考えても七年に一度というわけはないよ」

「ほほう三回目、するとあなたは二十一歳」

神様を目の前にしているとは思えないような不適切な会話を交わしつつ、像に群がり、順番にシャッターを切る。

夔の神は柔和な目をした木製の像だった。達磨に似た丸い身体を、アンバランスな長い脚が支えている。獅子の脚のように見えた。裏返せば肉球でもありそうな、ふっくらとした愛らしい足だ。腹部と片脚が欠損している狛犬を夔に見立てたらしい、という見解で一致したようだ。私はそれが狛犬か否か判断はつかないまま、何度もシャッターを切る。あの日出雲で出会った神とは異なっているようでもあり、こんな姿だったと言われればそうとも思えた。

初めまして、と挨拶したものか、その節はどうもと言うべきなのか。

熱心に繰り広げられる議論に参加するほどの知識もなく、その場を退いた。そして、人の頭の間から見え隠れする像を遠く眺めていた。木の温かみのある色合い、素朴で優しそうだ。本で見たキの図版とは異なっていた。先刻、屈んで下から眺めたが、腹部が抉れたようになっていた。切断した後ではない。粗相（そそう）をして落としたか何かしたのだろうか、とぼんやりと考える。

像を目の前にすると、独足の神をどうしても見に行きたい、と切羽（せっぱ）詰まった気持ちになったのが、嘘のように思えた。

陽射しは暖かく、観光客の姿もあまり見られない。境内はのどかだった。幼い巫女が、緊張した面持ちでお神楽の出番待ちをしている。まだ七つくらいだろうか、化粧をほどこされた顔が、人形のようで可愛らしい。

夔の姿が描かれた雷よけのお札を購入する。家に貼っておこうと思う。もっとも稲妻は嫌いではない。本当に美しいと思う。あの日、目の前に閃いた蒼白く冷たい光が忘れられない。身が竦んだのは恐怖のためか、度を越した美に遭遇したためなのか、分からなかった。

生き生きと動き回る仲間の姿もカメラに収める。

物好きは世代を超える。今に国境も越えるかもしれないが、いまのところ、それはない。年代も職業も何もかもちぐはぐなので、行く先々で「何の集まりですか」と聞かれる。道を歩いていると、塀の向こうから番犬に吠えられる。さすがに犬は正しい。私たちは充分に怪しいと思う。

インターネット上のカオスのような空間で、どこからともなく惹かれあうように集まってきたので、お互いの素性をはっきりとは知らない。あの日のように、いきなり目の前から奪われてしまいそうで、切れてしまった糸は二度と繋げそうになくて、私は密かに涙ぐむ。

置いてきぼりは哀しい。

昔観た映画「ピクニック・アット・ハンギングロック」のシーン、岩山の頂で金髪をなびかせて空を仰ぐ少女の繊細な美しさを思い出した。神隠しにあった少女たちの最後の姿は宗教画に描かれた天使そのものだった。現世に残された少女のほうが、私の目には哀しく映った。

私はあの子と同じだった。此岸に残され、此岸の言葉であの不可思議を説明しなければならない。不合理を嫌う人々に叱責されながら。

もっとも、彼には突然消えるに充分な理由があったので、私はさほど厳しく問われることはなかった。彼のお兄さんの保険証を使って消費者金融で借りていたという、平凡かつ深刻な事情だった。せっかくの内定を、家族に黙って蹴っていたことも発覚した。

そういえば、私もいくらか貸していた。宿の精算分を加えれば、学生にとっては多額だったが、じきに忘れた。私は目の前にあるものにしか執着できない質らしい。

私が散歩に出た間に失踪した。事件性は認められない。哀れみと蔑みの混ざった目で見られ、一応の事情——といっても何も話すことはなかったのだが——だけ尋ねられた。女友達と旅行へ行く、という嘘がばれて親にだけは叱られた。

「雷、鳴りませんでしたか」

初めて自分から口を開いたので、警官は訝し気に私を見た。そして、外を伺うような仕草をして首を傾げた。

「いえ、今ではなくて、あの時。高瀬川の近くで雷、鳴りませんでしたか」

「さあ。あの時は晴れていたと思いますが」

「そうですか」

彼のことはじきに忘れた。これも目の前から消えた途端に現実味がなくなった。

幼い少年が祖母に連れられて、夔の像を拝みに来ていた。セロファンに包まれたりんご飴を片手でしっかりと握っている。祖母は少年の肩を抱くようにして「ほらね、あれがキの神さま。一本足の神様なのよ」と教える。

「一本足ぃ？」

少年は頓狂な声を上げた。

少年と眼が合った。小さな身体が凍りついたようになり、目は大きく見開かれた。手からりんご飴が滑り落ちる。物言いた気に丸く開かれた少年の口から目をそらし、慌ててその場を離れる。屋台の土産物でも物色しに行くかのように、さり気ない仕草で。

振り向けば、皆の傍に私自身が立っていた。バッグを肩からかけ、右手でカメラを弄び、夔の像に目を向けている。身体が透き通るように見えた。

「私」は空っぽな顔をしていた。

スナップ写真に写った姿とも、姿見で見た像とも違って見える。いかにも心もとなく、影の薄い存在だ。すぐに人並みに紛れてしまいそうだ。

こんな姿で生きていたのだ、私は。

この抜け殻がこのまま生きていかれるのか、日々の雑事は無事にこなせるのか、猫にはどんな態度をとられるのか、考えても仕方がないことばかりが浮かんだ。

川の音が遠く聞こえる。水の音が呼んでいる。

目の前の世界は遠く紗がかかったように見えた。

去っていく方も哀しいよ。

私は「私」に囁く。決して届かない声で。

少年は口をぽかんと開けたまま、言葉を発せられずにいた。その目は抜け殻の「私」でなく、去っていこうとしている私を見詰めている。そのあどけない顔に、精一杯の微笑みを向けて手を振る。

少年は一瞬躊躇(ためら)ったが、ぎこちなく手を振り返してくれた。

脅(おど)かしてごめんね。さようなら。

光の中のものすべてを後にして、私はまっすぐに歩き始める。

夢の入れ子

「ぬっぺっぽうを書いてください」

その方は私にそう言いました。まるで「ひつじの絵を描いて」とせがむ星の王子様のように。無垢な美しい瞳を輝かせて。

ぬっぺっぽうと言えば、姿形も貌も定かではなく、ただ大きな肉塊がぺたん、ぺたんと墓場を歩いていくというアレです。ほとんどカオスのような存在です。数ある妖怪の中でもなかなかの難物です。これを選ばれるとは只者ではありません。

悩んで悩んで悩んだ末、鉱物とウィスキーとぬっぺっぽうという三題噺のような短篇を書き上げました。三つともその方がお好なものばかりです。でも、感想を伺うことは叶いませんでした。その方は遠くに旅立たれてしまいました。

今回、収録に関しましては、大々的に書き直しをしました。「物語を守ることは尊い」というお言葉を思い出しながら。ぎこちなかったぬっぺっぽう、少しは滑らかになったでしょうか。果たして滑らかな怪異をお望みだったかどうか、もう永遠に分からないですけれど。

あれから、ずっと届かない場所に向けて言葉を投げ続けています。届かないから、いくつもいくつも投げ続けています。ゴールはないから。貴女がゴールを持ち去ってしまいましたから。

いつまでも、書き続けますからね。

（石神茉莉）

紫水晶、黄水晶、ローズクォーツ、孔雀石、蛍石、インカローズ、黄鉄鉱、琥珀、ラピスラズリ。

美那子はどんな玩具よりも鉱物がお気に入りだ。部屋に色とりどりに並べては、愛でている。化石標本の店で数百円から数千円くらいで売っているような、小さな手でちょうど握れる大きさの石だ。

柏木は出張に行った折に、柱状の小さな水晶を土産に買って帰った。美那子はいたく気にいったらしく、光に透かしたり、掌で転がしたり、と楽しそうに戯れている。透明なのだが、向こう側は見えない。斜めに走る幽かなひびと僅かな含有物が光を七色に滲ませる。

美那子が自分の娘である、ということが柏木には未だにピンとこない。娘が生まれる前に元妻の玲子とはすでに別居していた。一度も美那子と一緒に暮らしたことはないのだ。

美那子という名前は柏木がつけたらしいのだが、記憶にない。泥酔して帰宅したときに玲子から電話があった。無造作に娘が生まれたことを告げられ、名前を決めるように命じられた。即座に「みなこ」と答えたらしい。玲子はそのまま名づけた。何の由来もない。

今に自分が生まれたころの事を知りたがり、どのように名づけられたか尋ねられたときに、何と答えられるだろうか。娘が気の毒になる。柏木はその電話まで、玲子が自分の子供を宿していたことを、知らなかった。教えてもらえなかった。

酒の勢いだけで生きている父親に、酒の勢いで名付けられるのもいいんじゃないの、と玲子は投げやりに言った。

月に一回、養育費を払いに訪ねる。玲子は柏木の相手を娘に任せ、奥に引っ込んでしまう。顔も見たくない、と何度も言われた。

封筒の中身の札を丁寧に数え、受領印を押すのも美那子だ。母親の代理ができるのが嬉しいらしく、いそいそと封筒を手に奥に駆け込む。

美那子はウイスキーの瓶と氷とミネラルウォーターをお盆に揃えて戻ってきて、水割りを作ってくれる。真剣な手つきで混ぜ合わせ、氷をカラカラと鳴らして「この音好き」といつも微笑む。

玲子によく似た美那子の顔を見ながら飲む。美那子を通して、玲子と接しているような気持ちになる。顔も見たくない、というのは本音だろう。だが、顔をあわせていない今の方が、気持ちが通って(かよ)いるように思えた。玲子は柏木が自分の家で美那子と語り合うのを決して嫌ってはいない。

そのための準備をしてくれているのは、玲子だろう。柏木の好きな銘柄のウイスキーが必ず置いてある。今回は「ラフロイグ」だ。決して安い酒ではない。

もうこれ以上、酒を飲み続けるあなたの心配などしたくない。

それが離婚の理由らしい。

あなたは好き好んで破滅する。家族にとっては悲劇だけど、他人から見れば喜劇でしょう。

「だから私はもう手を放します」

退院して三日目であっさりとアルコールを口にした柏木への最後の言葉だった。

柏木自身今のところ理性や感性、判断力まで破壊されているとは思わない。仕事にも順調に復帰した。社会生活にたいした支障はない、はずだ。美那子の養育費を持っていかなくてはならない、というのがモチベーションになっているということもある。

だが誰に何と脅かされようと、酒を止めることはできなかった。

飲まずにいると、頭の中に靄(もや)がかかったようになり、自分自身が思うように制御できなくなる。自分のものであるはずの思考や身体、すべてが与り知らない処(ところ)へ行ってしまう恐怖は喩えようもない。普通に生活するために、酒は欠かせないものになっていた。

いつか破滅に繋(つな)がることは、一応認識してはいた。が、アルコールへの欲求は理性や判断力の遠く及ばない場所にあった。仕方がない。「家族」ではなくなった玲子が本当に笑い飛ばしてくれるのなら、それもいいと思う。

「美那子が大人になったら、ダイヤモンドを買ってあげる」

酒がまわった柏木は機嫌よく言う。

「私、ダイヤモンドはあまり好きじゃないな。石は手で握って連れて歩けるくらいの大きさのがいいの。ダイヤじゃ無理だもん。博物館とかにあるのだって、せいぜいこの位」

美那子は人指し指と親指で円を作ってみせた。

「そうだな、握って遊ぶような大きさは無理だ。でも、できるだけ大きいのを買えるように、頑張るからな」

美那子のコレクションの中に、ダイヤモンドも加えてやりたいと思う。精巧にカットされて、光に当てると狂ったように様々な色彩を弾く上等な石を。

「たとえばダイヤがこんなに大きかったら、美那子が中に閉じ込められちゃう」

美那子は水晶を柏木に差し出して、屈託なく笑う。

「こんな大きさでは、入れないだろ。いくら美那子がちびだからって」

柏木は水晶の塊を突つく。

「ダイヤは特別な石なの。密度がすごいのよ、こんな部屋いっぱいの炭素をね、ぎゅっと圧縮したくらいなんだって」

美那子は両手を広げてから、身体を縮めてみせる。

そして、柏木の空いたグラスを引き寄せ、瓶を持ち上げて中身を揺らす。

「もうお酒、少ししかないよ。面倒だから、全部入れちゃえ」

「そんな一気に入れなくても」

「大丈夫よ。ちゃんと次の瓶があるから」

さすがに濃すぎる。しかも水を入れる余地がない。

「本当は身体によくないいんだけどね」

「よくないと分かっていて、なぜ、お父さんはお酒飲むの」

玲子から何度この質問を受けただろうか。そのときには喧嘩の発端になるばかりの台調だったが、幼い娘に穏やかに答えられた。

「飲まずにいられない。中毒というやつだ」

「ふうん」

美那子はグラスに鼻を近づけて、首を傾げる。

「私もお父さんに似たら、飲むようになるわね」

「お母さんに似たって、飲めるだろう」

「玲子さんは飲まない。お父さんが玲子さんの分まで飲んでいるから、もういいんだって」

「昔は飲んでいたんだけどな。結婚前は俺にも負けてなかったぞ」

「玲子さんまでお酒に殺されてしまったら、美那子が一人になってしまうからって」

「俺が酒に殺されるって、決定事項なのか」

柏木は苦笑した。

「玲子さんはそう言ってる」

「殺されるとわかっていて、飲み続けるのは馬鹿だよな」

「そうかもしれないけど、子供は大人のすることに口は出せないし」

美那子は顔色ひとつ変えずに言う。

「殺されると分っていても飲みたいなら、死ぬとこまでずっと美那子が見ててあげる」

その笑顔は出会ったころの玲子に似ている。二人の間に問題が山積みになる前の顔だ。胸にこみ上げてきた感情を誤魔化(ごまか)すために、柏木は美那子の額を弾いた。

「子供が『死ぬ』なんていう言葉を、軽々しく口にしないこと」

「死ぬのは怖いこと?」

美那子は表情を引き締めて、尋ねる。

「そりゃ、怖いよ。美那子は怖くないのか」

「分らない。死んだことないし、人が死んだとこ、見たことないし」

美那子は真剣に考え込む。

「骨は乾いていて石みたいだから、あんまり怖くないけど、死体は怖い気がする。腐るでしょ?死んだらすぐに化石とかになれたらいいのにね」

「日本の場合は火葬になるから大丈夫だ」

柏木が掌を差し出すと、美那子はそこに水晶を落とした。美那子が握り締めていたにもかかわらず、石は冷たかった。その形と白濁した色合いは骨を思わせた。

柏木は「傷み」始めている。それは自分で感じる。「生」から少しずつ、確実に滑り落ち始めている。顔の色が土のようになった。面差しも心なしか変わった。痩せているのに、頬の辺りはむくんでいる。皮膚に張りがない。目の玉が濁り、黄ばんだ。白眼に血管が細かく浮いている。身体の中から強く臭う。死臭ってこんな感じだろうか、と思う。

「美那子はいくつになった？」

「九つ。三年生よ」

「九つか、全然大きくならないな」

美那子は七つか八つか九つか、その辺りでずっとうろうろしているような気がした。いつか大人になる日が来るのだろうか。

小さな手にウイスキーのボトルは重すぎる。グラスに注ぐときには、両手でしっかりと支え、可笑しいほどに真剣な表情になる。

「秘密を教えてあげようか」

「教えて」

美那子は顔を輝かせて、テーブルの向こうから乗り出した。

「この間、朝起きてみたら、突然世界が端から綻びていた。ほんの僅かな隙間なんだけどね、ひどく心地悪かった。で、気がつくと、その隙間から怖いものが顔を見せているんだ」

水晶を娘の手に戻す。

「蛇が湧いてきたんでしょ？　それ本格的にヤバいよ。アルコール依存症だよ」

美那子はむしろ嬉そうに言う。

「本で読んだの。壁からね、蛇とか百足とかゲジゲジとかがどんどん湧いてくるんだって。それを追い払おうとして暴れるの。でもね、それは他の人からは見えないの。だから一人で暴れているように見えるの」

「蛇じゃない。大きくて形のないものなんだ。色は半透明。目がない、鼻もない、口もない」

「知ってる。のっぺらぼうだね」

美那子は「怖い話」が大好きだ。時々「怪談」をせがまれる。そういえばのっぺらぼうの話をしたこともあった。顔のない化け物から必死で逃げて逃げて逃げ込んだ先にいた女が「それはこんな顔だったかね」と振り返り、その顔がまたのっぺらぼう、というあの話。

「のっぺらぼうの方がまだ人間に近い。そいつはね、何もないんだ。大きな塊のようでね。手も足も胴体もないようにも見えるし、無数にあるともいえる。そんな訳の解からないやつなのに、人間の振りをしているんだ」

「それ、あんまり怖くないね」

美那子は不満そうに口を尖らせた。

「いや、形のないものは、とても怖い。そいつが、ぺたんぺたんとずーっとどこまでもついてくるんだ」

美那子は形状を想像しようとして、失敗したらしく、首を傾げた。

「そして、そいつは、ずっとずっと永い永い夢を見ている」

「夢？　寝ているのに、ぺたんぺたんて歩くの？」

「その、つまり、夢遊病なんだ」

「ふうん」

水晶の結晶を光に翳しながら、美那子は考え込む。

「何の夢を見ているのかしらね」

「俺の夢を見ているんだよ」

「お父さんの夢」

「俺はそいつの夢を見て、そいつは俺の夢を見ている」

「『鏡の国のアリス』みたい。夢を見たのはどちらでしょう」

美那子の頬に笑窪が刻まれた。

「でも、お父さんの夢だなんて。そいつは化け物のくせにずいぶん退屈な夢を見ているんだねぇ」

柏木は笑った。美那子は嬉しそうに目を輝かせ、父親を見上げていた。白目のところが蒼く見えるほどに澄んでいる。


酒を飲むと人格が変わる。その人がその人でなくなってしまう。酒はすべてを蝕み、駄目にしてしまうのだ、玲子は繰り返し、美那子に言い聞かせた。

「お父さんだってね、もとからあんな人だった訳じゃないのよ。精神的にも、肉体的にも。仕事もできたし、学生の頃はラグビーの選手だったし、それに、もっともっとイケメンだった」

「お酒で人が変わったの？」

「そう、なまじ強かったのがいけないの。弱い人なら胃とか肝臓とか壊すから、それでストップがかけやすいのね。でも、お父さんは丈夫だったから、頭までアルコールに蝕まれてしまったの。そうなると、もとのお父さんではなくなってしまう」

美那子が生まれる前から、柏木は酒なしでは生活できなくなっていた。酒を飲まない父親など、美那子にはきっと想像がつかないだろう。最初は饒舌になり、喚き、つじつまのあわないことを繰り返し、ついには床の上で昏睡するのが常だ。骨がなくなったようにぐにゃり、と床に落ちる柏木を見る度に、「本当にちゃんと目が覚める?」と心配しながら、美那子は傍らにしゃがみ、不規則な呼吸音に耳を傾ける。水っぽい吐瀉物を嫌がる様子もなく片付け、人間らしい食事をしていないことを心配する。

柏木からは腐臭が漂う。生きているものは腐らないはずだから、本当に半分死んでいるのだろう、と玲子は思う。半分しか生きていないから、きちんとした食事もしないのだ。

美那子が現金の入った封筒を手に奥に駆け込んで来る度に玲子は「まだどうにか仕事はできているらしいわね」と呟く。

「お父さん、仕事できなくなっちゃうの?」

「脳がアルコールで萎縮(いしゅく)するのよ。そうなったら何一つ、まともに出来なくなるわ」

「いしゅく?」

「脳が縮んでしまうの。スカスカになってしまうのよ」

「お父さんがお金を持って来てくれなくなったら、どうする?」

「私が仕事してるんだから、大丈夫。あの呑んだくれのお金なんか、最初から当てにしてないわよ。美那子ちゃんのことは、私が守るから」

　玲子は美那子の髪を撫でた。柏木は「玲子と美那子は相似形だ」と言うが、玲子の目から見ると、柏木と美那子の共通点ばかりが目についた。耳や爪の形、柔らかな髪質、悲しそうに視線を逸らす時の表情。

「でも、お父さんが来られなくなっちゃうよ」

　美那子は母親の袖を摑んで揺さぶった。

「ねえ、それでもいいの？」

　可哀そうに。どんな状態でも美那子にとっては、たった一人の父親なのだ。だからと言って柏木の胸ぐらを摑んで、「美那子のためにも、しっかりしろ」と言ったところで、手遅れなのはよく分かっていた。だからこそ柏木のことを話すときには、成るべく深刻にならないよう心掛けていた。

「仕方がないでしょ。あの人は好き好んで早死にしようとしているんだから。世の中にはね、生きていたくても生きられない人がたくさんいるのよ。お父さんは、生き物として不真面目だと思わない？　努力すれば、普通に生きられるのに、その努力をしようとしない」

「私、お願いしてみる。お父さんを殺さないでって」

　娘は熱心に言った。

「お父さんを助けて下さるような奇特な神様がいらっしゃるかしら」

「神様と違うよ。化け物。お父さんは化け物の夢の中にいるの」

　玲子は肩を竦めた。子供の想像力にはついていけない。

「ねえ、玲子さん、化け物って何処に行ったら逢える？」

「お化けに知り合いはいないからねえ。そう、普通は墓場じゃないの。それも日中からお化けが歩いていた話は聞かないから、夜中。草木も眠る丑三つ時よ」

「丑三つ時って？」

「午前二時頃かな。子供の出歩く時間じゃないわね」

夜中かあ、と顔をしかめた美那子を玲子は抱きしめた。的外れではあるかもしれないけれど、それでも懸命に柏木を案じている娘が不憫だった。


美那子は深夜に家を抜け出した。

手には半分くらい残ったウイスキーのボトルを携えている。持ち重りがするので、何度も手を持ち替えた。落としでもしたら、アスファルトの上で粉々になってしまうだろうから慎重に。

家から徒歩五分の場所に墓地がある。向かい側は火葬場だ。夜中なので人気はない。墓地の人り口は閉められているが、裏へ廻れば、簡単に中に入ることができる。

もっと小さい頃、美那子は墓場が怖かった。夕暮れなどは、いつでも隣を歩く母の手にすがった。生きている人間の方がよほど怖いのに、と玲子は笑っていた。

玲子さんの言う通りだった、と美那子は黒々と聳える煙突を見上げる。あの火葬場の炎で清められた死者たちは、皆、カラカラとした骨になっているんだから。水晶や黄鉄鉱と同じだ。もう腐敗したり、悪臭を放ったりしない。ここには怖がらなければならないものは何もない。

墓地に踏み込み、暗がりの中を歩いた。遠い灯りが妙に明るく見える。ひときわ大きな墓を見つけ、その区画に入り込んだ。ウイスキーのボトルの栓を開ける。
アルコール臭が鼻を突く。そして、薬品に似た芳ばしい匂いが漂った。夜の湿った空気と闇によく似合う。

これがお父さんを殺すもの。お父さんがお父さんじゃなくなってしまうもの。

毒薬だ、と思うと胸がドキドキした。その重たく分厚い硝子瓶の仰々しさも中身の危険性を示しているような気がした。左手の掌に向けて、瓶をおそるおそる傾ける。ドクンと液体が勢いよく瓶から零れ、掌から溢れ、地面を濡らした。化け物を呼び寄せるために、父親の匂いをつけた。餌をまくような感じだ。

ゆっくりと光の届かない大きな樹の陰に身を潜めた。深呼吸をして、香りを胸に溜める。闇の中でさらに瞼を閉じて、幽かな光をも遮る。漆黒の入れ子に入り込んだようだ。

こうして蹲(うずく)まっていると、幽かな気配さえ濃厚に感じられる。上空を舞う羽音は鴉(からす)にしてはささやかなので蝙蝠(こうもり)だろうか、野良猫が掻き分ける草の音、墓石の下に寄せ集められた沢山の乾いた骨たちの気配。歩いているときには感じられなかった夜の冷気が、足元からひたひたと押し寄せてくる。美那子はじっと膝を抱え込んで、丸くなった。

静かに静かに世界が綻びていく。わずかな隙間。その隙間から

ぺたん、ぺたん、ぺたん。

緩慢な跫音(あしおと)が響く。近づいてくる。そっと片目を開き、盗み見る。

色は半透明。目もない、鼻もない、口もない。大きな塊のようで、手も足も胴体もないように見えるし、無数にあるようにも見える、夢遊病の化け物。捉えどころがない。

ぺたん、ぺたん、ぺたん。

気配を全身で意識する。密度の濃い、生暖かく湿った空気が流れる。植物が腐敗したような匂いが漂う。澱むウイスキーの香と結びついて、柏木と同じ匂いになる。

ぺたん、ぺたん、ぺたん、ぺたん。

心臓の音が張り詰めた空気を破ってしまいそうだった。胸に抱え込んでいる膝に、鼓動が大きく伝わってくる。できるだけゆっくりと呼吸をして、自分の気配を殺そうとした。

化け物は、お父さんの見ている夢、その夢の中で、化け物はお父さんの夢を見て、その夢の中に化け物がいて、更にその夢の中にはお父さんがいて。

こうしてその化け物の跫音を聞いている美那子も、その夢の中に入り込んだのだろうか。考える程に眩暈がした。果てしなく遠く連なっていく、夢、夢、夢、夢、また夢。

ずいぶん永い間、こうしていたような気がする。顔を上に向けると、黒々とした墓石、僅かな風にざわめく灌木、幽かな光に細く高く浮かび上がる卒塔婆のシルエットが目に入った。

化け物にお願いするつもりでこんな夜中の墓場に来たけど、できなかった。

父は化け物を怖いと言った。形のないものは怖いよ、と。美那子には「怖い」とは思えなかったが、とにかく全く捉えどころがない。不定形のぶよぶよした塊で、感情も思考もなさそうだ。悪意も邪気も感じられなかった。ただぺたんぺたんと移動していく。願いとか祈りとか、通じる相手とも思えない。そもそも人語を解するのかどうか。

だったら、どうする？

美那子は暗い空を仰いで考え込んだ。

家の電話が鳴ったとき、まだ玲子は仕事から戻っていなかった。美那子が受話器をとる。

「もしもし?」

一瞬、間があって呂律のまわらない声がした。

「あ、お父さんだ。美那子です」

「ミナコ……」

「酔っているの?」

我ながら馬鹿な質問をした、と美那子は首を竦めた。この時間に父が素面であるわけがない。

「今、何処?」

「分らない」

「分らないの? 大丈夫? 気分、悪い?」

大丈夫だ、と答えたような気がしたが、雑音が入ってよく聞こえなかった。

「あのね、何処だか分らなくなったら、近くの人に聞いて帰るんだよ。うんとうんと具合が悪かったら、救急車呼んでもらって」

「酔っ払いがそんなものを呼んだら、迷惑だよ」

「常識あるじゃん。お父さん」

まだ、脳はたいしてイシュクしていないらしい、と美那子は安心した。

「ね、明日、家に来る日だよ。ちゃんと覚えている?」

「分ってる」

「来るよね。待っているから」

柏木は苦しそうに噎（む）せた。それから、声を絞り出すように答える。

「行くよ」

会話が途切れた。苦しそうな息遣いが聞こえた。相当に酔っているらしい。

「絶対だよ。来なかったら怒るからね」

分かった、と言い、また噎せる。

「ねえ、化け物は？　化け物はまだ、見える？」

「化け物？」

「この間、言ってたじゃない。半透明で形のないヤツ」

「ああ、あれか」

柏木はもう一度噎せた。咳が耳に響いて気持ち悪い。美那子は顔をしかめた。

「見える。全く、うんざりする。俺はあいつの夢の中にいるから、逃げようにも逃げられない。あんな化け物の夢の中にいるなんて、死にたくなるほどうんざりする」

寝惚（ねぼ）けたような、間延びした声だ。雑音が大きくなり、声がますます聞き取りにくくなる。雑踏の音が混ざっている。美那子の声が大きくなる。

「化け物もうんざりしてるね、きっと」

柏木が幽かに笑ったような気がした。その途端、電話が切れた。柏木が切ったというより、電波が切れたようだ。美那子の方から掛けなおしてみたが、もう繋がらなかった。充電がされていないのかもしれない。

翌日、柏木はなかなか現れなかった。

美那子は台所のサイドボードからボトルを出し、氷入れもお盆に揃えて時計を見上げた。今まで遅れてきたことはなかったように思う。携帯電話にかけても「電源が入っていないか、電波の届かないところにいます」という録音が応答するばかりだ。

一時間が経過したとき、母親には何も言わずに、そっと迎えに出かけた。小さな袋の中に宝物の鉱物をいくつか選んで詰め込んだ。

雨が降りそうだ、と空を見上げたが、傘を取りに戻ることはしなかった。行き違いにならないよう、周囲に目を配りながら駅の方へと歩く。あまり人通りのない道なので、見落とすことはないはずだ。

美那子は墓地の前で立ち止まった。父を見つけたのだ。尋常な様子ではない。格闘をしているように見えるが、相手の姿がない。目に見えないモノと戦う柏木の動きはのろい。スローモーションのように振り上げた拳が、空振りして電柱に激突する。美那子は目を細め、柏木の動きを追った。

ああ、あそこにいる。

目がない、鼻もない、口もない、形もない。

化け物と戦っている。

柏木は傷だらけだ。脚は奇妙な方向に曲がっているし、片腕は背中の方でぶらぶらとしている。全身から血を流し、目は白濁していて、ほとんど何も見えていないようだった。

そして、「形のないもの」が揺らめきながら、柏木に覆い被さろうとしている。次第にその境目がなくなっていくように見えた。

いつの間にか靄に覆われていた。アスファルトの隙間という隙間が軋(きし)んで、景色が崩れ始める。すべてが揺らめき、溶け合い、そして拡散しようとしていた。化け物の夢が、父の夢が溶け始めている。

形のないものは、とても怖いよ。

父はそう言った。

死ぬというのは、多分、輪郭を無くしてしまうことなのだ。だから、形のないものは、怖いのだ。

柏木は動く方の手で髪を掻き毟(むし)り、身体を捩(よじ)る。首を横に振りながら、口を大きく開いた。黒い空洞の中で、舌が動く様がはっきりと見えた。ミナコ、ミナコと呼んでいるようにも見えた。流れる血潮はどす黒い。溶解した夢は濁った澱のよう。吐瀉物の何十倍も強い匂いだったし、いつやむともなく流れ続けた。人間の中にあんなに沢山のものが詰まっていたなんて、知らなかった。

美那子は石を握り締めて、しっかりと目を見聞き、不定形の化け物の輪郭をたどろうとする。鉱物に似ているかもしれない。透明だけど、含有物で白く煙って向こう側の見えない石。複雑に光を反射して形状を見極めにくい結晶。そう、ちゃんと形はある。

あの辺が目のように見える。その真ん中を走る筋がきっと鼻。両側に幽かに見えるのが耳。顔の下にあるのは脚みたいだ。

自然石の模様や天井板の木目を顔に見立てるように、僅かな凹凸を目で追っていく。微笑んだような、仏様にも似た安らかな顔が、胴体全体に浮かびあがった。

その重た気な瞼が幽かに痙攣(けいれん)した。

「目がふたつ、これが鼻、そしてこれが口っ」

丸いヘマタイトをふたつ、それに水晶、ローズクオーツを順に投げつけた。そして叫ぶ。

「顔、見えたからね。形、見えたからね」

形があるから、もう怖くないよね。

不意を突かれてよろめいたそのモノは、幼い子供がボールを受け止める仕草で、不器用に結晶を抱きこんだ。一瞬、驚いたような表情が浮かんだ。

再び景色が大きく揺れた。一度像を結んだはずの像が崩れていく。腐臭と視界の歪みで眩暈がした。大きな光に包まれた。七色の冷たく尖った光。美那子はよろめき、その場に蹲った。めまぐるしく光の色が移り変わる。ダイヤモンドみたいだな、と思う。美那子が中に閉じ込められてしまうくらいのダイヤモンド。美那子が大きくなったら買ってくれるって言っていたもの。

何かに守られているような気がした。腐臭は消えている。

通り過ぎていく車の音で美那子は我に返った。すべてのものがその輪郭を取り戻した。

だが、いくら探しても、柏木の姿は何処にもなかった。あんなに流していたはずの血の跡すらなかった。


「美那子ちゃん、お父さん来たの?」

奥から玲子が出てきて、帰宅した美那子を不思議そうに見た。

「お父さんは家に寄る前に」

言いかけて口を噤んだ。テーブルの上には飲みかけの水割りのグラスが置かれていた。まだ角のしっかりとした氷が浮いている。玲子もそのグラスに目を向けた。

「気がつかなかったわ。知らないうちに来て、知らないうちに帰ったのね」

「うん、そう」

美那子は頷いた。

「知らないうちに来て、知らないうちに帰ったの」

玲子は曖昧な表情で部屋の中を見回す。柏木がいた痕跡をもう少し探ろうとするかのように。

灰皿は空だし、煙草の残り香もない。

その時、電話が鳴った。玲子と美那子は顔を見合わせ、取ることを躊躇したが、思い切ったように玲子が手を伸ばす。

「何ですって、そんな馬鹿な。亡くなった？　いつ？　そんなわけないわ。だってついさっきまで、美那子と……娘と一緒にいたのよ、ここに。グラスだってまだここにあるし、そんなはずない、何かの間違いよ」

玲子は受話器にしがみつくようにして、ヒステリックに同じような言葉を繰り返している。

そうか、もう死んでいたんだ。

テーブルの上のグラスはびっしょりと汗をかいていた。美那子は手を伸ばしてグラスの縁に触れ、微笑む。

「お父さん、おやすみなさい。これからは、いい夢をみてね」

グラスの中でキンと音をたてて、氷が崩れた。氷の音。美那子の大好きな音だ。氷が虹色の光を弾く。琥珀色の重たい液体が、緩やかな螺旋を描いていく。

本誌表紙を飾る人形「イキカシラ」の写真作品について

本書のコンセプト「驚異の部屋」をイメージさせるもう一つの仕掛けは、本短編集の表紙をはじめとしたヴィジュアル・イメージに、人形作家・林美登利のドールを写真家・田中流が撮影した写真が使われていることです。多くのファンタジックなドールを生み出し続けている林美登利の世界と、様々な人形作家が生み出すドールを独自のテクニック・独特の感性で写真に収めて別世界として表現する田中流の写真を使って、この「驚異の部屋」のインスタレーションは完成します。

先に発売された林美登利の作品集、『林美登利 人形作品集 Dream Child (TH ART SERIES)』『林美登利 人形作品集 Night Comers ～夜の子供たち (TH ART SERIES)』の二冊はドールの世界を魅せるためにデザインされましたが、今回は小説のイメージをより鮮明にするためにドール写真がデザインされています。

三人のチームが生み出した三冊目のアートワークでもあるのです。

蛹　化

人形作家　林美登利さんの作品集『DreamChild』に書き下ろした短篇です。

林美登利さんが人形を創り、写真家の田中流さんが人形の写真を撮り、私が小説を書くというコラボレーション企画です。林さんと相談してお題を「蚕」と決めました。林さんは「脚を沢山創りたいから昆虫がいい」というご希望で、私はそれならば物語性のある昆虫がいい、と思ったので。

まずは林さんが人形を創られました。掌にのるほどの真っ白な可愛い蚕。顔は眠っている女の子で髪も真っ白、脚も沢山あります。下半身は虫です。夢のような今にも消えてしまいそうな愛らしくそして目が離せなくなるようなドールでした。そのドールから、私が書き上げたのがこの短篇『蛹化』です。そしてまだキャッチボールは続きます。林さんは私の短篇から「蚕蛾姫」を創りました。顔は愛らしい女の子で下半身は虫。背中には羽があって、真っ白でふわふわもこもことした美しい蚕蛾。蚕蛾は餌をとりませんから、口元はしっかりと閉じられています。身体には馬の頭骨が使われていました。

ヴィジュアルと文章では、どうしても文章の方が分が悪いように思います。しかも林美登利さんのドールは美しさ、かわいらしさだけではなく、とてもインパクトがあります。そして田中さんは写真に納めることにより、実際に見るドールとはまた別な空気、世界観を創ってしまう方です。太刀打ちできる訳がない、そう思っていました。ですが、『蛹化』はお二人と競うようなものではなくなっていました。ごく自然にドールと写真と文章が寄り添いあうような作品になったと思います。

この本の表紙や扉の写真は田中流さんと林美登利さんにお願いしました。また三人でここに集まれて、嬉しいです。

（石神茉莉）

ふわふわもこもことした蚕の幼虫を拾ったのは、クローバーの繁みの中。気が付いたのは、その傍らに真っ白な猫がいたから。猫は丸くなっていて、繭のようだった。私に気が付くと「にっ」と小さく鳴いた。その鼻先で幼虫がのたのたと身体をくねらせていた。暗くなりかけていたけれど、猫も蚕も白く輝いているように見えた。

その朝、私はお馬を亡くしたばかりだった。私にはお馬しかいなかったので、一人ぼっちになった。


お馬は殺された。朝、食べ物を調達に出かけて帰ってみたら、ぼろぼろになって死んでいた。真っ白でとても美しいお馬だったのに。

どうしていいのか分からなくて、とりあえず町の外れに住む長老を呼びに行った。昔、動物のお医者さんだったという人で、この人だけはたまに口をきいてくれた。いつもお馬を誉めてくれていたから、私ではなくてお馬が好きだったんだと思う。

長老はお馬の様子を見て、哀しそうに首を振った。大勢に殴られて殺されたのだという。骨も無残に砕かれていた。

「面白半分にこんなことを。酷過ぎる」

お馬のためにちょっと涙を流してくれた。

そうか、「面白半分」だったんだ。何故殺す相手として、私じゃなくてお馬を選んだのか、ちょっと不思議だったけど、それで分かった。

私のこと殺しても、お馬は哀しまないから、だからあんまり「面白く」ないんだと思う。私の方が身体小さいし、力がないし、どう考えても私のこと殺す方が楽なんだけど。

それにしても「面白半分」て何だかすごい言葉だと思う。お馬を殺したのは面白いのが半分で、後の半分は一体、何なのだろう。よく分からないけど、ものすごく暗くて怖いもののような気がする。

私は長老に頼んで、お馬の皮を剥いでもらった。その代わり、お肉は大半あげた。食べきれなくて腐ったりすると哀しい。


私が蚕を家に連れて帰ったのは、クローバーの野原では、蚕が生きられないのを知っていたから。それに、蚕の顔はちょっとお馬に似ていて、嬉しかった。透き通るような白さまで似ていた。だからって生まれ変わりだなんて考えたわけじゃないけど。だって、産まれたばかりの蚕はもっと黒くてごにょごにょしたやつで、こんなに白くはない。私のお馬が死んだのはその日の朝だったし、この蚕が産まれたのはもっと前だから。

手を伸ばして蚕を掬いあげたら、猫も立ち上がって私についてきた。私の家は本当に小さな小屋みたいなものなんだけど、蚕と猫と合わせてもお馬よりずっとずっと小さいから同居するのは楽だと思う。

近所に桑の畑がある。こっそり葉っぱを貰ってこようと思う。誰の畑だか知らないし、私が頼んでも貰えそうもないから、黙っていただくことにした。お馬がいなくなった日から、私は猫と蚕と暮らすことになった。名前なんてつけてない。ここには猫も蚕も一匹しかいないから、区別する必要なんかない。私だって、ずっと昔から名前なんて必要としていない。呼ばれた記憶なんか、ない。桑畑はあんまり人がいないので、葉っぱをいただいてくるのは簡単だ。蚕はよく食べる。むくむく太っていく。

嬉しい。

暇さえあれば、ずっと眺めていたせいか、時々、蚕の声が聞こえるようになった。頭の奥に何かが響く。音声でもない、何か不思議な振動。そして、その響きに心を傾けていると、じわじわとその意味が沁みてくる。耳で聞き取るのではない言葉は不思議で、最初は戸惑ったけれども、じきに慣れた。不思議な響きの意味が分かる、その瞬間が好きだ。

大抵は、雨が降る、とか、風が強くなる、とか、火を消し忘れているとか、そんなとてもシンプルだけど大切なことを教えてくれる。私の蚕は雨に濡れた桑の葉は食べないから、降る前に葉っぱを貰ってこないと駄目なのだ。

時々、いつまで経っても意味が分からない響きが伝わってくることもある。私の知らないことを言っているんだろう。

不思議な旋律が伝わってくることもあった。歌っているようだ。一緒に拍子をとってみると、蚕も頭を振って踊った。


猫はとても綺麗だ。右眼と左眼の色が違う。片方が澄んだ空色で、片方は金色。無口であんまり鳴いたりしないけど、鼠(ねずみ)を捕る姿には惚れ惚れとしてしまう。こんなに優雅に殺戮(さつりく)を楽しむ生き物を他に知らない。猫が鼠を殺す理由はとてもまっすぐだから。勿論(もちろん)、鼠を食糧としても利用しているけど、主には蚕を護るため。

鼠は時々、蚕を襲おうとする。

お馬はいなくなったけど、私の周りは随分と賑やかになった。


雨が降る前にと慌てて桑の葉を取りに行った時、三人の男の人に見つかって、捕まってしまった。まずは素手で沢山殴られた。畑の土に倒れたら、蹴られた。それから、棒で叩かれた。ものすごく痛くて、ごめんなさい、ごめんなさいって言いそうになったけど、我慢した。猫に殺される鼠は謝ったりしない。それに、多分、桑の葉を取ったせいで殴られているんじゃないと思う。畑の持ち主は最近分かったけど、この人たちじゃなかったし、一匹の蚕を養うための葉っぱなんて、本当にたいしたことはない。何か殴る口実が欲しかったんだと思う。

きっと面白半分だ。

私は途中から声も出なくなっていたし、大して面白くもなかったと思うけど、男の人たちは息を弾ませながら、嗤っていた。随分長い間殴られた。猫と違って全然優雅じゃないなあと思う。ぼんやりとそう考える。私だって鼠より、ずっと無様だからおあいこなんだけど。猫の前脚に飛ばされる鼠は、とても静かだったもの。綺麗な弧を描いて、一メートル以上は飛んだ。

棒が頭にめり込んだとき、世界の色が変わった。鼻の奥に油臭いような嫌な臭いが広がった。世界の上下が分からなくなった。

あ、私、壊れたんだ。

ひきつけを起こしているような嗤い声が響いている。どこかで聞いたことがある声だ。


もうずっと前、まだ私が小さかった頃、道で大勢の男の子たちが、大きな蛙を追い回していたのを見た。傘でばんばん叩いて、そして車道の真ん中に追いやっていた。蛙を助けたいと思ったけど、身体が動かなかった。私はその男の子たちが怖かった。止めたりしたら、きっと蛙の代わりに私が殺される。

小雨が降って、もう暮れかかっていた。近づく車のライトで、蛙の姿がはっきりと見えた。顔を上げて口をパクパクさせて、狂ったように嗤い転げる子供たちを、見上げていた。その目には憎しみも、恐怖もなく、ただ静かだった。

あの時、あの蛙の目はきっと、「面白半分」のもう半分側を見てしまったんだと思う。まるで子供たちを可哀想に思っているような、ちょっと哀しくて優しい感じにも見えた。通り過ぎていく車の音、悲鳴ひとつ上がらない最期の瞬間、子供たちの歓声だけが響いていた。

今と同じ、ひきつけのような嗤い声だ。


闇に沈んでいこうとする意識を、焼け付くような痛みが引き戻す。これは私の中の命の力だと思う。生と死とが力いっぱいに私を引き裂こうとしている。


からん、と音が妙に遠くに聞こえた。私を叩いていた棒が道に転がる音だ。私を叩くのにも飽きたんだな。倒れたまま、足音が遠ざかるのを待った。

もう立ち上がる体力もないし、支える骨もすっかり駄目になっていたから、這って家に戻った。掌に握りしめていた桑の葉はくしゃくしゃになっていた。蚕、嫌がるかな。でも、もう桑畑には行かれない。潰れた桑の葉は蚕の匂いがした。

家に入ると蚕はせっせと糸を吐き出し始めていた。繭になって、蚕蛾になる準備をしている。
何だ、もう、桑の葉、いらなかったんだ。
私は何だか嗤いたくなった。殴られ損だったのに、ひどく可笑しかった。
蚕は動きを止めた。こちらを見ている。
蚕の声が頭の中に響く。私の脳細胞がそれを翻訳するのに、少しの間があく。

終わらせる。

何を？

私の命かな、と思った。もう蚕にとっても私、役にたたないし。桑の葉もいらないし。蚕は蛾になったら、口がない。何も食べない。

また、何かが響く。

終わるのは、この世界。
今、目の前にあるこの世界。

どうして？

私は別にいいけど。もう、二度と起き上がれる気がしないし。

でも、困る人もいると思うな。

そうか。

きっと蛙やお馬や私が壊されたのと同じ理由だ。

例の面白半分てやつで、世界も終わるんだ。

面白い、の、もう半分が何だったのか、今なら少しだけ分かる気がした。

猫が隣に来て丸くなった。傷が焼けるように熱かったけれど、身体の奥底の方は冷たく冷たくなっていった。血がなくなってきているんだ、きっと。手探りで何かを身体に巻き付けたら、それはお馬の皮だった。

お馬の匂い、私の血の匂い。

眠くなる。

世界が終る日、蚕は繭になった。猫は傍らで丸くなった。私はお馬の皮にくるまった。蚕の声は聞こえなくなったけれど、蚕が紡いでいく繭と私は重なりあっているみたいだった。

不思議だね。こんな小さい繭の中に、私がいた世界よりずっとずっと大きな宇宙がある。

無限の真ん中で、永遠の広がりの中で私は変化している。骨は折れて、皮膚は破れて腫れ上がって、ぐしゃぐしゃしていて、私の形はもう元のようではなくなっていて、そして、新しい形になっていく。

蚕と同じ。蚕だって、脱皮の度にこんなに苦しかったのかもしれない。変化するのは大変なんだ。


口は閉じられていく。歯はほとんど折れているけれど、もう食べることはいらないから大丈夫。お腹は膨れていく。この中に卵が宿る。小さな新しい宇宙たち。背中に生える羽はとてもとても小さくて、きっと何処にも行かれない。

そう、どうして何処かに移動する必要がある？　ここには世界のすべてがあるんだから。

宇宙はみっしりと濃くなっていく。閉じられた中で育っていく。生まれ出る瞬間を待ちながら。

闇の奥底から手繰りよせた夢を紡いだ糸、一本の丈夫な白い糸で、

螺旋、螺旋、螺旋、
お馬そっくりの頭をぐるぐると動かして、蚕が丁寧に編んでいった、宇宙の保護膜。

この繭が破れてしまったら、繭の中の宇宙が溢れ出てしまったら。

外の世界は、大丈夫なのかな。

お馬の皮を剥いでくれた長老の顔を、お馬や私を叩いた人たちの顔を、桑畑の持ち主の人の顔を思い浮かべる。

古い世界が萎んでいく気配を感じる。それは、脱皮した蚕の抜け殻に似ていた。

蛙の静かな目を思い出す。


世界の終わりの日、私たちはここにいる。

ここに蚕がいる。猫もいる。私はお馬に包まれて繭になる。

猫はいつもの通り、とても綺麗だ。世界の終わりと新しい始まりとを見守るのは猫の役目だ。空色と星の色との瞳で。

私も終わってしまう。私はもう、私でなくなってしまう。

でもね。

最期の時に好きなものたちと一緒にいられるなんて、これ以上幸せなことはない。

Cabinet of Curiosities

Play of Color

『ナイトランドVol5 特集サイバーパンク／SFホラー』に発表した本作は、クトゥルー神話の創造者ハワード・フィリップス・ラブクラフトの古典怪奇小説に出てくる様々な要素を散りばめています。

現し世と異世界を曖昧につなぐ魔法のお店・玩具館を舞台にして語られる、宝石にまつわる幻想譚の中では様々な怪異のイメージがモザイクのように組み込まれています。でも、ラブクラフトの小説を読んだことがなくても不安になる必要はありません。完成した物語は、もう別の幻想の世界なのですから。

（編集部）

妻、彩子が姿を消したこと。

彩子が大切にしていたオパールの指輪がその貌を変えたこと。

何故か無関係とは思えなかった。

その石は輝きを失ったわけではない。むしろ、増している。柔らかだったはずの色彩は、金属的な光沢を帯びた。まどろむように輝いていた光は、まるで意志を持っているかのように石の中でうねる。その様は美しいというよりは禍々しい。本当に同じ石なのだろうか、と首をかしげた。それ以前にこんな石が存在するものなのだろうか。

そのオパールの指輪を持って訪れたのは、廃墟の外れにある玩具館だ。そこはまるで都市伝説のような店で、真に必要としている者でないとたどり着けない、店の奥は異界に通じている、店の者も人間ではない、等いろいろと言われている。この世ならぬものを数多く所蔵しており、店長はそういうものの扱いのエキスパートである。そんな噂を信じて私はその店を探した。独りきりでこの石と対峙しているのに、耐えられなくなっていた。ただ不安が増大していく。妻は無事なのだろうか。

店はあっけないほど簡単に見つかった。外観は煉瓦造の古びた洋館で、門燈にはガーゴイルがしがみついている。外壁には蔦も絡まり、風情があることこの上ない。

ドアを開けてくれたのは十代と思われる少女で、極めて愛想よく「いらっしゃいませ」と迎えてくれた。店長らしき男性は年齢不詳で白衣を着てマッド・サイエンティスト風だが、パソコンに向かって何やら作業をしている姿は単に無愛想で偏屈なおやじだ。棚には世界各国の呪物、医療器具や実験器具、全く読めない文字が並んだ革表紙の由緒ありそうな洋書、媚薬の類、人体模型、人魚の鱗、瓶に入ったマンドラゴラなどもあったのだが、パワーストーンやブリキの玩具やからくり人形、ハロウインで用いるような仮面、それにホラービデオやゾンビのフィギュアなどというものも並んでいて、肩の力が抜けた。カテゴリーからいうとホラーショップになるのだろうか。ゴシックな雰囲気を演出した、ごく普通の店のようだ。真っ白な猫が商品の間を優雅にすり抜けて現れ、私を見上げている。片方の目が空色、もう片方が金色の美しい猫だ。

ケースから指輪を取り出し、扱いに困っているので相談したい、とお願いすると少女は目を輝かせた。奥のソファ席に招いて、手早く紅茶を用意して、薔薇やアーモンドの香りのする焼き菓子を並べてくれた。私がお茶を飲んでいる間に、少女は白い手袋をはめて、丁寧に指輪を扱い、ルーペで熱心に台や指輪の裏まで眺めた。

「不思議なデザイン。祭壇みたいですね」

「祭壇、ですか？　そういえば何だか呪文みたいなものが彫ってありますけど。私には読めないです」

「石が十一個」

オパールを取り囲む石を数えて呟いている。妙に黒ずんでいるそれは、ダイヤではなさそうだが、何の石だか私は知らない。確かに祭壇を囲む柱のようにも思える。少女は再び石を光に翳しながら、一体どこからきた指輪なのか熱心に知りたがった。

ある朝、目覚めると妻の姿が消えていた。ベッドサイドのテーブルには、むき出しのオパールの指輪と短いメモが置いてあった。

『心配しないでください』

それだけだ。

不思議なことに荷物を持っていった形跡がない。いつも妻が持っているバッグも無造作に置いてあった。中には鍵もある。携帯電話もある。クレジットカードもキャッシュカードもいつもの財布の中に行儀よくおさまっていた。パジャマは畳んで枕の上にあった。妻の姿だけがきれいに消えてしまった。玄関はきちんと施錠されていた。

私は妻の持ち物を完全に把握しているわけではない。バッグも財布も他にあるのかもしれない。携帯電話だって、もしかすると二台持っていたということもないとはいえないし、合鍵を作ることだって、可能だろう。

成人女性が置手紙を残して消えた、というのでは、警察はまず動いてはくれないだろう。どう考えても単なる家出だ。そして、妻が消える理由についても、私には思い当たることがある。

私の母だ。

ちなみにオパールの指輪はもともと母のものだった。見合いで結婚が決まった彩子に「貴女によ」とそれは嬉しそうに持ってきた。

「ずっとずっと前から、お嫁さんにあげようと決めていたの。受け取って下さるわね?」

いつも大人しく控えめな母らしくもない、有無を言わせない口調だった。父は私が中学のときに亡くなっているのだが、父との思い出の品というわけではなく、母の家にずっと伝わっていたものなのだという。そのせいか、その指輪はなんというか、とても古めかしく、無骨だった。私も女性のアクセサリーには疎(うと)いほうだが、それでも「これはないだろう」と思った。華奢(きゃしゃ)な妻の指につけるとひどく不格好だ。祭壇、と言われればそう見えなくはない。真ん中のオパールは確かに見事なのだが、取り囲む不透明な石は邪魔だ。掘り込まれた模様や文字もとても美しいとはいえない。私は申し訳ない気持ちでいっぱいになり、こっそり彩子の顔を窺（うかが）った。

「こんな見事な石を私に？」

思いがけず、嬉しそうに声を弾ませた。気を遣ってくれたのだと思い、ありがたかった。

「本当に美しいですね。お義母様（かあさま）、この石から離れてしまったら、寂しくなりませんか？」

「いいの。実は私とはあまり相性がよくなかったの。本当に残念だわ。この石はね、とても人を選ぶの。今日からこれは貴女の石よ」

そういえば、こんな指輪を母がしているのを見たことがない。自分でも身に着けなかった古臭い指輪を嫁に押し付けようというのか、と私は呆れた。だが、せっかく彩子が良い空気を作ってくれたのだから、後でこっそり他の指輪を買って贈ろうと思っていた。だが、妻はあっさりと拒んだ。

「これが私の指輪なんです」

せめて、リフォームをしてデザインを変えてみては、と提案しても彩子は首を横に振った。私は自分で婚約指輪を買う心づもりもしていたし、いくらなんでもこんな不格好な指輪だけしか贈っていないのでは、彩子の親戚や友達にも格好がつかない気がした。だが、デパートに見に行くだけでも行ってみよう、という誘いさえ、拒否された。

一見、良好に始まったように思えた嫁姑関係だが、一年もたたないうちに暗雲がたちこめた。母が異常なほど、孫の誕生を待ちわびるようになった。数か月を過ぎたころから、「子供はまだ？」

と彩子にも私にもせっついてくるようになった。「気が早すぎる」と最初は笑っていたが、あまりに執拗になってきて、私は不安になった。結婚した時、私は二十七歳で彩子が二十四歳だった。とても焦るような年齢ではない。

ありがたいことに、彩子はあまり気にしている風はなかった。こういうデリケートな問題に口を出すのではない、と母をたしなめたりしても彩子は「お義母さまのお気持ち、よく分かります」と静かに微笑んでいた。

「心配しないで。もし子供が本当に出来なかったら、私、出ていきますから」

「冗談じゃない。俺、いつどうしても子供が欲しいなんて言った？　彩子がいてくれれば、別に子供がいなくたっていい。おふくろにはちゃんと俺から言うから。気にすることなんかないんだよ」

子供がいれば勿論、嬉しいだろうとは思うが、どうしてもとまでは思わない。まして、彩子を責めるのは間違っているのではないだろうか。ただ「子供、子供」とそのことしか言わなくなった母は、何かに怯えているように見え、日々憔悴していった。片や責め立てられて針の筵状態のはずの妻は、悠然としている。どちらもあまり「普通」ではないような気がした。

「だって、もう三年になるのよ。おかしいわ、絶対」

彩子が消える直前の母のうろたえたような言葉、狂気じみてさえ見えた目つきを思い出す。母がこんなに怯えて哀しそうでなければ、親子の縁を切る、と怒鳴りつけたいところだった。子供が出来なくて辛いのは彩子の方だろうし、それをそんなに執拗に責めるのは絶対に間違っている。

そして、ずっと平然としていたはずの彩子が姿を消した。母はといえば、私の悲鳴のような報告を聞いて、黙り込んだ。私が問い詰めようとしても、ほとんど無反応だった。独り言のように「大丈夫、きっと護られているから」と呟いただけだった。

「妻はあんなに大切にしていたオパールの指輪を置いて消えてしまいました。そして、それ以来、どう見てもこの石が変わってしまったとしか思えないんです。もとはこんな禍々しい輝き方はしていなかったと思います」

「鑑定書の類は？」

白衣の男が立ち上がりソファの方に寄ってきた。少女の手から指輪を取り、光に翳す。

「いえ、古いものですし。鑑定書は見た覚えがないですね」

「鑑定を依頼したことは一度も？」

「多分、ないと思います」

男は首を捻って、指輪をテーブルの上に戻した。

「これは、オパールではないな」

オパールではない？

「じゃあ、これは何なのですか」

「今から明かりを消します。普通、この石も姿が見えなくなりますよね？　光を反射して輝いているのですから」

少女が手品師めいた手つきで、指輪を示した。

「でしょうね」

「では」

少女は身軽く部屋の隅に行き、電気を消した。窓のない店内は一瞬にして暗黒になった。石は闇の中で輝いていた。

ふつふつと溶岩が燃えるように、石の中で色彩が流れる。金属めいた光沢の泡が弾ける。玉虫色の色彩がうねる。自らの意思を持っているかのように。

「石が光って、いる？」

「綺麗ですね」

少女は嬉しそうに声をあげる。

「これ、一体？」

光の泡は鱗のようにも見えた。紅い光がその中心で輝き、ちょうど目のように見えた。蛇の顔だ、と思った瞬間、妻の顔とだぶった。

「彩子」

何故か、これは妻の顔だと思った。蛇の顔が柔らかく蕩け、すべての色彩と混ざり合った。官能的な眺めだった。もう、彩子は戻ってこないのではないか。空っぽになったマンションの部屋が浮かんだ。あの部屋は何一つ変わらず、ただ彩子だけが消えた。きっとこの石の中に消えてしまったのだ。そんな非常識な考えが、妙にリアルな形で浮かんだ。

「奥様はじきに戻ってこられます。大丈夫です」

まるで私の考えを読んだかのように、少女が闇の中でいう。

「そして、月が満ちれば、男の子をお産みになるでしょう」

「男の子を？」

受胎告知の天使のような言葉だ。現実感がない。過剰に子供を望む母を宥めることばかりに精一杯で、自分が父親になることをまるでイメージしていなかった。

「はい、双子の男の子です」

明かりがつけられた。不思議な玩具たちに囲まれて、オパールは狂ったような光を躍らせていた。

「この石は何なのでしょうか」

「擬態ですね。オパールのふりをしているのです」

少女は事もなげに言う。

「一体、何が？　何のために？」

「これは、眠れるモノの姿を映しています」

「眠れるモノって。何者ですか？」

「何、という説明は難しいですね。神と呼ぶ人もいますが」

神と呼ぶには禍々しい気がした。眠れる「モノ」と言っても、形らしい形もない。刻々とその姿を変えている。そして、闇の中で自ら光を放っていた姿は人智を超えたものに見えた。

「母はこの石が何なのか知っていて、持っていたんでしょうか。こんな、得体のしれないものと知っていて彩子に渡したんでしょうか」

「奥様を連れてこられたのも、お母様ですか？」

「見合いの話を持ってきたのは、母です」

初対面の彩子の印象は、とにかく美しい人だと思った。整いすぎて個性が弱い。目の前にいないと顔を思い浮かべることすら難しくなる。艶やかな黒髪、左右対称の目は瞳が大きく、睫毛(まつげ)は長く、透き通るように白い肌、小さくて高い鼻、薄めの形のいい唇、華奢な身体つき、どれもありきたりの表現になってしまう。穏やかな性格、品があり控えめで、欠点が見つからない。母が大いに気に入っていることもあって、話は驚くほど早く進んだ。

この石はね、持つ人を選ぶの。


母の声が蘇った。

母はまるで人が変わったようだった。彩子との結婚が決まったときには、今まで見たこともないようにはしゃぎ、それから数か月の後、子供ができないことで、彩子を責めた。三年間、母が私たち夫婦に子供の話以外をしたのを聞いたことがない。

「つまり、その。母や妻はこの『眠れる神』を信じている、ということなのですか？　二人とも、もともと新興宗教の仲間だったので母は私の妻として選んだ、とそういうことなんですね？」

「新興宗教、ではないですね。古くから信仰されています。教団もあることはありますが、お二人が加わっていたのかどうかまでは、分かりかねます。どちらかというと秘密結社のようなものですし」

古くても新しくてもいいのだが、いつの間にそんなことになっていたのだろう。父を亡くしてから、母が心のよりどころを必要としていたのはわかる。私自身は特に宗教を信じていないし、これから入信しようという気持ちは全くない。だからといって、二人の信仰を邪魔していいことはないし、宗教に偏見を持っているつもりもないのだが、この石に宿る色彩は得体がしれなさすぎる。これがご神体だとすれば、この信者たちと暮らしていく自信は、ない。しかも「秘密結社」とは穏やかではない。そんな言葉が日常生活に出てきていいものだろうか。一体、母や妻に何が起きているのだろう。

「奥様は必ず、お帰りになります。大丈夫です」

念を押すような少女の言葉に送られ、帰宅した。釈然としないまま、指輪も連れて帰った。

少女が予言した通り、彩子は何事もなかったかのように戻ってきた。二週間、姿を消していたことになるが、まるで親戚の家に数日泊まっていたかのように、一言の弁明もなかった。すぐに元の生活に戻った。私は結局何一つ尋ねることはできなかった。もし万が一、少女の語ったことが真実で、秘密結社だの眠れる神だのの話を妻から聞かされたら、どうしていいのかわからなくなる。ようやく取り戻した日常はあまりに穏やかで、そんな話はそぐわなかった。このまま、こんな日々に続いて欲しかった。見なくてもいいことからは、目をそらすことにしたのだ。

そして間もなく、妊娠していることを告げられた。勿論、母は大喜びだ。ベビー服やベビー用品、玩具の類を外出する度に買ってくる。彩子も幸せそうだ。実の親子以上に仲良くなり、母は何があっても彩子の味方をするようになった。一見、微笑ましいようではあるが、ひどく異常にも思えた。私一人、蚊帳の外だ。違和感は増殖していく。目の前で不自然に「絵に描いたような幸せな家族」を演じられているような気分だ。まるで、アメリカのホームドラマだ。大袈裟な仕草、言葉、まだ見ぬ子供に向けられる溢れんばかりの愛情。

彩子の中で育っている命、これは本当に私の子供なのだろうか。

妻の妊娠と失踪が無関係だとは思えなかった。あの石の中の色彩は神、とも呼ばれるものだという。ならば、その神に願って子供を授かった、ということなのだろうか。

それとも。

日に日に形を変えていく彩子はまるで、エイリアンのように見えた。見た目も、そして中身も私の知っている彩子とは、少しずつずれてきているように思えた。何が巣食っているのだろうか。私は妻が怖かった。

あの日、玩具館で見た闇に踊る色彩、その中に覗いた虹色の鱗に囲まれた美しい蛇の顔、そして、そこに彩子がだぶった。あれは確かに彩子だった。石の中の色彩、混沌に包まれて妖しくうねる蛇体の妻の姿。

そして、月満ちて生まれた子供は男の子だった。ただ、あの少女が予言したような双子ではない。双子では、ないはずだ。一人で産まれた、はずだ。

子供は遥外（ようと）と名付けられた。まだ生まれる前に、母が決めた名前だ。スケールの大きな人になるように、という願いが込められているらしい。「遥」は良いが、「外」という字は私には若干の違和感があったが、妻もこの名前を気に入っている。私に口を出す余地はない。

遥外は、とても元気だ。親ばかで言うわけではなく、わが子は賢い。賢すぎる。生まれて間もなくから、家族の顔をきちんと見分けている。表情もある。三か月経ったときには、もう何か喋っていた。意味をなしていない音声ではあったが、明らかに意志を持って。

気になることがいくつかある。

性別を知らされる前から、母も妻も胎児を男の子だと知っていたようだった。母が買ってきた服も玩具もすべて男の子のものだ。そうであればいい、と願っているのではなく、確信している。妻には初めての子供、母には初孫なのだが、二人とも妊娠、出産、子育てと全く行動に迷いがない。

生まれたのは双子ではなかった。それなのに、母も妻ももう一人子供がいるかのように、ふるまうことがある。そして息子もそこにいないはずのものに向かって、話しかけたり、笑ったりと遊んでいる。それ自体は多分、珍しいことではないのだろう。それにしても、母や妻まで本気で同調しているのは、おかしい。玩具館の少女が断言した通り、実は双子が生まれているのではないかと思うことがある。私の目に見えていないだけで。

赤子が機嫌よく「何か」に話しかけているとき、いつも奇妙な異臭が部屋に淀む。獣じみた匂いだ。どちらかというと、遥外も甘いミルクの匂い、というよりは獣に近い匂いがする。そのせいだろうか。遥外は犬に嫌われる。抱いて歩いていると、近所の犬という犬に吠えられる。近くの公園は愛犬家たちが集う憩の場所になっているのだ。このあたりは犬の散歩をさせている人がとても多い。遥外を連れて歩くと、憩の場が騒然となった。

私の腕から遥外が乗り出すと、犬は後ずさった。恐怖の色を浮かべ、震えながらも吠え続ける。飼い主も最初は「ダメよ、赤ちゃんびっくりしちゃうでしょ」と愛犬を宥めるのだが、その尋常ではない様子に怯え始める。小型犬は吠えて吠えて暴れた挙句、泡を吹いて倒れた。大きな犬はリードを引きちぎらんばかりに暴れて、飛び掛かってこようとした。飼い主は必死の形相でリードを引っ張り、私は息子を抱えて逃げた。遥外はといえば、挑発するように顔をしかめて、舌をだしてみせた。

遥外の成長は早い。早すぎるのだ。半年もしないうちに、一年になる子供と比べても、遜色ないくらいに成長している。手足ががっしりとして、普通の赤子のようにふっくらとはしていない。奇妙に硬く、筋張っている。握りしめた拳は蹄(ひづめ)のように見える。振り回した腕にたたかれると、本気で痛い。胸や腹にパンチが入ると息ができなくなる。

それに、母と妻が息子を呼ぶときの愛称、それを私は聞き取ることができない。発音できないような音で構成されている。妻も母もその言葉を愛しげに口にする。子供もその呼び名に一番よく反応して、それに似た声で応じる。低い声で捻ったり、身の毛のよだつような声で叫ぶ。

遥外はとても健康な子供だ。子供を医者に連れて行ったのを見たことがない。初めての子供なので最初は分からなかったのだが、育児経験のある人に聞くと、病気以外にもひんぱんに検診の類があり、始終医者には連れて行っているという。お知らせが来ないのか、来ても無視しているのか、私の知らない間にこなしているのか、分からない。

私はオパールの指輪を持って、再び玩具館を訪ねた。頭がおかしくなったと思われずに話ができる場所はここしかなくなっていた。

「ご迷惑でなければ、この石はここに置いていただけませんか?」

「何か迷惑になるかもしれない、と実感なさるようなことが?」

少女は微笑んで尋ねる。何か「実感するようなこと」があった、という話を期待しているようにも見える。

石は遥外が産まれた日から、また、まどろむような淡い光を宿して、輝いている。とても美しく穏やかな石になっているが、私はもう騙されない。

「私にもしものことがあった時、この石が何も知らない人の手に渡るのは危険な気がするのです。もしかして、貴方がたならこの石の対処方法をご存じなのではないかと思って」

「まあ、この店には二、三物騒なものも置いていますので、お預かりするのは構わないのですが」

少女は指輪を持ち上げて、光に翳す。

「お母様や奥様はご承知なのですか？　この石を手放されることは」

「いいえ。無断です。せめてもの抵抗かもしれません」

「抵抗、ですか？」

「この石はオパールに擬態していると言いましたよね」

私は自分がこれから口にしようとしていることに脅えて、身を竦めた。少女は励ますように、頷き、テーブルに案内してくれた。カップを満たしていく熱い紅茶の香りに、落ち着きを取り戻した。

「息子の遥外も、何かが擬態しているように思えるんですよ」

白衣の男も興味をひかれたように、パソコンの画面から顔を上げた。

「遥外は時々、異形のモノに見えるんです。顔は柔らかな産毛に覆われていて、煙ったように見えるし、人間のものとは思えないくらい目が大きくて、妻にも私にも母にも亡くなった親父にも誰にも似ていないんです。強いて言うなら、獣の目のようで。そして、そこから覗く表情には時折ぞっとさせられるんです。深い闇が覗いているようで、冷たい目をしていて、その目で見られると嫌悪しかないんです」

異常なくらいに犬に嫌われることも、家の中に漂う気配や異臭、まるで双子であるかのように母や妻がふるまうことも全部説明した。少女は時折頷きながら、異常な話を平然と聞いている。

「最初は思い違いだとか気のせいだとか思っていたんですが」

夜になると、家に満ちている気配も獣じみた異臭も濃くなる。ある夜のこと、遥外が寝ている部屋から、話し声のようなものが聞こえた。妻は隣の部屋で洗濯物を畳んでいた。遥外は一人きりのはずだ。子供の様子が分かるように、ドアは開け放してあるのだ。私はおそるおそる寝室を覗いた。ベビーベッドの上に当時三か月の遥外は座っていた。しっかりと頭を持ち上げていた。窓の方に何か語りかけている。また私の耳には正確に聞き取れない言葉で。そして、それに応えるかのように、低い低いうなり声のような音が微かに響いていた。

そのとき、窓の外で突然に雷が轟いた。風が唸った。硝子窓が割れんばかりの音をたてた。遥外は怖がるどころか興奮して腕を振り回す。まだ三か月の赤子がこんな動きをするものだろうか。

雷鳴が再び轟く。

遥外は叫んだ。歓喜の声に思えた。雷の光が闇を切り裂き、ベビーベッドの上に玉虫色に輝き蠢く何かを照らし出した。形は分からない。形と呼べるようなものはなかったかもしれない。混沌とした溶け合う色彩の塊だ。それは幻などと呼べるものではなく、今目の前にある現実よりはるかに重みのあるリアルに思えた。近所の犬が一斉に狂ったように吠えている。

部屋中が光で満ちる。吐き気がするような、鮮やかな光だ。「何モノ」かが稲妻に応えて輝いていた。あの日のオパールの内側に閉じ込められたようだった。

遥外の目も光る。それ自体が発光体であるかのように。異臭が濃くなる。獣の匂い、そして腐臭、耐え難い匂いだ。

「あの玉虫色に輝くモノは何だったのでしょう。遥外と密接に結び付いた何か、に思えました。遥外の分身なのか、それとも実はあちらの方が実体なのか、それとも双子の兄弟なのか。本当に今のうちに、まだこの子たちに力がないうちに何とかしないとならないいんじゃないかって」

「何とかとは?」

「遥外を水に沈めようとしました」

風呂で息子をしっかりと支えたまま、腕を思い切り底まで沈めて力をこめた。赤子は暴れもしなかった。私の腕に押さえられて、水の中からこちらをじっと見ていた。目が緑色に発光しているように見えた。間違いない。この子はどこかおかしい。このまま成長させてはいけないものだ。ぼこぼこぼこ、とあぶくが上がってくる。遥外が痙攣した。上がってこようとする力を懸命に阻止した。

今なら、何とかなる。

そう思った瞬間、幼子の顔が変わった。

あどけない、守られるべき者の顔になった。幼い日の私そっくりだ。まるでコピーのようによく似ている。

一気に身体中の力が抜けた。

身体の底から湧いてくる感情が「愛しさ」だと気が付くのにかなり時間がかかった。

水の中から自力で起き上がった幼い身体は、ふわりと笑った。私は遥外を抱きしめていた。泣きながら妻のところに走り、今、自分がしたことを告白した。

「貴方は子供を殺せるような人じゃありません。私、分かってます」

彩子は確信に満ちた微笑みで、わが子を抱きとった。タオルに包んで、身体をふいてやりながら、あやす。遥外は笑う。私とそっくりの顔で。

「だから、私、何も心配なんかしません」

これは、私がわが子を殺すことができるような人間ではない、という意味にとるのが普通だろうけれども、私如きが遥外を殺す能力を持っているとは思っていない、という風にも聞こえた。

多分、その通りだ。

あれ以来、私が近づくと遥外は私の相似形な赤子になる。その顔を見た瞬間に、また力は抜けて、反射的に愛しさがこみあげてくる。本当にこんな可愛らしい生き物を見たことがない。溢れてくる気持ちはまるで麻薬のようにすべての思考能力を捻じ伏せてしまう。そして、その感情に身を任せるのは心地いい。

私の奥底で何かが警鐘を鳴らしている。遥外とともに育っているあの異臭の漂うモノのことを忘れるな、遥外の獣じみた目つきを忘れるな、もうすぐ、あれらは手におえないものになっていく、それを忘れるな、と。忘れてはいない。忘れてはいないけれども。

「つまり、遥外君は何者かが赤ちゃんに擬態している、と」

「そんな気がするんです。正常じゃないですよね、こんな考え」

あれから、私の夢の中にあの「色彩」が溢れるようになった。少女が眠れるモノと呼び、神とも言われているというあの不可思議な色彩だ。そして、その色たちは、私の意識にしみていく。

麻薬の類で見る幻覚はこんなものなのかもしれない、と思われた。色彩は私を歪めていく。目覚めてからも、頭の中には奇妙な光がくっきりと残っていた。

現実の手触りが変わっていく。日常の箍（たが）が外れる。秩序を失った時間の中で、惰性で動いていた。身体に馴染んでいる日々の仕事は何とかこなせる。病気なのではないか、と職場ではずいぶんと心配されたが、私は上の空だった。同僚の顔の区別もつかなくなった。それでもたいして支障はない。大したことではない。どうということはない。

色彩は脳内で不思議な響きに変換される。それは妻の口ずさむ子守唄に似ている。息子が呟く音にも似ている。細胞ひとつひとつにまで響いているようだ。

「母と妻は息子を連れて、引っ越すと言っています」

遥外を育てるのは田舎のほうがいい、と二人で言い張る。引っ越さざるをえなくなった、というのが本当かもしれない。このあたりでは主に愛犬家の間で遥外は都市伝説と化していたようにも思う。母が昔から持っていた伊豆の山、その中腹にある家に住むという。彩子は母との同居に全く難色を示してはいない。むしろ嬉々として準備を進めている。私は週末にそこに通うことになるようだ。

「伊豆の方です。確かに温暖だし、暮らしやすいのかもしれませんが、都会に比べれば不便で子育てに向くかどうかはわからないです。父が生きていたころ、私が子供だった頃、別荘として使っていた家で、広いだけが取り柄です。山ごと購入したので、スペースはありあまっています。私はとりあえず週末だけ通うつもりですが、今に転職して引っ越すことになると思います。何が起こるにしても、見届けてこようと思います。でも、そうなると私は私でいられなくなるような気がするんです」

ここに私は何をしに来たのか、今、ようやく分かった。

「この指輪とともに、私の物語を預かってほしいんです。誰にも知られずに、私が消えていくのは悔しいというか寂しいというか、誰かに知っていてもらいたかったんです」

「あいにくだな。ここにある玩具たちは、大抵、何かしらの因縁を背負ってくるが、大抵はこの娘に落とされてしまう」

相変わらず無愛想な白衣の男が少女を示して言う。少女は肩を竦めた。

「ありふれた物語なら落としますね。売るときには邪魔ですし。でも、この指輪は非売品としてお預かりしますから、物語もそのままにしておきましょう」

「ありがとうございます」

玩具の間から、白い猫が音もなく現れ、ついと私に鼻づらを寄せた。

「そういえば」

頭を撫でると猫は片目を細めて、私を見上げた。金色の眼は光を弾いて輝き、空色の眼は透き通っていく。それぞれ別々のモノを見ているようだった。私の手の匂いを嗅ぐ。

「遥外は犬には異常に嫌われるんですが、猫や子供には意外なほど好かれるんです。塀の上の猫が寄ってきますし、遥外の声に反応するんです。それから、小学生くらいの男の子、普通、赤ん坊なんかに興味ないよなあと思うような年頃の子供たちがわざわざ遥外には寄ってきて、話しかけたりするんですよ。それも一人二人じゃなくて、何人もきます。子供たちは何となく不思議なものを見るような目で見ていて、遥外の手を触ったり、あやしたりするんです。興奮して、すげえ、とかヤバいとか口々に言います。子供たちの目には息子は何やら『すげえヤバい』モノに見えているようです」

「今度は遥外君たちを連れていらしてください。お会いしてみたいです。お預かりしている物語の続きも気になりますし」

「この店に入る大きさのうちに、な」

白衣の店長の言葉は一見冗談のようだったが、実は本当に心配だった。遥外が育っていくにつれて、家の中に立ちこめた濃厚な気配も育っていく。多分、もう私たちのマンションには納まらない大きさになりつつある。妻が引っ越しを決めた主な理由も多分、それだ。

「ほら」

店長が大きめのスプレー缶を投げてよこした。あわててキャッチする。何語なのかすらわからない文字が並んでいる。

「使ってみるといい」

「これは何ですか。殺虫剤のように見えますが」

「部屋の中に漂っている気配の形を見たくなったとき、このスプレーを噴射すると一時ですが、見ることができます。ですが、心の準備もなしにご覧になるのはお勧めできません」

少女がにこやかに説明してくれた。

「分かりました。では、大きさを確認してから連れてきます」

「あ、スプレーですが、決して人には向けないでください。お母様や奥様や遥外君に」

「有害なんですか？」

「スプレー自体は無害だ。だが、そこにどんな姿が見えるか分かったものではない」

無口な店長が平然と恐ろしいことを言う。

「みんな、その、母や妻まで、何かが擬態しているということですか」

少女はくすくすと笑ってスプレーを奪い、いきなり私に向かって噴射した。大量の白い霧にむせた。混乱したまま、抗議をする。

「な、何をするんですか」

「鏡はご覧にならないように」

何故、私が、と思った途端に、背筋が凍った。私だって、あの母の息子なのだ。思わず、顔を覆った手が自分の手でないような気がして、あわてて目を閉じた。

瞼（まぶた）の中に広がる色彩が、響きに変換される。響きは言葉を形づくり始めた。

色彩は言葉だった。

分かった、あの眠れるモノの名前だ。咳き込みながら、口にしかけた言葉を誰かの手で封じられた。

獣の匂い、息遣い。

神の名は口にするな、と。

夢オチ禁止

初短編集『音迷宮』のために書き下ろした本作は、これまでに取り上げた事のない怪異として、ハワード・フィリップス・ラブクラフトが創造したクトゥルー神話をモチーフに使った最初の作品です。

世界中のありえないモノを陳列する玩具館を舞台に、石神茉莉の幻想譚で描かれるのがどの神性なのかは、読んでみてのお楽しみ。意外な邪神であることは間違いありません。

この作品の後、様々な邪神をモチーフにした驚異の品々が玩具館の陳列棚に並んでいくことになります。

物語のキーアイテムとなる「青い琥珀」は、本書タイトルにも使われていますが、これは驚異の品の象徴でもあるのです。

（編集部）

暗がりから白い猫が走り出た。毛並みが良く、尻尾（しっぽ）が長く、姿のいい猫だ。子犬ほどの大きさがある。

闇（やみ）の奥を窺（うかが）うと、そこは廃墟（はいきょ）だった。迷路のように廃屋（はいおく）が立ち並ぶ。大通りからワンブロック入っただけの場所なのに、そこはすでに別世界のようだった。奥の方に高い煙突が見えた。焦げ臭（くさ）く脂（あぶら）っぽく、そして何処（どこ）か植物的な臭（にお）いが澱（よど）んでいた。ヒトを焼いた臭いだ、と何故（なぜ）か思う。そんな臭いを知るはずもないのに。

猫は私をじっと見据（みす）えていた。ひどく厭（いや）な目つきをしていた。そして片方の目が金色、片方の目が空色だ。祖母と似ている。祖母と同じ眼差（まなざ）しだ。

祖母はその年齢とは思えないほど、というべきか、その年齢になって一層（いっそう）というべきなのか、不思議な美しさをもつ人だと思う。日本人離れした端正な顔立ちに刻まれた皺（しわ）まで優雅に見えた。鼻は細く高く完璧（かんぺき）な線を描き、唇（くちびる）は紅をささなくても、柔らかに赤い。だが、左右の目の大きさが著しく違う。幼子のように澄んだ大きな目と、何もかも見透かしているように鋭い光を湛（たた）えた細い目の組み合わせは、邪悪に見えた。美しいだけに凄（すご）みがあった。表情が読みにくい。

子供の頃、祖母は魔法が使えるのだ、と思っていた。独り遊びのように、トランプを綺麗（きれい）に並べ、札を一枚一枚ゆっくりと表に返しては、眉（まゆ）を顰（ひそ）めたり微笑（ほほえ）んだりする姿が謎めいて見えたのだ。時折、低く呟（つぶや）く言葉が怖かった。怖いのだが、聞かずにはいられなかった。その呟きはしばしば現実になったのだ。叔母は旅行先のホテルで火災にあった。祖母の友達は手術の甲斐（かい）なく他界した。祖母の言葉を聞いてスキー教室をサボった私は、車両事故に巻き込まれずにすんだ、等々。

だが、祖母はその言葉を後まで覚えてはいないようだった。無意識に呟いているのか、とぼけているのか、私には分からなかった。「おばあちゃまの言うとおりになったね」とこっそりと囁(ささや)いてみたことがある。祖母はただ片方の目を細め、澄み切った方の目は無邪気に見聞き、何を言っているのか分からないわ、というように首を傾(かし)げた。

「トランプのカードで未来のことが読めるのね」

札をめくる指先を見つめながら、私はそっと尋(たず)ねた。七歳の時だった。

「トランプ占いだからね」

祖母は私の真剣な顔がおかしくてならない、というように微笑んだ。

「何か占って欲しい？」

私は首を横に振った。

もし、祖母が魔法使いだとしたら、このカードが偶然並んだ結果を読んでいるのではないのかもしれない。私は声を潜めた。

「ね、もしも、もしも、よ。カードの位置を自分で操れたら、未来も操れるの？」

祖母は妙に可愛(かわい)らしい声をたてて、笑った。

「操れるとしたら、どうしたい？　何を願うの？」

答えられなかった。願い事を口に出してはいけない、と思った。御伽噺(おとぎばなし)でも臆面(おくめん)もなく願掛けする人は、ろくな目にあわないものと決まっている。変えたい未来はあるけれども。

「トランプはトランプ。単なる玩具(おもちゃ)よ。でもね」

札を一枚、もう一枚とめくりながら祖母は意味ありげに微笑む。最後のカードを裏返したまま取り、そっと私の額にあてた。

「変えられるかもしれないわね。貴女がそう望めば」

私は結果を見ずに、部屋を走り出た。


その夜、夢を見た。

そこは石だけで造られ、街と呼ぶには寂しく、そして人気がなく、廃墟のようだった。見上げてもただ闇しかなかった。

雪が降っていた。私は赤い傘をさして歩いていた。傘はどんどん重くなり、何度も雪を払いながら歩いた。誰かを迎えに行くところなのか、何か楽しいことが待っているような足取りでさくさくと雪を踏んだ。雪は微かな音をたてて降る。結晶が静かに重なるとき、軋るような儚い音がする。その中に囁きが混じった。

「ねえ、死ぬよ」

立ち止まった。耳をすませたが、それ以上言葉は聞こえなかった。

私は母の胎内でまどろんでいる妹の名を呼んでいた。

母がいつも愛しげにお腹に向かって呼んでいた、その名を。

手から傘が滑り落ち、雪の上で弾んだ。純白の雪の上でその傘は、血と変じて紅く紅く広がっていく。

目の前に紺色のコートを着た後姿があった。これは母が買ってくれたものだ。右肩が下がってひどく姿勢が悪い。他人の目からは、こんな風に見えるのかと思うと哀しかった。

自分の後姿なんか見えるはずがないのだから。だから。

なあんだ、夢か、と呟いた途端、景色は遠ざかり闇に溶ける。

夢、のはずだった。

だが、妹は生まれてはこなかった。そのまま旅立ってしまった。あまりに可愛い子だから、神さまが連れていってしまったの、と母は私を抱きしめて説明してくれた。楽しみにしていたのに、お姉ちゃんになるはずだったのに、ごめんね、と泣いていた。

私は随分落胆した。ずっと妹が欲しかったから。何年も前から「妹を産んで。絶対可愛がって、絶対大事にするから」と言い続け、両親を困らせたものだった。母に命が宿った、と知ったときには嬉しかった。母のお腹に顔をくっつけて「早く生まれておいで」と囁いた。妹にあげるための玩具をより分けて箱に大切にしまった。特別大切なビーズ細工のセットも入れた。母が揃えた赤ちゃんの洋服や小物と一緒に、玩具の箱が部屋の隅に置かれているのをみると、涙が出そうになった。行き場のなくなった玩具たち。

だがその一方、心配事が減ったような、楽な気持ちになったことも確かだ。すでに妹のいる友達から「姉」というものの立場がどんなに不利なものか、繰り返し聞かされていた。それに両親だけじゃなく、親戚、近所の人の関心が想像以上に生まれてもいない子供に向いていたのはショックだった。「妹が欲しい」とねだったことが、とんでもないしくじりに思えたこともあった。妹、妹、とはしゃいでみせながら、実は不安だった。

泣いている母にしっかりと抱えられながら、私はこっそりと溜息をついた。これで、母のぬくもりを独り占めできる。

祖母も妹を失った私を抱きしめて、慰めてくれた。その言葉も手つきもとても優しいものだったけれども、「魔法を使う」祖母の目は、とても恐ろしいものに思えた。きっと私の邪な考えを見抜いているのだ。私は泣いた。母の腕の中では、出なかった涙が際限なく流れた。ただ、怖かった。

白い猫は笑った。口角を持ち上げて、にゃあおう、と口だけ動かした。

右目は澄んだ光を、左目は邪悪な光を湛えて輝く。するりと身を翻し、闇に消えようとした。

私は後を追っていた。廃墟の奥へ奥へと吸い込まれていく。壊れかけた看板、明滅する街灯、傾いた塀がくるくると後に飛び去っていく。猫の姿は見失っていたが、身体を止めることができなかった。まるで落下しているようだ。目を閉じると、上下、左右の区別がなくなってしまう。重力が狂ってしまったかのように。

「あ、ヒトだ」

無邪気な声に引き止められ、我に返ると廃墟の果てにある洋館の前にいた。まるで猫が姿を変えたような少女がこちらをじっと見ていた。ふわふわとした髪は長く、肌の色が白い。瞳の色が違う、ということはなかったが、左右が非対称な顔をしていた。だがこの少女の場合、禍々しさはなく、神秘的で可愛らしかった。スカートの裾を揺らし、気取った仕草で洋館を示す。

「玩具館に来たお客様でしょ？」

そうだったっけ？　私は何を探して歩いていたのだろう。思い出せない。

門構えが立派だが、古い。蔦が絡まる煉瓦造りの建物で、門灯にガーゴイルがしがみついていた。

少女は銀色の鍵を取り出し、目の前で揺らせてみせた。それからおもむろに古い門扉(もんぴ)を開錠した。

少女は慣れた手つきでドアを叩いた。待ち構えていたようにドアから覗(のぞ)いたのは、目玉の大きい、まるで魚類のような顔をした男だった。顔色が悪い。蒼(あお)ざめているというより、緑色に近い。首は奇妙に太く、タキシードを着ている。あまりじろじろ見るのも悪いような気がして、私は目をあわせないように軽く会釈をした。

「こんばんは、お魚さん」

少女は頓着(とんちゃく)せず、挨拶(あいさつ)する。その男は無表情に少女と私を通してくれた。背後でドアが閉まる。重々しい音が響き、外界から閉ざされた、と思う。

玩具館、と少女は呼んだのだが、そこには長いテーブルとソファ、そして巨大な古い木製の棚と何やら巨大な機械があった。機械には白衣を着た男が張り付いている。

どうやらそれは望遠鏡らしい。それもかなりの大きさだ。天文台のもの、とまでは言わないが、少なくとも家庭用ではない。なるほど廃墟は天体観測には悪くないかもしれない。明かりが少ないのだから、星もよく見えるだろう。私が機械を眺めていると、男はゆっくりと顔を上げて私を見た。

「フルートはどうした」

「フルート？　そんなのずっと前から吹いてないです」

何でこの人は私が子供の頃にフルートを習っていたことを知っているのだろう。先生に真面目に練習していない、と決め付けられてさんざん叱られ、嫌になってやめてしまった。私は本当に真面目に吹いていたつもりだったので、哀しかった。もう楽器など何処にやってしまったのか、分からない。

「貸してあげる。ここにはなんでもあるから」

少女は陳列棚を示した。鈍い光を放つ銀色のフルートが載っていた。古びていたが、模様が彫り込まれた装飾的なものだ。私が持っていた練習用よりはるかに立派だ。

「でも、吹けないわ」と口の中でもごもご言う私を無視して、少女はテーブルに向かう。

棚に並んでいるものは、木切れで拵えた壊れかけの人形、人魚というよりは半魚人といった風情の像など奇妙なものばかりだ。不思議な光を放つ金属で出来た置物は「何か」生物らしい形をしていたが、海のものとも山のものともつかない。そして、錆色をしたオールドローズのリースは、ドライフラワーなのかと思えば、生花のような質感を保っていた。もともとそんな不思議な色合いをした品種なのだろう。首だけのミイラもある。人間のような顔をしていて、かなりの美形なのだが、形が明らかにヒトの首ではない。靄のような金色の毛でうっすらと覆われている。これはきっと良く出来た作り物なのだろう。玩具というよりは呪物の類に見えた。

少女は望遠鏡を熱心に操作している男に構わず席について、私にも座るように促した。先刻のタキシードの男がお盆にカップを二つ載せて、戻ってきた。無言で私と少女の前に置いた。ミルクピッチャーと砂糖壺はすでにテーブルに出ていた。

「すみません」「ありがとう」

私と少女の声が重なった。

少女は美味しそうに、紅茶を口に含む。ミルクも砂糖も入れない、ストレートだ。そして飲まないの、というように私の方を見た。あの魚似の男が運んできたものを飲むのは気が進まなかったが、仕方がない。目を閉じて、口をつけた。

意外なほどに美味しかった。理想的な温度で、透明感のある味で、砂糖を入れなくても茶葉の甘味が口に広がる。香りが涼やかに膨(ふく)らむ。

「美味しい」

思わず呟くと、少女は嬉しそうににっこりと笑った。

「ダージリンなの」

「貴女、ここの子なの?」

「違う。私の妹がここにいるの」

少女は下を指差した。

「妹さん?」

玩具館の地下に?

「私、妹を殺したの」

少女は物騒なことをさらりと言う。

「夢の中で」

「なあんだ」

「どうして、なあんだって言うの?」

少女は音をたててカップを置き、私を批難するように見上げた。

「だって夢は夢でしょう。現実じゃないもの。醒(さ)めれば終わり」

「妹はね、生まれてこなかったの。ずっと夢の奥の奥にいるの。それでね、顔がないの。形もないの。心もないの。何もないの。だからって現実じゃないからって、なあんだなんて言うの、ひどいよ」

「ごめんなさい、そういうことじゃないのよ」

きっと同じなのだ、と思う。少女も妹が死ぬ夢を見て、自分の中の妹への悪意に気がつき、妹の死を自分のせいだと思いこみ、自分を責めているのだ。私と同じだ。分かるだけに、安易な慰めの言葉などかけられない。顔がない、形がない、心がない、という言葉はとても哀しく響いた。

少女は謝罪の言葉であっさりと機嫌を直してくれたらしい。ふと顔を輝かせて、私に囁く。

「ねえ、聞こえない？」

私の手を掴み、地下室の入り口に導いた。少女に促され、閉ざされたドアに耳をつけてみる。

笛の音がする。ひどく単調だ。どうやらフルートらしい。私には懐かしい音だ。だが、すべての感情をそぎ落としたような、心を素通りしていくような不思議な調べだ。

「フルートね。でも、何というか、からっぽな音だわ」

「からっぽな音って、ぴったりの言い方ね」

少女は重々しく頷いて、誉めてくれた。

「妹ちゃんは本当にからっぽだもん。何も考えず、何も持たず、嬉しくもない、哀しくもない、時間も知らない、年もとらない、光も闇も知らないの。ずっと眠っているだけ」

フルートにあわせて、トトントトンとドアを叩いてみせる。

「あのフルートね、私が吹いているの。妹を眠らせる子守唄」

「え？」

「時々妹の処に下りて行って、フルートを吹くの。沢山吹いてくれれば、しばらくはその音が残っているの。なくならないうちに、また行くの。いつでも音でいっぱいにしておかないとね。」

少女は、得意そうに言った。

「いいこと教えてあげる。こっちの世界ってね、全部、妹ちゃんの見ている夢なの。だから、妹がよく眠れるようにフルート、吹いてあげるの。妹の眠りを心地よくしてあげれば、こっち側は私にもちょっとだけ心地いい世界になるんだ。おあいこでしょ?」

少女は腕をぐるっとまわして「世界」を示してみせる。

妹を安らかに眠らせるためにフルートを吹く、そして、その音色で妹と通じあう、というのは、この少女だけの大切な儀式なのだ。そう思う。そう思うのだけれど。あまり健全な感じはしない。

「あの……、でも『世界』が全部妹さんの夢だとすると、妹さんが存在する前には、『世界』はなかったことになっちゃうのよ」

「『世界』がいつから存在するか知っているような口ぶりだな」

白衣の男が望遠鏡から目を離し、口を挟む。私はむっとして言い返す。この少女はせいぜいが七歳くらいだ。

「少なくとも、『世界』はこのお嬢ちゃんの妹さんよりは年上だと思うけど」

「『妹さんの夢』は妹さんより先に存在していたかもしれないけれどな」

男はからかうような口調で言った。

「この下に眠るのは混沌だ。時間の流れの外に存在している。混沌をどう認識しようと、何という名で呼ぼうと、勝手だ。ただ、あのフルートは混沌の眠りによく馴染む」

少女は私たちの口論には興味がないらしく、陳列棚を楽しそうに眺めている。

「妹と遊ぶつもりで大事にしまっていた玩具は、行き場がなくなっちゃったけど。でも気がついたら、世界は全部妹ちゃんの玩具になっていたの」

「最近、その玩具が随分と好き勝手に動くようになったぞ」

男はうんざりした、というようなポーズをとってみせた。

「いい加減にしてくれ。玩具館から溢れ出すと、面倒なんだ」

「私たちは悪くないもん。星のせいじゃないの？」

「星の運行に今のところ異常はない」

「ね、こっちの世界が妹さんの見ている夢だとすると、目覚めたら私たちとか、世界にあるすべてのものは、消えてしまうってこと？」

私は少女に尋ねた。

「そんなことはないんじゃない？　目覚めさせたことないから知らないけど」

少女はあっさりと答えた。

「でも、目は覚めないほうがいいと思うの。私が殺したんだって、知られたくないから」

「あのね」

少女の言葉は私の感情をかき乱していた。その先には私の聞きたくない言葉が潜んでいるような気がしていた。

「あなたは妹さんを殺した夢を見たのよね？　でも、それは現実で起こることとは何の関係もないのよ。もし本当にそうなってしまっても、それは単なる偶然よ」

「ふうん、私、こんな話も知っているんだけどな」

少女は片目を細め、棚から不思議な光を放つ石のようなものを取ってきた。

「琥珀（こはく）を拾ったの。光に透かしてみると、その中に虫がいた。琥珀の中にいるのに、何故か生きているの。不思議でしょう」

少女は琥珀を透かしてみながら、微笑む。

「眺めているうちに、琥珀は蒼い色に変わっていくの。空の色とも違う、不思議な煙るような蒼さにね。その虫にはヒトによく似た顔があるの。光にあたって苦しみだした、虫の顔を見ているうちに、大切な約束を破った男の顔が浮かんできて、それで思わずその名前を呟いた。だって何もかもそっくりに見えたんですもの」

何故、そんなことを知っている？　それは私の見た夢だ。哀しくて悔しくて泣きながらソファで眠ってしまった午後。

「蒼く光る琥珀を、虹色にとろとろ光る泡がたくさん連なっている池のような処に落としたの。じゅっと音がして、嫌な臭いがして、琥珀は消えてしまった」

琥珀を失って呆然（ぼうぜん）としている私の後姿が浮かんできた。ひどく惨（みじ）めな姿に思えた。からっぽになった両手をじっと見つめ、項垂（うなだ）れている。

自分の後姿なんか、見られるはずがない。だからこれは夢なんだ、と思った途端に景色は遠ざかっていった。

「目を覚まして、うたたねしていたソファの感触と、部屋のひんやりとした空気の心地よさに安心して呟いた。なあんだ、夢かって、ね」

呆然としている私に向かって微笑む。澄んだ瞳を輝かせ、私を見上げる。

「妹に会わせてあげる。形がなくても、言葉が通じなくても、私たち、ちゃんと繋がっているの。今、それを見せてあげる。夢だから現実とは関係ない、なんて言わないで」

私の返事を待たず、少女は地下に繋がるドアを開けようとした。だが、どうやらそれは鍵がかかっているらしい。白衣の男に近寄り、裾を引っ張った。

「店長、鍵！」

店長と呼ばれた男は鍵束を腰から外し、無造作に私の方に投げてきた。馬鹿みたいにただ突っ立っていた私は、勢いよく飛んできたそれを慌てて受け止めた。硬い金属の固まりがあたり、指が痺れるように痛んだ。私は顔を顰め、店長を睨み付けた。店長はまた望遠鏡に向かい、もう振り向きもしない。

少女は黙って鍵穴を指差す。鍵は円形のホルダーに沢山ついているのだが、どれが正しい鍵なのかは、何故かすぐに分かった。

ドアは軋みながら開いた。フルートの音色が溢れだす。ドアの向こうには階段があった。底が見えないほど深い。そして中空には、何か不可思議なモノたちが蠢いていた。

巨大な蛸が触手を静かに上下させる。空気の流れにまかせて、ゆっくりと宙をよぎっていく。薄墨色で黒水晶に似ている。光を静かに濁らせ、包み込む。見る角度によって、銀色の龍にも見える。まるでスクリーンに映し出された騙し絵のようだ。

蛇は女の苦悶の顔をホログラムのように、漆黒の鱗に覆われた背に浮かび上がらせる。巨大な蜥蜴は誇り高い表情で目を閉じ、身体を反転させる。そしてオパールのような遊色を湛えて連なる大きな泡状のモノは、うごめきつつ硫酸のような匂いを発している。どれも眠っている。まどろみながら、静かに漂っている。

まるで水族館だ。硝子の水槽に隔てられてもいないのに、この透き通る異形のモノに手を触れることはできない。私と同じ平面には存在していない。そしてこの下には少女が妹、と信じる「顔がない、形もない、心もない」モノが眠っているという。

少女は躊躇なく、階段に足を踏み入れる。虹色の泡状のモノと私の顔を見比べる。あの時、蒼い琥珀を飲み込んだのはきっとこれだ。少女も同じことを思ったらしい。

「ねえ、琥珀の中で虫になっていた男、あの後、どうなったんだか覚えている？」

私は目を閉じて、思い切り頭を振った。夢の中で琥珀が一瞬のうちに溶けてしまう、その臭いだけが思い出された。現実よりくっきりと。

「忘れちゃったね。本当はどうでも良かったんだ、あんな男」

少女は笑う。そして私の背後に視線を走らせる。振り向くと魚顔のタキシードの男が佇んでいた。彼は、地下を覗いている。何だかとても哀しそうに見えた。

「お魚さんは、まだこちらにはこられないんだよ」

少女は軽く制した。男は寂しそうに後ずさる。

「行こう？　フルート持っておいでよ。一緒に演奏しよう？」

少女は私に手を伸ばした。気のせいか、少女も半透明に見える。闇の中に溶けてしまいそうだった。私は躊躇った。置いていかれたくない。だが、その闇の底には……。

にゃあ、と棚の上から猫に呼びかけられた。先刻の白い猫だ。いつの間にここに入り込んでいたのだろう。金眼銀眼で私を見つめている。

あの目だ。祖母の目だ。からかうように、問い詰めるように私を見つめる。


夢の中で名前を呼んだのは、妹とあの男の二人だけだった?

地下の「眠れるモノ」の玩具にしちゃった人は、他にはいなかった?

地獄絵地図の中に、誰かの姿を重ねたことはなかった?

火花が降り注ぐ壊れた観覧車の窓に、誰かの名前を呼ばなかった?


知らない。私のせいじゃない。そんなことした覚えはない。

私は叫んでいた。フルートの音色も打ち消すように、自分の声とは思えない奇妙に高い声で。

猫はその大きな身体に似合わない身軽さで、棚板を蹴(け)って跳んだ。棚の上にあった小さな箱はわざとのように叩き落とされた。猫は少女の脇を抜け、地下室に走りこんでいく。箱が開き、トランプの札が散らばった。螺旋状(らせんじょう)に舞い上がり、猫の後を追うようにゆっくりと地下へと落ちていく。フルートの旋律にあわせて舞う。運命を読み取る札は、秩序を失い、闇に飲み込まれていく。カードの鋭いエッジが闇を傷つけ、切り裂く。

夢の底に穴があいちゃった。

そう呟いたとき、私は夢から放りだされていた。

今度は自分の後姿を見る間もなかった。それが妙に不安だった。ソファから立ち上がろうとすると、目眩(めまい)がした。自分の部屋にいるのに、ここには現実感がまるでない。部屋のそこかしこに澱む闇に、夢が棲みついていた。姿の見えない異形のモノたちの気配が漂っていた。

その時、鳴りだした電話で、私は祖母の死を知った。


祖母の葬儀はあまり沈んだ雰囲気にはならなかった。突然の死だったが、高齢だったこともあるのだろう。こんな風に苦しまず、安らかに逝けたらいいのにね、という囁きも聞こえた。おばあちゃんは行いのいい人だったから、こんなにいい最期だった、と。

遺影はやはりあの猫に似ていた。品が良く、美しい人だと思った。私を見つめていたあの空色の眼と金色の眼を思い出し、私はずっと下を向いていた。

帰りがけに祖母と同居していた叔母が、私に革のケースを差し出した。

「これ、忘れ物」

フルートだ。

「おばあちゃまのかと思っていたら、貴女のフルートだったのね、名前が書いてあったわ」

祖母も昔、フルートを吹いていた。その演奏ぶりを覚えてはいないのだが、幼かった私に最初に音の出し方を根気よく教えてくれたのは、祖母だ。

堅い留め金を外して開くと、異臭がした。黴と埃と何かが腐敗している臭いとが混ざっている。もう唇をあてる気にはならない。だが私は黙って頭を下げて、受け取った。哀しみをこらえている表情に見えたのだろう。叔母は励ますような、微かな笑みで私の肩を軽く叩いた。

帰り道、近所の横断歩道で信号待ちをしていると、斜め前に黒いワンピースの女性が立っていた。私と同じような葬式帰りらしい。靴もハンドバッグもトートバッグもストッキングもすべて黒だ。

姿勢が悪い。小さなトートバッグから不恰好に革のケースが覗いている。ワンピースにも見覚えがある。きっと、白い衿(えり)とコサージュが取り外しできるタイプだ。

まさか。

女性はゆっくりと振り向く。

逃げる間もなく冷たい双眸(そうぼう)が私を捕える。写真で見る間の抜けた顔とも違う。鏡で見慣れた取り澄ました顔とも違う。だが、これは確かに私だ。

私の瞳に私が映る。

右目が大きく、左目が小さい。小さい方の目は暗く輝いている。怒りでも嘲笑(ちょうしょう)でもなく、ただ静かに私を眺めている。静かに銀色の鍵を差し出す。地下へ通じる扉の鍵を。

私の顔の造りは祖母によく似ていた。今まで気がつかなかったけれども。

あの玩具館で会った少女の顔、猫の顔が連なり、増殖していった。合わせ鏡のようにどこまでも同じ顔が続く。それが暗い暗い階段へと導いていく。

夢なんだ。

これは夢なんだ。

呪文のように呟く。

だって、自分の姿なんか見えるはずがないのだから。

七歳の私が手を伸ばす。暗い穴が私を待つ。地下室から湧き上がる生臭い空気に包まれる。触手がうねる。まどろみながら、静かによぎっていく半透明の異形のモノたち。夢の底にあいた穴から溢れた闇は手に負えないほど膨張し、世界が軋んでいた。

フルートの音色に誘いこまれる。からっぽな音は、私の鼓動を奪う。ヒトの感情に決して馴染まないこの旋律は、私がかつて奏でたものだ。そうだ、この奇妙な曲はフルートの先生を怒らせた。真面目に吹きなさい、と何度も怒鳴られた。「こんな気持ちの悪い音は聞いたことがない」とまで言われた。どうして分かってもらえなかったんだろう、あんなに真剣に演奏していたのに。

闇で眠り続けるモノのために。私が殺した妹のために。

妹は確かに、夢のもっともっと奥に潜む、闇の中にいた。その混沌と一体化して。

急ブレーキの音が遠くで響いた。

夢の出口は、もう何処にもない。

迷界図

かつて世界を、そして宇宙を規定するのは世界地図と天球図だった時代があります。人がたどり着ける範囲を描いた世界地図と、行くことはできないけれど人が見ることのできる領域を描いた天球図が宇宙のすべてでした。そして地図は目的の場所にたどり着くための絵図でもありました。だからこそ、ヴンダーカンマーを作った事で知られる十六世紀の神聖ローマ皇帝ルドルフ二世は、世界の驚異を集めるとともに、最高の占星術師であり天文学者であったティコ・ブラーエやヨハネス・ケプラーをプラハに呼び天文台を作ったのかもしれません。世界地図や天球図には人の想いがやどるのです。

『異形コレクション32　魔地図』で発表された本作で創造されたのは、人が決して見ることができない世界を描いた地図。そこにはどんな想いがやどっているのでしょうか。

（編集部）

いらっしゃいませ。

ポニーテイルの少女がぺこりと頭を下げた。

表の看板には「玩具館」と書いてあったように思う。置いてあるのは普通の玩具ではないようだ。ゴーストの駒が並ぶ大理石のチェスボード、存在しえない不思議な生き物の色褪せた標本、人体模型、見たこともない神像、羽やらガラス玉でできたお守りめいたもの。どれも子供向きとは言いがたい。

初めて来た店なのだが、ふと懐かしい気持ちになった。私の夫をこんな店に連れてきたら、片端から欲しがるに違いない。きっと私の一ヶ月分の稼ぎくらいは軽く使ってしまう。自分ではほとんど稼いでこないくせに、悪気もなくそういうことをする。透（とおる）はそういう男なのだ。

あのケースに並んだアクセサリー、あれはなかなかいい感じだ。いぶし銀でゴシック調のデザインで。あんなのだったら私も欲しい。出勤には不向きだけれど、透は気にいるに違いない。

透の好きそうなものばかり、目で追ってしまう。透好みのものを懐かしく感じてしまう。そんなことを考えている場合ではないのに。自分で自分に苛立（いらだ）つ。

刃物の一撃で破壊された泥人形、針が胸に刺さった蠟（ろう）人形、不可思議な文字の書かれたお札（ふだ）めいたものが店の一角に無造作に並べられていた。引き寄せられるように、そちらに近づいて行った。

「それは効き目がなかったです」

少女は明るく言い放った。

「はい？」

「ほら、あの通りピンピンしていますもの」

店の奥に座っている白衣の男を示した。男はパソコンに向かって一心にキーボードを叩いており、顔もあげない。

「あちらは?」

「兄です。あの位置からほとんど動かないので、うちの備品とも言われています」

整った顔立ちだが、暗い雰囲気だ。あまり少女と似ているようには見えない。

「お兄さんで呪(のろ)いを試したんですか」

「ええ、そのくらいでどうにかなるような柔(やわ)な精神構造はしておりませんので」

少女の笑顔は屈託がなく、この店の雰囲気には似つかわしくない。

「呪い関係でしたら、オーソドックスなところでは藁(わら)人形セットもありますが、意外に作法が面倒なんです」

屈託のないもの、美しいものは善に見えてしまう。透がそうだった。まずは見た目が綺麗だ。五つも年上なのに、私より若く見られることもしばしばだ。それは多少頭にくるけれども、透の美貌(びぼう)はやはり私の自慢だ。自称ホラー作家なのだが、私は透の作品なんかろくに読んだことがない。最近、一作だけ読んだ。同人誌に掲載されている短篇だ。何だか気色の悪い話だった。少ないページ数に、人が死ぬ場面がぎっしりと詰め込まれていた。「殺し方」のバリエーションを考えるのが楽しいらしい。

生活臭がないのが若さの秘訣なのかもしれない。私など生活臭だらけだ。透は時々しかお金を入れてくれない。稼げないのだから、文句を言っても仕方がない。透と私と娘の紅(こう)の生活費を稼ぐのは私の仕事だ。学歴もこれといった技能もない私には結構な重労働だ。紅を保育所に預けている間はもっと大変だった。費用がかかることといったら。

透は時々帰ってこなくなる。何日も何日も連絡すらよこさない。絶望的な気分になった頃に、ふらりと帰ってくる。私を見るとふわりとした笑顔になる。「ただいま」と言う声も屈託がない。私は混乱して怒りを呑み込んでしまう。今、目の前で透が笑っているのだから、それでいいではないかという気持ちになってしまう。いいように使われているだけだとか、相手の思う壺じゃないかとか、他人様にご忠告いただくこともあるが、大きなお世話だと思う。

私は彼の笑顔を壊すことが、一番怖かったのだ。その向こうに何が潜んでいるのか知ることが怖かった。彼は誰のことも信じてはいない。そう感じる。だが、私だけは特別なはずなのだ。いつでも私のところに帰ってくるはずなのだ。彼は愛されていることを確認するために、こういう振る舞いをしている。だから怒ったりしてはいけない。許してもらえているのだ、ということを実感させてあげなくてはならなかった。誰に何と言われようとも。

透も紅のことは可愛がっている。やや気まぐれな可愛がり方だ。時には小さな紅の愛情すら試すようなことをする。わざと突き放した後、まとわりついてくる紅を愛しそうに抱き上げる。時々紅を勝手に連れ出すのも困りものなのだが、透にとっても実の娘なのだから、文句を言うこともないと思っていた。動く玩具だと思っている節もある。

ただもう九つにもなる娘を抱っこしてじゃれたり、膝にのせたりしているのはどうかと思う。女の子というのは、よちよちと歩き出した頃から、もうちゃんと男親に媚びる術を知っている。仕草や声の出し方も私に対するものと明らかに違っていた。私と透の間に割り込みたがる。家にもう一人女がいるように錯覚してしまう。時々目障りになる。

他所にも女がいる。それも一人ではないらしい。透はそのことを隠しもしない。最初は随分荒れたりもしたものだが、今では馴れてしまった。もちろん、馴れたくなんかなかったのだが。私のことも大切だけれども、彼女たちも必要なのだ、と臆面もなく言う。

「同情半分に構ってくれるような人。僕の不幸など笑いとばしてくれるような女の人が必要なんだ。笑い飛ばされると、気持ちも軽くなるし。向こうも僕を見ているとほんのちょっと優越感を持てるみたいだね。それであれこれ面倒みてくれたりする」

それは金銭的な面倒をみてもらっているという意味だろうか。時々家に入れてくれているのは、他の女たちから貰う金なのだろうか。

「私以外にどうしても必要なの？」

「美咲に笑われるのは嫌だな。笑い飛ばせるのは他人事だからだろう。単に面白がっているっていうか、それだけだね。美咲には笑われたくない。いつもちゃんとしたいと思っている。美咲は特別だからさ」

「特別なのね」

単純だと笑われるかもしれないけれど、私は嬉しかった。

「もちろんだよ。奥さんは一人しかいないんだよ」

「紅もいるしね」

私は念を押すように言う。

「もちろん。美咲と紅がいなかったら、生きていられないね。僕だけの家族だ」

「宝物？」

「宝だよ」

他愛のないやりとりに満足していた。透の瞳は澄んでいる。あんな邪悪なものばかり書いているのだとはとても思えない。笑い顔はあどけない。紅と並んでうたた寝をしているときには、子供が二人いるように見える。できるだけ傍にいて欲しかった。透が楽しそうにしていてくれるなら、それだけでいいと思っていた。

なのに。

「ご家族ですか」

「は？」

少女は可愛らしく首をかしげている。一体いくつくらいなんだろう。まだ十代には違いなさそうだけれど、まるで店のオーナーのような態度だ。

私も娘を産んだときにはまだ十八だったのに、それから夢中で生きてきてあっというまに二十七になってしまった。やり直しがきくのか、きかないのか、微妙な年齢だと思う。夜の街の中には私よりずっと若い子たちもひしめいているし、ずっと年上の人もネオンの中で生き延びている。お店では「二十五くらい？」とよく言われる。見た目より二つ三つは若く言っているのだろうから、年相応か少し上に見えるのだろう。完璧にメイクをすると、却って老けて見えるのかもしれない。

大学に行きたかったな、と思う。勉強は嫌いなほうではなかった。両親も私が進学することを望んでいたようだった。しかし、受験シーズンに入る前に、お腹に紅がいることが分かった。社会人が大学に行くのは無理ではないだろうけれど、もう私には縁のない世界に思える。

「ターゲットはご家族ですか」

少女は人差し指を刃物にみたてて首の辺りを切る仕草をし、笑窪を深めた。誰かを呪うなんて、ごく普通のことですよ、とでも言うように。

私は頷いていた。

「家族を呪詛するなんて例も多いのですか」

「ご家族が一番多いと思いますよ。他人のことではそこまで一所懸命になれませんもの」

少女は椅子をすすめてくれた。そして、熱いお茶をだしてくれた。スライスしたレモンと蜂蜜の小瓶を添えて。紅茶でも中国茶でもないようだ。焚火を思わせる、ひなびた温かい匂いがした。

「今、選んで参ります。ごゆっくりなさってください」

レモンスライスを浮かべ、蜂蜜を入れる。温かさが痛みになって喉を下っていく。いつのまにか身体が冷え切っていたらしい。そういえば、この店のことは誰にきいてきたのだろう。恨みを密かにはらすには、ここへ行きなさいと。最近、よく指名してくれる人の中にオカルトマニアがいる。きっとその人から聞いたのだ。

今、少女の問いに頷いてしまったことにより、ずっと燻っていた夫への殺意が浮き彫りになってしまった。透の小説に出てくる殺しのシーンを思い出した。鋭い刃物が頸部に喰いこみ、切断された気管から息が漏れ、血潮がごぼごぼと泡立つ箇所では慌てて本を閉じてしまった。人間をひとり消そうと思ったら、テレビのようにはいかないのだ。それまでは、投げ出されたマネキン人形のようなシンプルな死体しか想像できなかった。こんな恐ろしいことになるのなら、私は犬一匹にだって手を下すことはできないだろう。ステーキの断面から血が滲むだけでもぞっとするし、魚だってさばけないのだ。

「こんなのはいかがでしょう」

少女が棚から取ってきたのは一枚の絵だった。古ぼけた絵だ。色彩が美しいのだが、線の描き方はどこかあどけない。ありふれた薄手の紙に描かれているのだが、大変貴重なもののように薄紙に包まれていた。紙には縮緬（ちりめん）を思わせる細かい皺（しわ）がよっている。いったん丸めたものを丁寧に伸ばしたのだろうか。

「小さな女の子が母親を呪詛するために描いたものです。永遠にこの絵の中へ閉じこめてしまおうと」

子供が？

「母親を？」

「はい。多いんですよ、家族相手は」

そうだった。

私だって家族を呪おうとしているのだから。透を愛しいと想うときと、今、憎しみをもって想うときと、気持ちの動きはとても似ている。ほとんど同じだ。ぎゅっと締め付けられるような痛み。

何処へも行かせたくない。

息の根でもとめないことには、きっと透をとどめておくことはできない。あの手で誰かに触れ、あの目は何の悪気もなく誰かに微笑（ほほえ）みかける。馴れてしまったなんて、嘘（うそ）だ。何処にも行かせたくないのだ。

「ターゲットの方の枕の下に、これを置いてください」

「初夢のときに使うやつ?」

「あれは宝船です」

この皺は枕の下に敷いているうちにできたものなのだろうか。

それにしても不思議な絵だ。化け物がたくさん描かれて、ひどく暗いようでいて、全体的にいきいきとしている。美しいと思う。

子供はこういう不気味なものを好むのだ。紅もそうだ。本だってテレビ番組だって、怖いものがいいと言う。紅の場合、環境がそうさせているのかもしれない。何しろ父親が透だ。

背景は透明感のある水彩絵の具で塗られ、細部は色鉛筆で丁寧に描かれている。表面が泡立った血の池の色や、炎のうねり具合も美しい。捩じれた樹木から伸びる棘だらけの枝は、爪の尖った幽霊の手のようだ。地図の上部は群青色の空が描かれ、そこに蛙やエイの化け物が大きく赤い口を開いて飛んでいる。エイの歯はぎざぎざに尖っている。人間の姿は描かれていないものの、あちらこちらに血の流れたような跡がある。気味の悪い灰色の虫が群がっていた。頭部が牛や馬になっている者が、大きな刃をかざしている。中心に描かれた剣の山の頂上は空のほうにまで達していた。

「地獄の絵なのね」

「あ、はい、そうですね、地獄です」

少女は今それに気がついたというように、しみじみと絵を眺めた。

剣の山や血の池というオーソドックスなものが描かれているのだが、池には黒い蓮が咲いていたり、山のほうに空色の蝶が舞っていたり、牛が川のほとりに寝そべっていたり、とのどかなのか物騒なのか分からない。牛はよく見ると人面である。黒髪が頬にかかり、大きな目は哀しそうに見開かれている。

「これ、地図になっているんです」

なるほど、迷路のように入り組んで細い道が丁寧に描かれている。子供の頃に遊んだ双六（すごろく）にも似ている。灰色の門から伸びていく道はうねうねと一回りしてまた門に戻ってきている。

「この女の子は小さな頃から、地図を描くのが上手だったんです。いつも自分が遊んでいる近所の地図なら三歳のときには正確に描けたということです。まだ字は書けなかったので、絵地図だったようですが。自分のいる空間を幾何学的にとらえることができたようです」

それはたいした才能だ。羨（うらや）ましい。私などは未だに地図は描けないし、読む方もおぼつかない。所謂（いわゆる）方向音痴なのだ。

「そのうちに空想上の場所の地図も描き出したのです。物語で読んだ世界とか、自分で考えた世界とか」

「それで、地獄を？」

「いえ、最初は他愛のないお伽（とぎ）の国だったんだと思います。それで、その絵を枕の下に置いて寝ると、必ずその場所の夢を見られたのです」

可愛らしい遊びだ。私も試してみようか。理想の世界の地図を描いて、それを枕の下にいれる。でも、どんな世界が私の理想なんだろう。透とずっと仲良く暮せる場所？　何だか空々しい。そんな夢見て、何が楽しいだろう。

「ほとんど親にかまってもらえなかった女の子は、空想地図を描くことに熱中しました。昼間どんなに寂しくても夜になれば理想の世界で遊べるわけです。そして自分だけではなく、他人も地図の中へと連れてこられることに気がついてしまったのです。そう、どんな世界の中へでも、ね」

「一人っ子なのね、その子も」

いつも一人で遊んでいる紅の後姿を思い出した。聞き分けはいいほうなのだと思う。だが時々心底、頭にくる。まだ何も一人ではできないくせに口ばかり達者になっている。そして、その目は透にそっくりだ。

「いいえ、お兄さんがひとり。時には二人で地図遊びもしていたようですよ」

紅も弟か妹がいれば寂しくはなかったのだろうが、私の経済力ではとても無理だ。生まれれば、またしばらく保育所に預ける費用がかかる。透の印税で食べられる日を待っていては親子で飢え死にする。食いつなぐにはありとあらゆることをしなくてはならなかった。

なのに。

透は私に無断で娘を梨花（りか）という女の家に連れて行っていた。そして梨花には紅より半年上の子供がいた。それも透の子供だという。しかも近所に住んでいる。紅はすっかり梨花に懐いて今では一人で遊びに行っているらしい。

「梨花ちゃんは家で仕事しているから、子供をかまう暇があるんだよ。紅のことも可愛がってくれているから大丈夫。僕にそっくりだって。蓮（れん）はどっちかというと梨花ちゃん似なんだ」

全然大丈夫ではない。何故そんな残酷なことをあっさりと言える？　私は怒りを隠して情報を引き出そうとした。

「家で仕事って、何しているの」

「デザイナー。細かい仕事が多いけれど、食べていくのには困らないって。さばさばしていて面白いよ。今度会ってみる?」

「蓮というのが子供?」

「そう。男の子だ。梨花ちゃんはどっちかというと女の子が欲しかったようだね。美咲は忙しいんだしちょうどいいじゃないか、時々面倒みてもらえば」

問われるまま、話す。まるで隠すつもりもない。悪いとは思っていないのだ。

「冗談じゃないわよ。勝手なことしないで。紅は私の子なんだから」

「そう言うけどさ。紅が三日も夕食食べてなかったりするじゃない。それにあまり汚い格好しているといじめのターゲットになるというよ」

頭に全部血が上った。振り向きざまに紅を思い切り張り飛ばした。身体の軽い娘は壁まで吹っ飛んだ。あまり痛くはなかったらしく、ぽかんとしてこちらを見ている。

「あんたが気まぐれで食べたり食べなかったりするのがいけないんでしょ。何よそんなこと言いつけたりして」

離乳のときからどんなにこの子の偏食に悩まされたことか。それに、透も何故紅のことばかり気にかけるのだ。この半分でも、私のことを思いやってくれたことがあっただろうか。

「家にはパンとかラーメンとかいろいろ買い置きしてるでしょ。女の子なのに家のこと手伝わないで、何を生意気なことばかり言うの」

「美咲が悪いわけじゃないよ。仕事、忙しいの、よく分かっているし。でも紅の面倒みる人だって必要だろう。そうやって苛々して叩くのもよくないよ。この間なんか紅の骨にひび、はいったでしょう」

「嘘言わないで。いつよ」

「気がつかなかったのか。美咲らしいなあ。蓮が気づいて、梨花ちゃんが病院に連れて行ったんだよ。肋骨（ろっこつ）にひび。ね、しばらくコルセットしてたよね」

面白がっているような口調に、更に腹がたつ。そんなの嘘に決まっている。いくらなんでも娘が大ケガをしているのに気がつかないはずがない。梨花とかいう女が嫌がらせに嘘をついているのだ。

「とにかく、その家に行くことは禁止。いい？　紅。梨花とか蓮とかそんな他所の人と口をきいても駄目。その人たちは紅とは何にも関係ないんだからね。透も二度とそんな場所に連れて行かないでよ」

「関係ないのはママの方じゃない」

紅は不満そうに口を尖らせた。父親が味方だと思うせいか、強気だ。

「蓮はパパの子供で、私のお兄ちゃんなんだよ。ママには何にも関係ないのに、そんなこと言うのおかしいよ」

「ママがいない、いないって泣いて寂しがって大変だったのに、梨花ちゃんが面倒みてくれるようになって、紅はずいぶん明るくなったんだよ。そんなに怒らなくても」

寂しがらせておけばよかったのだ。昔の紅は可愛かった。私がいなければ、一日も生きられなかった。面倒になってしばらく放っておくと、全身で私を求めた。あの目で。透と同じ目で。私が抱き上げれば、泣き止んだ。そして、笑った。私がそこにいて、本当に嬉しいというように、とろけそうな笑顔だった。そう、あの口許で。

透も紅がいれば、必ずここに戻ってくると思っていた。私の肉体の一部がちぎれて、透の顔で生まれた。まるで奇跡のように。そして、その子は私だけを求めた。

「ねえ、向こうの子供のほうが先に生まれたんでしょ。結婚しようとは思わなかったの?」

せめて、梨花という女よりも、私の方を選んだのだと答えてほしかった。だが、のんびりとした表情のまま、透は言い放った。

「梨花ちゃんは結婚願望が全くないからね」

涙が溢れた。とまらなくなった。

四つの瞳が揃って瞬きもせずにこちらを見ている。まったくの相似形。不思議そうな表情だ。私の哀しみも怒りも行き場がない。二人とも私の手からすり抜けて行きそうだ。その梨花とかいう女の処へ行ってしまう。

行かせない。絶対に行かせない。蓮なんていう子供は認めない。透の分身ではあり得ない。嘘なのだ。その女が嘘をついているのだ。

透を消してしまう。梨花だの蓮だのがもう二度と触れることはできない場所に追いやってしまう。その二人を呪詛するという選択肢もないではない。だが梨花と蓮だけの問題ではないだろう。透の女を端から消していたら、大量虐殺をしなければならなくなる。

それならば。

「オーダーメイドも出来ますよ。お好みの世界をお作りしています」

「オーダー?　その女の子に頼むの?」

「ええ、この子はずっとそういう絵を描き続けているのです。例えばこういう樹の上に、美しい女性がいるんです」

少女は棘だらけの樹を指差した。

「そして、下にいる男を招きます。剣のような棘に身体のあちらこちらを貫かれ、男はボロボロになりながら、女の処へ上っていきます。ところが上についた途端、女は下に移動しているのです。そして、今度は下から呼ぶのです。それがいつまでも繰り返されるとか。そういうのはいかがですか?」

その地獄は一見透向きに思えるのだが、実はそうではない。彼はボロボロになりながら、女の処へ行ったりはしない。きっと早々に諦めて、楽なほうへと流れていく。そういう男だ。

紅がいれば、透を引き止められると思っていた。だが、紅と私という「生活」が彼にとって重くなってしまった。今、どこかもっと楽で肌触りのいい場所に流れていこうとしている。紅まで裏切りに加担している。母親が留守で寂しいからといって、他所の家に上がりこんでいるなんて節操がないにも程がある。

「ねえ、これは……この呪詛は有効なの?」

「地獄の地図ですか。ええ、もちろん」

「あの呪いの人形は試したけれど効き目がなかった、と言っていたでしょ? これも試したの?」

「すでに実証済みです」

少女は古びた地図の皺を伸ばす仕草をした。

「作者である女の子も自ら絵の中に下りて行ったこともあります。恐ろしさは保証付です」

「どうして自分自身で地獄へなんか」

「親に疎(うと)んじられた子供は、自分が悪いのだと思い込むことが多いのです。自分に罰を与えるつもりもあったのかもしれません」

そういうものなのか。

そういえば、紅も何か失敗をした後、叱られもしないのに黙ってガスの焔(ほのお)に小さな手を翳(かざ)したことがある。肉の焼ける匂いがして、私は悲鳴をあげた。何でこんなことをするのか、と叱ると「だって悪かったから」とべそをかきながら言った。即刻冷やして薬を塗ったものの、手の甲に引き攣れが残ってしまった。

あれで紅もお手製の地獄を抱えているのかもしれない。

「女の子は何度も地獄へ下りていきました。炎に焼かれ、剣に痛めつけられ、血の池で虫にたかられ」

少女はゆっくりと道をなぞってぐるりと一巡させる。

「目覚めたとき、四肢(しし)は冷たく凍り、脳にはべっとりと澱(おり)が張り付いたようになり、何も考えることができません。体温が戻ってくるまで寝床の中でじっと待ちます。ゆっくりと現実に戻ってくるに従って、身体の奥に激しい痛みが蘇ります。目に見えない剣で何度も刺されたかのように。地獄の記憶はほとんど残っていません。ただ、くたくたに疲れているだけです。深呼吸をしてゆっくりと酸素を廻らせながら呟(つぶや)きます。あ、生きていたんだって」

私はつられて身を竦(すく)め、それから大きく息をついた。

「ねえ、その地図を描いたの、実は貴女(あなた)なんじゃないの？」

奥に座っていた男が手をとめて、こちらを見た。とても冷たい目をしていた。少女は兄の方を振り返って、くすくすと笑った。

「で、この絵に母親を閉じこめて殺した、と。私、そんなことをするように見えます?」

「さあ」

私は首を傾げた。そうは見えない。屈託のない顔を見ると、やはりそこに悪意を見つけることはできない。そう、透のときのように。

地図をしみじみと眺めてみる。とてもよく描けている。透をこの中に閉じこめる、という趣向も気にいった。

しかし。

「でもまあ、所詮、夢は夢よね」

醒めてしまえば、それまでではないか。何故、それで呪いが成立するのか、分からない。

「そんなことを言っていられるのは、出口のある間だけです」

男が初めて口を開いた。思ったより、幼さの残る声だった。少女は大きく頷いた。

「何日か地獄の夢を見せた後に、出口をこうして、消してしまうんです」

少女は筆に墨を含ませて、地獄の門を塗りつぶした。

「そして、眠りにつく前のその御方に囁くのです。今宵の夢には出口はございません、と」

「暗示をかけるというわけね」

「呪われていることを相手に伝えるのは基本です」

少女は筆をおいて、出口のなくなった地図を手渡してくれた。

「知らせたくはないですか。あなたがどんなに憎んだのか、哀しんだのか」

それはそうだ。ただ事故のようにあっけなく、逝ってもらいたくない。透はあんなに私を苦しめることができたのに、私は透を少しも苦しめることができない。そんなの不公平だ。

「夢から出られないので、意識を失ったまま何度も地獄を巡ります。一巡すれば、また再生して最初からやり直しです。気力が続けば一週間、まずは数日のうちにはお望みの通りになると思います。もう何処にも行かれません。たとえ死んだ後でもずっとこの地図の中に閉じ込められたままです。この世で失くしてしまった肉体が痛み続けるのです。失ってしまっただけに、二度と癒すことはできません」

そんなに上手くいくものだろうか。

たかが、夢くらいで?

「地獄の夢をご覧になったことはありませんか」

「夢なんていちいち憶えてないわ」

「何日も、続けて見てはいらっしゃいませんか。燃え盛る炎を、そして身体を貫く銀色の剣、血の池の匂い」

「馬鹿馬鹿しい」

いや、夢を見たことがあったのではないか。

朝になったら、手が死体のように冷たく動かなくなっていたことがなかっただろうか。脳が動きを止めて、何も考えられなくなっていたりはしなかっただろうか。大きく深呼吸しながら、体温を呼び戻そうとしたことも。

私は混乱していた。何かが変だ。まだ、この絵地図を透の枕の下に置いてはいない。呪いは始まってはいない。それなのに少女は何故、出口を塗りつぶしてしまったのか。

「お顔の色が悪いですよ。ご気分でも？」

「この絵を描いたとき、この子はいくつだったの」

「九歳です」

紅も九つだ。同い年だ。

「この地図は母親を呪うためだった、と言ったわね」

「ええ」

「今夜寝る前に私も枕の下を探ってみるわ。不気味な絵が入っていないかどうかかね」

「手遅れです」

男の目がじっとこちらを見ている。この地図に描かれた人面の牛によく似た哀し気な瞳だ。

少女は芝居がかった口調で、ゆっくりと言葉をなぞる。

今宵の夢には出口はございません。

少女は微笑んだ。男は立ち上がり、少女を庇（かば）うように引き寄せた。そして戸口を真っ直ぐに指差す。

その戸を開ければ紅蓮（ぐれん）の炎。どうかお気をつけて。

目の前の世界が色彩を失い、崩れていく。

夢だ。私は夢の中にいる。夢の中にいるのなら、醒めれば救われる。

だが。

「何処にも行かせないもん」

はじけるような笑い声が響いた。手を繋ぎあった小さなふたつの影が、ぱたぱたと跫音（あしおと）を響かせて走っていく。歪（ゆが）みかけた世界の隙間に身軽に滑り込んでいく。

「紅、紅なの?」

追いすがろうと伸ばした手が扉にあたる。重たそうな木の扉だが、あっけない感触で動く。燃え盛る炎の音と、不気味に冷たい空気が流れこんできた。

慌てて押さえようとしたが。

手遅れ、だった。

ドアは軋（きし）みながら、ゆっくりと開いていく。

驚異の部屋

父から受け継いだ洋館を舞台に語られる邪神の物語は、『ナイトランド・クォータリー　創刊準備号　幻獣』で掲載されました。

執筆依頼の際に編集部から提示されたテーマはヴンダーカンマー。ルドフルニ世が世界中から集めた驚異の品を、特別な来賓にだけ見せる秘密の部屋に収蔵したように、子供の頃に住んでいたはずの洋館で案内された見知らぬ部屋に秘密に集められた品々の物語は、石神茉莉作品に登場する怪しいモノたちの陳列棚にもなっています。まさにこの本がそうであるように。

（編集部）

朝、目覚めると、世界が傾いていた。
ほんの僅か、三度くらいの歪みだろうか。気のせいか、とも思ったが、起き上がろうとすると、暴力的な程の眩暈がして、再び枕に叩きつけられた。吐き気がする。一体、何が起きたというのだろう。

五歳の息子が不思議なモノを見たと言って部屋に駆け込んできた。半分透明で、翼があって、尻尾は蛇のようで、後ろ姿しか見えなかったが、聞いたこともないような声で鳴いていたそうだ。鵺かキメラか、そんなものの存在を誰が教えたというのだろう。両手を大きく広げて大きさを示したり、尻尾のうねりを真似してみせたりと、自分が見たモノを伝えようと興奮で目を輝かせている。壁の隙間に消えていったそうだ。

あわただしく扉が開いた。今度は妻だった。父が息をしていない、と言う。慌てて行ってみると、驚いたように見張った父の目は、もう何も見てはいなかった。

母を亡くしたのは、私がまだ高校生の頃だった。これで、親と名のつく存在がいなくなってしまった。いきなり生じた「歪み」を見つめながら、私はしばし呆然としていた。

五年ほど前から、急に父と意志の疎通ができなくなった。食べることも眠ることも排泄も自分でできる。だが、発する言葉の意味が全く理解できなくなった。崩壊した言語で喋り、時折興奮状態になったり、放心したりを繰り返す。父の「言葉」に何か法則性はあるのか、と懸命に耳を傾け、記録をとろうとした。ヒトが発声している音には思えず、文字だけでは表しきれない。五線譜なども駆使した。だが、結局解明できなかった。目の前に存在しているのに、同じ地表はいないような、そんな感じがした。

幼い息子は、そんな「おじいちゃん」に懐いていた。祖父の傍らで無邪気に遊び、その言葉にも真面目に耳を傾けていた。意味が分かるのか、と問うと「全然」と答えた。「分からないけど、面白いよ」と。怖くないのか、と問うと、また「全然」と答えた。「だって、おじいちゃんはおじいちゃんだもん」と。息子とは時々、一緒に歌のようなものも歌っていた。ひどい不協和音なのだが、壊れた言語と相まって、不思議な面白い曲になっていた。息子は楽しそうに声を張り上げていた。思えば、息子は崩壊した後の「おじいちゃん」しか知らないのだ。父の言葉が崩壊したのと、息子が産まれたのはほぼ同時だったのだ。

そんな父が、ここ数か月はほとんど口もきかなくなっていた。ただ何かに脅えているようだった。時折孫息子を招きよせ、懸命に庇うような仕草をしていた。


父の葬式の日。

三歳の姪が大泣きした。「じいじ、顔がない」と部屋の隅まで逃げて叫んだ。

「おじいちゃんの中でね、夢が大きくなりすぎて、外側が壊れてしまったんだ。夢は真っ黒で深くて何でも飲み込んじゃうから、だから、顔が分からなくなったんだよ」

息子はその前にしゃがんで宥め、手をとって部屋から連れ出そうとした。「でも、おじいちゃんはおじいちゃんだよ」とも。妻も姉もその言葉に涙ぐんでいた。子供たちは手をつないで、外に遊びに出て行った。

そういえば、この柩には窓がない。蓋をしたら、父の顔が見えなくなり、急にどんな顔をしていたか、思い出せなくなった。柩の奥には白い清らかな花に隠れて、深い闇が澱んでいるような気がした。以前、親戚の葬儀に参列した時には、柩の窓から死者の顔を見て別れを言っていたように思うのだが。宗派の違いだろうか。

遺影を見上げた。五年前の父が微笑んでいた。こんな顔だっただろうか、と一瞬戸惑ったが、いい写真だと思った。元気だったころの表情だ。何だか懐かしかった。柩に手をかけて蓋を開けてみようとして、思いとどまった。

外から戻ってきた子供たちは、もう顔のことは何も言わなかった。

父を失ってから。

犬という犬に嫌われるようになった。散歩中の犬はリードに繋がれたまま、狂ったように吠える。近所の顔見知りの犬にまで、塀越しに吠えつかれる。いつもは大人しいのに、と思って覗きこむと、犬は吠えて吠えて吠えて、暴れて、吠えて、しまいに倒れた。葬儀の日に大泣きしていた姪の姿を思い出した。

次に通りかかったときに、犬の無事は確認できたのだが、怯えた顔で一目散に逃げられてしまった。リードの届く範囲が狭くて、転んだのが見えた。存在しているだけで動物虐待をしているようで、気が滅入る。世界の歪みはまだとれない。

父の家は、今時珍しいような古めかしい洋館だ。生まれてから結婚するまでずっとここに住んでいたので、愛着もある。庭も広い。ただ、今後、ここに住むかどうかは決めかねていた。今住んでいるマンションの方が通勤にも便利だ。妻がこの洋館のことはいささか気味悪がっていることも、知っている。門灯にガーゴイルがしがみ付いているのも、外壁に蔦が絡んでいるのも。そして蔦の中には守宮（やもり）も棲みついているし、鬱蒼とした庭は昼でも薄暗く、太った蝦蟇（ひきがえる）が這いまわり、夜には時折蝙蝠（こうもり）が舞う。

　遺品整理のために、一人で洋館を訪れた。家の周りを何匹も猫が歩き回っていた。近所の犬に吠えられたことを思い出して、ひるんだ。おそるおそる塀の上にいた白い猫に手を差し伸べてみると、こちらを値踏みするように眺めまわしてから、手を舐めてくれた。嫌われてはいないらしい、と安堵する。オッドアイの美しい猫だ。片方の目は透き通った空色で、もう片方は妖しく金色に輝く。歩き回っていた猫たちが、一斉に動きを止めて、こちらを見た。玄関脇にいた黒い小さな仔猫は、じれたように小さく鳴いた。早く家に入れ、と促された気がした。いくつもの宝石のような瞳に見守られながら、開錠した。

　鍵を開けるのにも、少々コツがいる。大きな銀色の鍵の重みが懐かしい。子供の頃、持っている鍵が他人と違うことが、恥ずかしかったことも、誇らしかったこともある。

　そういえば、先日、突然息子に鍵を手渡された。この家の鍵とよく似ている大きな銀色の鍵。似ているが別物で、何処の鍵かと尋ねると「地下室」と短く答えた。夢の中で顔の暗いおじさんに貰った、のだそうだ。この場合の暗いというのは表情のことではなく、影のようで真っ黒で顔がよく分からなかったけれど、王様のような立派な服装で大層背の高い人だった、という。何の鍵だか分からぬまま、洋館の鍵と一緒に持っている。

ドアを開けるといきなり一人の少女が立っていた。年齢は十くらいか。全く見知らぬ子供だった。ふわふわとした髪が肩まで覆っていて、なかなか可愛らしい。サイズのあわないぶかぶかの服を着ている。サスペンダーで引っ張りあげている七分丈の縦じまのパンツが道化師の衣装のように見えた。

「新しい当主か」

少女は無愛想に言う。声は妙に低く、耳に少し障った。

「当主……という程のものでもないけど。君は誰？」

「当主が相続する権利と義務とでも言っておこうか」

「は？」

親父の隠し子か、という言葉は飲み込んだ。いくらふてぶてしく見えても、こんな幼い子供を傷つけてはいけない。

「隠し子ではない」

飲み込んだ言葉はあっさりと晒された。

「別に読心術の心得はない。君の考えそうなことを言ってみたまでだ」

「君は誰なの。どうしてここにいるの」

「呼び名が必要ならば、キメラ、とでも。どうしてここにいるかと言われれば、当主の引き継ぎのためだ」

「キメラ……というと、あの寄せ集めのような幻獣」

つまり、息子が見た、と言っていたやつだ。

「まさに、それだ。適当にいろいろと寄せ集めて創ってみた。私が人間のように見えるのは、錯覚だ。ヒトの脳がどれ程騙されやすいものか、自覚はしていないだろうが」

世界が歪んで以来、どうも脳が正常に働いていない気がする。眩暈がする。吐き気がする。この子は一体、何なのだろう。

「アルチンボルドという画家は知っているか」

「ああ、あの」

ぱっと見は肖像画のようだが、実は果物やら何やら寄せ集めて人の顔を作り上げている騙し絵のような……

「その通り。私も、あんなものだ。騙し絵の立体版だ」

言われてみれば、少女はほんの数ミリほど、現実から遊離しているように見える。視線、瞬き、喋る声、唇の動き、すべて人工的な感じがする。画像処理に失敗した映像にも似ている。

「つまり君は人形ってこと？」

「ヒトガタになっているという意味なら、そうなる。所詮寄せ集めなので、別にヒトでなくともよいのだが」

「見た目と話し方があってないなあ。何でわざわざ、小さい女の子の姿になっているんだよ。趣味？」

「趣味とは何だ。考えてもみろ。家に入ってすぐ見知らぬ大男でもいたらどうする。通報されるか、殴りかかってくる可能性もある。そんな細い腕に負けることもないが、話を聞いてもらうまでが面倒だからな」

「成程（なるほど）」

無力な子供の方が、とりあえず話は聞いてもらえるだろう。よく考えるとこんなことを感心している場合ではないのだが、すっかり少女のペースに引き込まれていた。

「で、権利と義務というのは何？」

「地下室で説明する」

「この家に地下室なんかないぞ」

「君が知らないだけだ。隠してある。ついてきなさい」

父親の書斎に入った。そして、書棚の前に立つ。

「鍵を」

少女は手を差し出して言う。

「鍵？」

「渡しただろう。次期当主に」

「ああ、これのこと？」

息子が「夢の中で受け取った」という銀色の鍵を手渡す。少女は幼い仕草でこくん、と頷き、慣れた手つきで本棚の脇に差し込み、開錠する。本棚が軽々と動くようになり、そこには扉があった。

「またえらくベタな隠し部屋だな」

憎まれ口を叩いたものの、実はかなりわくわくしていた。自分の育った家の下にこんなものが隠されていたのだ。

「ここに部屋があるなどと誰も思っていないので、この程度の隠し方でいい」

父から受け継ぐ権利と義務。

地下室は不可思議なもので満ちていた。

まず目につくのは剥製の類だが、鹿や兎の類ではない。いろいろな動物が継ぎ合されて、異形のモノとなっていた。まさに見世物小屋の趣(おもむき)だ。

ガラスのランプ、古めかしい巨大な地球儀、仮面、鉱物のコレクションの中には蜥蜴(とかげ)が丸ごと閉じ込められた掌ほどの大きさの琥珀(こはく)もある。見る角度によって蒼い光が表面に走る。ブルーアンバーだ。ケースにずらっと並んだ色とりどりの義眼、銀色のフルート、見たこともない弦楽器、原始的な太鼓がいくつも。

こういう空間を、ヴンダーカンマー、と言うのだそうだ。ヴンダーはドイツ語で驚き、不思議、奇跡を意味して、カンマーは部屋のことである。驚異の部屋、とでも訳するべきか。十五世紀から十八世紀にヨーロッパの王侯貴族の間で流行した珍奇なもの、不思議なもの、美術品からガラクタまでをとにかくヒトを「驚かせる」モノたちを蒐集して並べた空間らしい。時には世界のすべてをそこに集めようという試みであったりもする、という。少女は相変わらずの無愛想な調子で淡々と説明した。

「何、これは親父のコレクション？　すごいな」

うちは王侯貴族には程遠いはずだが、ちょっとした博物館のようだ。

「前当主が集めたものもあるが、それだけではない。代々受け継がれたものだ。どう思う？」

「面白いね。えらく雑然としているけれど、そこがまたいいい」

「正しい。ここは秩序、細分化されたものの対極にある空間だからな」

「中身もすごいけど、このキャビネット、いいなあ」

少女が初めて微笑んだように見えた。

「では、このヴンダーカンマーを相続、管理することに異存はないな」

異存も何も、この部屋を見た途端に、すっかり心奪われていた。

天井近くまでの高さがある扉のついた木製のキャビネットが整然と並んでいる。もうこの空間を失うことなど、考えられない。地下に潜んでいる部屋というのがまた、いい。この相続に、どんな義務が伴うのかは気になるところだが。

豪華なチェスセットは琥珀でできているようだ。そして、その隣の巨大な彫刻は紅い瑪瑙(めのう)のようだ。威嚇するような仕草の蛸を模している。動物の骨や、貝の化石がオパール化した標本もある。

「当主の義務は混沌の番をすることだ」

少女は半球状の義眼をいくつか手に取り、ジャグリングのように宙に投げてみせた。

「ヴンダーカンマーはひとつの世界だ。現代の世界から忘れられたモノ、無いものとして伏せられたモノ、零れ落ちたモノたちが沢山収蔵されている。これらは混沌、カオスに繋がっている。カオスを現世に解き放つとどういうことになるか、分かるか?」

「ものがカオスなだけに、混乱するのかな。見世物としてはちょっと面白いと思うけど」

「見世物でとどまるようなものか。下手をするとこの世が滅びる」

少女は物騒なことを無造作に言う。

「天地がどのように創られたか、は知っているか。つまり、キリスト教的に、だが」

「創世記？『光あれ』からすべてが始まる、あれのこと？」

「そうだ。まずは光と闇、そして天と地、海と陸、すべてが切り離されていく。『地は定形なくむなしくして黒暗淵の面にあり』この世界が形創られる前にあったものが、混沌、カオスだ。つまり、闇でも光でもない。人はその中では自分の形すら保つことはできない」

少女はゆっくりと義眼を元のケースに戻していく。

「人と獣、人と植物、生と死、自と他、すべては神の手によって分かたれた。分類、細分化しながら、今の世界は成り立ってきた。秩序もそうして生まれた。だが、もし致命的な穴が開けば、また再び混沌へ引きずり戻そうという力が生まれる」

「まあ……そう、なのかな」

私の反応が不満だったらしく、剥製の群れの方に乱暴に引っ張っていかれた。

中型犬くらいの大きさの剥製を示した。眠っているように蹲っていた。蹄がある。どうやら牛のようだ。だが、顔は人間だった。女性のようで、顔中が黄金色の美しい毛で覆われ、煙っているように見えた。

「これは人と獣の境が曖昧になった生き物だ。牛から産まれ、人の顔を持ち、人の言葉を話す。生まれてすぐに予言をして、死ぬ。決してその予言を違えることはないという」

「別に存在してもいいいんじゃないか？　人面牛ってことでさ」

「単にヒトに似た牛という訳ではない。人でもあり、獣でもあり、人語を解する。そんな存在をこの世でどう位置付けるというのだ？　君は秩序というものをどう考えているんだ。しかも、時間の流れは一方向であり、流れの向こうのことなど知らぬ方が良い。解き放ってはいけない」

正直、この時はまだこのコレクションを甘くみていた。父は元気だった頃は、かなり名の通った造形作家だった。怪獣でも妖怪でも何でも、造ってくれた。父の手にかかれば、人牛くらい、簡単に造れるはずなのだ。「代々受け継がれた」と称するコレクションの正体の半分はそんなものだろう。

「だって、これ、剥製だろう？　こんな乾いたモノ、解き放とうにも二度と動かないと思う」

「果たしてそうかな」

少女は軽く肩を竦めた。

「人間と魚の境を越えたものがこれだ」

人魚だ。だが、それは美しい女性と優雅な鰭や美しい鱗、という童話的な世界を否定するような不気味なものだった。顔が妙に平たく、口が大きい。僅かに覗く歯はノコギリの刃のように細かく、尖っていた。目も大きい。瞼はないようだ。手には水かきがあり、半身鱗に覆われていた。少女は傍らのプラスティックのケースを無造作に突き出した。テープと何やら呪文めいた横文字が描かれたラベルできっちりと封印されていたが、ごくありふれたＣＤのケースだ。

「この人魚は声帯を奪われている。二度と歌えないように。そして、このＣＤには人魚の歌声が封じられている。聞くとどうなるか知っているか」

「伝説では狂気に陥る、と言うね。本物？」

「らしいな。この世のものではない音楽。それはもう美しく心奪われるものだという、しかし」

少女は口角を上げて、微笑んだ。だが、目は笑っていない。

「絶対に聞いてはならない。そして、勿論、他人に聞かせてもいけない」

「いや、それ、すごく聴きたいんだけど」

一応、音楽は私の専門だ。

「だろうな。ただし、聴くと困ることになる」

「何で」

「当主が狂気に陥った場合、例えば君の家族はどうなる？　次期当主は今、いくつだ？　引き継ぐにはいささか早すぎないか？　ヴンダーカンマーの管理を任せるからには、どう使おうが自由だが、一応考えるように」

心臓の辺りが冷たくなる。気持ちが一気に沈んだ。

「あの、もしかして、親父はこれを聴いたのか？」

「さあ、それは分からない。『人の正気』などという頼りないものは、いとも簡単に崩壊するからな」

次に掌にのるほどの瓶を手に取り、差し出してきた。ヒトの形をした、小さな木の根が入っている。足を投げ出して、ちょこんと座ったような形をしていた。

「これは知ってる。マンドラゴラ、だね？」

「植物と人間が融け合う存在だな」

瓶の中で、木の根が跳ねた。手足をじたばた動かしている。釘でひっかいて描かれたような顔が何かをキィキィと叫んでいる。どうも悪態をついているらしい。天辺に生えた葉が、毛髪のように揺れている。

「これ、生きてる？」

さすがに仰天した。全く仕掛けが分からない。少女は満足そうに笑った。

「活きがいいので逃がさないように。瓶を壊さなければ、心配はないが。これは万能薬にもなるらしいし、未来についての問いにも答えてくれるとも言うが、現世に放っていいものではない」

剥製の類は他には木の匣に入った水掻きのある手や、牙のある老翁のような顔をして妙に器用そうな手が人間じみている巨大な鼠などもある。

次のコーナーでは、人形たちが並んでいた。近づいた途端に、ブリキの人形が軋みながら、動き始めた。鉄棒にぶら下がり、弾みをつけて大車輪をする人形は、ピエロのようにも悪魔のようにも見えた。口許に微かな笑みを浮かべている。

机に向かってペンを持ち、何かを書いては首を傾げる仕草をする人形は何処か父に似ていた。何となく哀しげな眼差しも。遠くを眺めるように座っている球体関節少女人形は、動きだすこともなく、ごくまっとうな存在に思えた。透き通るような美しさだ。長い黒髪で瞳は紅い。

「人の形をしているが、ヒトではない。塵芥の寄せ集めだが、もはや単なるモノではない」

少女は呟いた。そして付け加える。「人でないものがヒトに似るほど怖くなる。生きているように見えれば見えるほど、死に近くなる」と。

「そうか、君と、キメラと同じだな」

少女はこくんと頷いた。

「ここにある粘土の山は何?」

仰々しくガラスのケースに納められている。

「それはゴーレムの残骸だ」

思わず噴き出した。これは、さすがに冗談だろう
「さて、もうすぐ、君は目を覚ますが、約束は忘れないように」

「え、何、これって夢？　夢オチってこと？」

ここまで引っ張っておいて、すべて夢でした、では酷過ぎる。

「心配するな。目を覚ましても、地下室もヴンダーカンマーも消えたりはしない。勿論、約束も、だ」

少女は棚の上から、古めかしい書面と羽ペンとインクを出してきた。

「一応、型通り契約書に署名をしてもらおうか」

そこに書かれた言葉を追うが、文字が揺れたり歪んだりで、意味が頭に入ってこない。急に老眼になったように、紙を離したり近づけたりしている私を少女は面白そうに眺める。

「夢の中でもサインをするのは怖いか、臆病者。契約内容を読み上げようか。君はここの当主であり、混沌を護る存在だ。現世に混沌につながるアイテムを見つけたら、ここに蒐集すること。そして、次期当主を大切に育てること。これら、現世の秩序を崩壊させるようなものを解き放つことをしてはならない。以上だ」

サインはした。もししなければ、ヴンダーカンマーを取り上げられるとあっては、選択の余地はない。

「当主、フルートは吹けるか」

「専門は作曲とピアノだけど。一応、できる。子供の頃に習っていた」

高校で教鞭をとる傍ら、作曲の仕事もしている。ピアノのリサイタルも年に一度位は開く。たいした集客は望めないのだが。フルートは小学生の時から十年位は習っていた。

「ヴンダーカンマーから繋がる深い闇に眠る混沌の神は、フルートと太鼓を好む。時折、ここで、そのフルートを吹くといい。『その時』が来なければ目覚めることはなかろうが、神が見る夢は、この世を左右する。眠りを心地よくして機嫌をとっておくといい」

棚にあったフルートを手渡された。古いけれども、ものは悪くないようだ。美しい模様が彫りこんである。何だろう、泡と魚と蛸と龍と……あとはよく分からない。波を思わせる、柔らかな曲線の模様だ。

「混沌の神？　何処にそんなものが。この地下室のもっと下、か？」

「君如きの五感でとらえられる存在ではない。その神は知性もなければ、感情もない。遠い昔からひたすら、眠り続けている。人類が生まれるより遥かに前から、だ。もし、目覚めれば、確実にこの世界は終わる。あとどのくらい眠っているのかは、私も知らない」

「あと何億年で地球は滅びるとか、そんなレベルの話だな。天文学的数字、というか全く現実感がない。

「まさに天文学的だ。が、しかし、だから自分には関係ない、という感性はいただけないな」

少女は説教しながらも、満足そうに部屋を見渡した。一仕事、終えたという風情だ。

「言い忘れていたが、これから君は『夢』と『現（うつつ）』の区別も、なくなる。夢を生身で旅するのも慣れないうちは何かと大変だと思うが」

少女は契約書をくるくると丸め、黒いリボンで結わえた。

「じきに、それが日常になる。では幸運を祈る」

幸運など祈られると碌（ろく）なことはない、と抗議しようとしたが、その途端に目が覚めた。

私はヴンダーカンマーの長椅子の上にいた。そして、夢の中で見たままの景色がそこにあった。剥製も人形も何もかも。ここに来て、少女に逢い、地下室に案内され……何処までが現実で、何処からが夢だったのか。

右手の中指がインクで汚れていた。そして、ポケットには家の鍵と、地下室の鍵とがキーホルダー代わりに黒いリボンで結わえられて、入っていた。

夢と現との境がなくなる。

その過酷さを私は知らなかった。逃げ場がない。休息もない。夢では何処の空間に迷い込むか分からない。

例えば、私は凍てつく山中を彷徨(さまよ)い、混沌の神らしき影を見た。影だけだ、実体は分からない。山のように巨大なモノにも、圧縮されて密度の濃くなった闇、のようにも見えた。従者らしき影のような異形たちが踊り、ひどく単調なフルートと太鼓の音が響いている。

これが、どうしようもなく下手だった。こんなものを音楽とは呼びたくない。音の並びも、音質も雑だし、音程も何もあったものではない。聴いていられない。神経に障る。どんな神だか知らないが、こんな曲で寝かせるのは冒瀆というものだ。

混沌の神を眠らせるために相応しい曲をさんざん考えて、ラヴェルの『ボレロ』を演奏した。私のフルートの調べにあわせて、何処からともなく、太鼓のリズムを刻む音が響いてきた。

繰り返す旋律、単調なリズム、この曲は実は彼の眠れる神のために作曲されたのではないかと思うくらい、よく馴染む。眠りの気配が深くなった。それに従って、日常の空気が澄んでいく。

自分の腕前もまんざらではない、と悦に入る。

私はフルートを吹く。夢の中で、そして、日常の中で。


ヴンダーカンマーの蒐集品。

これはその後も、増え続けていた。マントルピースの上に飾られたのは一見、繊細なレース編みのように見えるが、実はこれは魔法陣の形になっている。額装して飾りたいくらいに美しいが、うっかりと「何か」を召喚してしまうといけないので、わざと歪めて飾っている。

父の崩壊した言葉を記録したノート。これも地下室に持ち込んだ。音の羅列は呪文めいていて、何処となく詩的でもあり、蒐集品としての条件を満たしているように思えた。これはきっと、父がカオスと戦った記録でもある。

そして、人形が一体仲間入りした。

この人形には「顔がない」と言う。

シンプルな仮面で顔の部分は覆われている。

五十センチくらいの背丈の球体関節人形で、黒い天鵞絨(びろうど)のニッカボッカとベスト、シンプルな白いブラウスを纏い、男性とも女性とも、大人とも子供ともつかない。髪は黒く柔らかなウェーヴがかかっている。そして、不思議な形の王冠を被っていた。佇(たたず)まいだけで、妙な凄みがある。稚拙な仮面がかえって不気味さを増していた。人形店の店主によると前の持ち主は、亡くなったらしい。

「この人形を創ってすぐに、作者の方ご自身がここに持ち込まれました。何かに脅えていらしたようで、決してこれは顔を見てはいけないと繰り返し念を押されました。その後、お買い上げのオーナーの方々にはまあ、いろいろありまして、この人形がここに二回戻ってきたことになります」

店主は淡々と言った。

「ずっと、うちに置いておいてもいいんですけどね」

「古いものなのですか？」

「創られたのは五年程前ですね」

「顔がない、ということは、のっぺらぼうなんですか？」

店主は頭を横に振った。

「私は見ていません。何もない訳ではないそうですよ。この仮面の下には確かに『何か』があるのに、それが一体何なのか、ヒトの視覚ではなかなか認識できないそうです。深い深い闇だったと仰る方もあれば、仮面の下には自分自身の顔があった、とパニック状態になられた方も」

「貴方は見ていない？」

「作者の方が見てはならないと仰るならば、『決して見ない』ということも作品の一部なのかと」

「見たい、とは思いませんでしたか？」

「作者と人形の意志は尊重します」

店主は微笑んだ。

「他人には見せたのに？」

「見てはいけない、ということはちゃんとご注意申し上げてはおりますが」

「見ると死ぬとか、そういうことではないんですよね？」

「どうでしょう。皆が同じものを見ている訳でもないですし。前のオーナーさんが亡くなられたのが、この人形のせいだったかどうかは何とも」

「創った人は無事なんですか？」

「さあ、その後お目にかかっていません」

あくまで、淡々としている。

「多少のいわくつきの人形ということですね。その物語を含めて楽しめる方にお譲りしたいと考えております」

「成程」

ヴンダーカンマーに、顔がない、という人形は似つかわしい。

「作者名は？」

「聞きたい、ですか？」

店主の声が軋んだ。やけに耳障りな音声になる。

「作者は男性の方です。夢を見たそうです。その夢の中に顔のない人間が現れたのです。顔がない、というよりも、決して認識ができない顔……。それは度々彼の夢を侵食してきました。それは恐ろしくも美しいものに思えました。この世ならぬもの、その深く漆黒の闇のような『顔』を人形として造り、仮面で封印しようとしたのでしょうね」

店主は人形の髪に触れ、その輪郭をなぞった。仮面が揺れた。そこには濃厚な気配があった。のっぺらぼうではない。私は息を呑んだ。

「この人形、どうも貴方に似ているような気がしますね」

店主は微笑んだ……、ように見えた。この店主、何処かで逢ったことがある、と思った瞬間、少女キメラの笑みが重なった。そして、そこに合わせ鏡のように夥しい数の顔が重なっていき、店主の顔もキメラの顔も分からなくなった。

作者の名は聞かずに購入を決めた。

作者不詳という形にしておきたかった。もしこれが父の手によるものだとしたら……私は絶対にこの人形の顔を見ずにはいられなくなる。昔、私は父に作れない形なんかない、と思っていた。それはその通りだったかもしれない。人の脳が認識することもできない『顔』を造形できたのだとすれば。


ようやく気がついた。

聴いてはいけない。見てはいけない。解き放ってはいけない。

この言葉はすべて呪いであり、罠でもあった。いつか破られるための契約だ。そして契約した人間はこの呪いに翻弄され、足掻き苦しみ、やがては力尽きる。

父を失い、呪いが私に移った日から、世界は歪んだままだ。夜な夜なガラスの瓶の中ではやんちゃな異形が暴れ、喚き、義眼の群れが一斉に瞬きだす。歌を奪われた人魚は喘ぎ、人牛はすすり泣く。そして、自分の中の闇がそれに呼応するのを感じる。

人形は静かだ。その仮面の下に深い闇を抱えつつ、ただ「時」を待つ。

あの封印されたCDを、人魚の歌を聴きたい。「この世ならぬ音楽」が目の前にあり、そして。その封印はあまりに脆い。その誘惑に負けずにいつまでいられるか、自信がない。

教壇に立つと、半ば眠っているような生徒たちの顔が並ぶ。授業の時間をただやり過ごそうとしている、その気怠い空気を思い切り震わせたくなる。彼らも倦んでいる。この時間に風穴を開けてもらえるのなら、歓迎するに違いない。

この世ならぬ音楽がここに封印されている。聴きたくはないか。

そう問いかけたら、きっと皆、聞きたがるだろう。

聴いてはいけない。

呪いの言葉が私を嘲笑う。いつか、聴かずにはいられないだろう、私のことを。

顔のない人形はガラスケースに入れて、鍵をかけた。でも、その鍵などいつでも開けられる。簡素な造りの仮面が人形の頭に紐で結びつけてあるだけなので、ほんのちょっと手を触れたはずみにでも、その封印はふわりと落ちていきそうだ。

やはり、見たい。そこにあるのに認識できないという「顔」を。

見てはいけない。見てはいけない。見てはいけない。

私が小説家でなくて良かった。もしそうだったら、早々に精神が崩壊していたかもしれない。

言葉で混沌を追うのは、拷問のようなものだ。音楽は比較的混沌と絡めやすい。マンドラゴラの叫びに、人魚の喘ぎに、人牛の嘆きに、揺さぶられながら、ひたすら音を追う。音は時折化け物と化して暴れ出す。辛うじて五感で捕えた混沌を、ぎりぎり理性の中にとどめるために、その手がかりとしての音を紡ぐ。父がヒトガタの中に、混沌を封印しようとしたかのように。

昔、異形のモノに脅えた幼い私に父が「自分の手で形にできるものは怖くない」と言ったことがある。父は形を創り、私は音を紡ぐ。夢と現の間で。

牧神の踊る曲を、深海に眠るものの曲を、そして世界の始まる前から眠り続ける混沌の神への子守唄を。自分でも信じられないくらいのペースで作曲していった。

リサイタルを開き、アンコールの二曲のうち、一曲はピアノを離れ、フルートを吹いてみた。混沌の神を鎮めるためのその曲は、意外にも好評だった。奥深い場所の眠りの気配は濃くなり、会場の空気が澄んでいくのが分かる。

父の一周忌。

木魚の単調な音が、混沌の神を眠らせる太鼓の音を思わせる。

世界の歪みは悪化している。今、角度にして五度くらいだろうか。

息子が歌っている。私が作曲した混沌の神への子守唄だ。歌詞は何一つ、聞き取れない。父が発していた言語に似ている。

これは夢か、現か。

姪が膝に上ってきた。「あれ？　おじちゃんも、顔がないよ」と不思議そうに言う。

「そんなことないよ」

息子が私の隣の椅子によじ登り、私の顔を小さな手で覆う。

「ほら、見てごらん」と、いないいないばあ、のように開く。

姪の嬌声が響き、姉と妻が同時に子供たちを叱る。

子供たちは甲高い声をあげて、笑いながら外へ逃げていった。

You are next

書き下ろしです。

ロバート・W・チェイムバース『黄衣の王』のオマージュになっています。

大好きな物語ですので、書いていて本当に楽しかったです。


不思議な玩具館へようこそ。

扉を開くとそこには最期の迷宮が広がっています。一緒にお愉しみいただけたら、幸いです。

今日は少し風が強いように思います。くれぐれもお気をつけて。


（石神茉莉）

空から少女が降ってきた。

ファンタジックな展開ではない。目の前で、勢いよく、背中からアスファルトに叩きつけられた。

風が強い日だった。前も見えず、まっすぐに歩くこともできず、右へ左へと突き飛ばされるように歩いていた。

体温が奪われる。真冬でもないのに、風の中で凍死するのではないかと思うほどに。呼吸も、思考もすべての人間らしさも攫われ、ぼろぼろになりかけた私の目の前にいきなり降ってきたのだ。

「大丈夫ですか?」

叫んだ声さえも風に舞い上げられ、私は苦労して少女の傍らにしゃがみ込んだ。下着に近い簡素な薄手のワンピースを纏っていたが、それさえひどく破れていた。年齢は十七歳位だろうか。

少女の肌は冷たい。氷のようだ、と思い、よく見ると、涙が頬で凍りついていた。

真冬でも、ないのに。

「しっかりして!!!」

少女を抱き起すと、その視線が彷徨い、私の顔を認めた。苦しい息の中、何か言おうとしている。

「え?」

「次は、貴女よ」

「何?」

少女は喘ぎ、静かに息絶えたように見えた。鼓動や呼吸を確認しようにも、この風の中ではどうしようもない。

「しっかりして!! 死なないで」

私は少女を背負って歩き出した。強風に小突きまわされながら、闇雲に歩を進めていると、そこに大きな洋館があった。何の建物か分からないまま、懸命にベルを押した。

お願いだから、誰かいて。ドアを開けて。お願い。これ以上はもう歩けない。

ドアが開いた。黒いワンピースを着た少女が立っていた。

「助けてください。今、この子が落ちてきて、背中をひどく打って」

「おかえりなさい」

少女はにこやかに両手を差し伸べてそう言った。落ちてきた少女と同じ位、十代の後半だろう。突然の訪問者に動じた様子は全くない。

「え？　あの」

「どうぞ、お入りください。風の中大変でしたでしょう？」

ドアを閉めて、私の背中の少女を軽々と抱き取った。

建物の中は、ほんのりとした明るさが心地よく暖かだった。天井が高い。そして棚にはいろいろなものが並んでいた。アンティークのテディベア、人形、楽器、鉱物や化石、ガラスの瓶の数々、チェスのセット、仮面、本、その他いろいろなものたち。窓辺の止まり木には梟がいた。剥製かと思った途端にくるり、と首を回した。羽を膨らませ、首を傾げた。生きている。

「ここは？」

「玩具館です」

「玩具？」

値札はついていない。博物館のようだ、と思う。外とは別世界だ。少女は驚いている私の顔を面白そうに見ている。そして、その腕の中にいるのは……。

人形だった。

「え、それ、人形？」

「はい。うちの人形です。届けてくださって、ありがとうございました」

「え、あの……」

先刻まで確かにヒトだったのに、という言葉は飲み込んだ。何だかひどく馬鹿げているように思えた。私の腕の中でのあの息遣い、眼差し、瞬き、喘ぐような声、あれがすべて幻だったというのだろうか。

少女は私の思考を読んだかのように、目を輝かせた。

「この子、喋りました？」

「あ、いえ。その……そんな気がした、だけかもしれないんですけど、ね」

「そちらのソファにどうぞ。今、飲み物をお持ちしますね」

私がおそるおそるアンティークのソファに座ると、少女は隣の椅子に人形を座らせた。何度見ても人形だ。すり替える隙もなかったはずだ。等身大の球体関節人形で、硝子の瞳が静かな光を湛えていた。頬はうっすらと濡れていた。

「かなり高いところから落ちてきたみたいで……壊れているかも」

「ああ。修理できますから、大丈夫です。どちらにしてもメンテナンスが必要なので」

少女は軽やかな足取りで、お盆に瓶とグラスを三つ揃えて戻ってきた。ワイングラスに黄金色の液体を注ぎ、すすめてくれる。

「ちょっと甘いですけど。お疲れでしょうから」

いつの間に現れたのか、白衣を着た仏頂面の男が少女の背後に立っていた。男がグラスに無造作に口をつけるのを確認してから、おそるおそる一口飲んでみる。確かに甘い。微かな酸味もある。そして、花のような香りがふわりと広がった。

「美味しい」

「ミードです。蜂蜜のお酒です」

トパーズのような色合いで、光に翳すとキラキラと光る。ようやく思考が戻ってきた。ワイングラスも上質なのだと思う。唇にあたる感触が心地よい。甘さで緊張が緩む。細胞にまで沁みてくるような気がした。確かに疲れていたのだ。

「人形が喋ったって?」

男に問われ、更に自信がなくなってきた。あの眼差し、瞬き、確かに見たと思ったのだが、強風の中、思考能力を失って見た幻だったのかもしれない。あの微かな声だって、あの風の唸りの中では聞いたといえるかどうか。人形の瞳も口許もどう見間違っても動くようには思えなかった。

「その時はヒトだと思ったんです」

恥ずかしさのあまり、ぶっきらぼうになってしまった。

「風があんまり強かったから。目も開けられないくらいで、音だってあまり聞こえないし。こんな精巧な人形だったから、錯覚しちゃったんですね、きっと」

「何て言ってました?」

少女は可愛らしく首を傾げて尋ねる。私は頭を横に振ってごまかす。人形が喋る訳がない。

「風が強かったし、よく分からないです」

「次は貴女よ」

私はビクッと身を震わせた。あの時と同じ声だ。少女は楽しそうに微笑んでいる。

「何故、それを」

「やっぱり」

「やっぱりって……。次は私って、どういうこと？　今度は私が空から落ちてくるとか、まさか、そんなことじゃないですよね？」

「そのまさか、だ」

男は空のグラスをテーブルに戻しながら無造作に言う。

「いや、それ、死にますから」

「勿論、死にます。まともに落ちたら」

少女も物騒なことをさらりと言って、また微笑んだ。

「一体、何なんですか？　それ、貴女がたの人形なんですよね？　どうして空から降ってきたんですか？」

「生贄です」

「イケニエ？　何の」

「風の神が要求する生贄です。今時、なかなか生きた人間を使うわけにはいきませんので、人形で代用しております」

「お祭りとか、儀式みたいな？　古いんですか」

「古いといえば、かなり」

「昔は本当に人間を?」

「勿論です。かなり貪欲な神なので、人形と言っても普通のものでは駄目なんです。ちゃんと魂を入れないと」

「はあ」

「風の神は魂を貪り、抜け殻となった少女を次に選んだ生贄の目の前に落とします。次は貴女よ、と告げさせるために」

「次の生贄って、え、あ。私?」

全く自分とは縁のない話だと思って聞いていたので、思わず甘い酒に噎せた。

「そんなの勝手に決められても」

「でも、選ばれてしまったから、仕方がないんです。お気の毒なのですが、貴女の魂をいただけませんか?」

「魂を寄こせって、その……悪魔ですか、貴女は」

「私は悪魔ではありません」

英作文のような口調で少女は否定した。

「魂をこの人形に入れれば、貴女の身代わりになります。そうでなければ、貴女ご自身が空から落ちることになります」

「いやいやいやいや」

私は立ち上がって、後ずさった。二択がひどすぎる。とんでもない所に来てしまった。この少女もかなり変だ。

「選ばれたとか言われても。何で私なんですか」

「災難が降ってくるのに、さしたる理由はない」

白衣の男は言い放つ。少女は軽く顔を顰めて、男を押しとどめる仕草をした。そして、片目を細め、私をしげしげと眺める。

「貴女は……そうですね、音楽、ではなさそうですね、そう、絵を描く方、じゃないですか？」

「まあ、イラストレーターというか、デザイナーというか。まだ駆け出しですけど」

「やっぱり」

見立てが当たって嬉しかったらしい。少女は小さく手を叩いた。

「普通の方が選ばれることはないんです。風の神は貪欲ですから、凡庸なものでは満足しないので。だいたい芸術的に優れた方」

話の脈絡は分からないが、悪い気はしなかった。兎角凡庸ではない、とか芸術性に優れている、という言葉に弱い。ついついほころんでしまいそうな顔を、そっと引き締める。

「秩序とか、調和とか、理性的であるとか、そんな言葉には魅力を感じない。そうじゃないですか？」

「そんな、まさか。ただ、当たり前のことをしていては、なかなか評価されないというか。こういう仕事していると、ね。つい意表をつくことを考えたりとかはあるかなあ」

「日常に風穴を開けるような」

「ええ、まあ」

「理性は、そうですね、免疫に似た役割をしています。見えないものは、見なくていい。聞こえないものは、聞かなくていいんです。でないと、日常生活に支障が出ますから。貴女の脳は、とても上手に取捨選択しているんです。混沌が貴女を侵食することがないように。貴女としての存在を護るために。日常から外れないように。貴女の意識からすべてのいらないものを排除します」

「はあ」

「免疫がないと、あっと言う間に様々な害のあるものに蝕まれますよね。もし理性がなかったら、貴女はおそらく、貴女ではいられなくなります。混沌に蝕まれてヒトとしての存在も難しくなるかもしれません」

「理性が大切なのは分かります」

私だって一応ちゃんとした社会人なのだ。

「ところが」

少女は気の毒そうな顔をした。

「この世界には実に危険な書物が、密かに存在しています。読むだけで、その言葉が貴女を護る機能、つまり理性を破壊していくのです。見えなくてもいいものが見え、聞こえなくてもいいものが聞こえ」

「本?」

嫌な予感がした。

「そういえば、不思議な本を」

最近、手に入れたばかりだったのだ。

少女は深く頷いた。

「人形が喋る、というのも、見てはいけない、聞いてはいけないモノのひとつですね」

「私がその危険な言葉で書かれた書物を読んじゃった、ということ?」

「その通りです。風の神が選んだ人の前に、その本は罠のように現れます。そして、その人は手に取らずにはいられないんです」

「だって、普通にその辺の古書店で買ったものですよ? 装丁がすごく綺麗で、それで気に入って買ってしまった」

ただ、手許に置きたかった。戯曲なんて普段読まないのに。意外に安かった、ということもあった。

だが、ページを開いたら、やめられなくなった。ページにも装飾があり、眺めているだけでもいい、と思ったのだ。

言葉に引っ張られる。引き込まれる。

「それから、いささか妙なことが続いているんじゃないでしょうか? 人形が喋っても、貴女はあまり驚いていらっしゃらない」

もう帰ろう。私は荷物をそっと引き寄せた。書物がどうこうよりも、この店にいる方がおかしくなりそうな気がする。

「黄衣の王」

白衣の男が呟いた。

何で私が買った本の名を知っているのか。出口に向かおうとした動きが、とまってしまった。

「第一章は、まあそうでもない。が、第二章の初めの言葉を目にした時、これは読んではいけない本だった、と気が付く。捨ててしまおうとするのもこの頃だ。だが、書物は簡単に処分されたりはしない。貴女を蝕む言葉を詰め込んだ書はすでに意志を持っているからだ。たとえ焔に投げ込もうと、燃えたりはしない。貴女の手に戻ってくる。最後の言葉を読むまでは」

「やめて」

無駄だと知りながら、私は目を閉じ、両手で耳を塞いでいた。聞きたくない。聞きたくない理由は分かっている。この男の言う通りだったからだ。私は途中でこの本が怖くなり、処分しようとした。ゴミに出した。なのに翌日、本は部屋にあった。わざわざ遠くの駅まで行って、そこのゴミ箱に捨ててきた。なのに、まだあの本は私の枕元にある。

言葉が私を蝕んでいく。見てはならないものが、見えるようになる。鼓動が速くなる。

いや、だけど。

仕事は上手くいっている。初の個展が決まった。しかも、画廊さんの方からお誘いいただいたのだ。ちょっと手が届かないと思っていた賞にもノミネートされた。グループ展を、という声もいくつかかけてもらっている。委託販売していた絵が急に売れ始めている。何もかもいい方向に動いているのだ。

何よりも私の絵を「好き」だと言ってもらえるのが嬉しい。私の仕事には、未だかつてなかったような「勢い」がついているのだ。あれは、あの本を手に入れてからじゃないだろうか。そうだ。災いを呼ぶのではなく、幸運の本なのだ。そうに違いない。

「見えないものが見えたり、他人には分からないものが聞こえたりするのも、悪くない、なんて能天気なこと、考えていたんじゃないか？　あの本を読んでから、他人の意表をついた絵が描ける。悪くない、などと考えては自分を誤魔化して」

先刻飲んだ甘いお酒が体内で暴れている。頭の中が白くなっていく。違う。誤魔化してなんかいない。私はこういう絵が描きたかったのだ、ずっと。私がずっと夢見ていた状況なのだ。

「やめてってば」

「好評価で、そろそろ天狗になりかけているところだな。発想が素晴らしいなどと、誉められ、今までにないような色使い、今までにないような形が描ける。日常に倦んでいる奴は多い。日常に風穴を開けられるような芸術を歓迎するやつは多いはずだ、ただし」

男は静かに三つのグラスを再び満たした。そして、一つを私に手渡す。

「それが他人事ならば、だ。自分の生きている今の日常を破壊されることは好まないが、他人のそれならば、大歓迎という訳だ。このまま、混沌に蝕まれながら仕事を続ければ、今までにないようなモノが創れる。絶賛される。有名になるかもしれない。運が良ければ、名を残せるかもしれない。『芸術家』としては悪くはない話だろう」

鼓動が乱れてきた。この人は一体何を言っているというのだろう。グラスの中の酒を一気に飲み干した。頭がくらくらする。

「帰りたければ帰ればいい。今度は貴女が空から降ってくる番になる。そうして、息絶える前に、目の前にいる誰かに言う。次はあなた、と」

少女が溜息をつく。

「普段、ろくに喋りもしないくせに、こういう時だけ長台詞なんだから」

少女の冷たい指が私の頬に触れ、滑らかなハンカチで拭ってくれた。私は、泣いていたらしい。なだめるようにゆっくりと髪を撫でる。

「大丈夫ですよ。この人形が貴女の身代わりになります」

「人形に私の魂を移せ、と」

「はい」

「でも、そうしたら私はどうなるの?」

「死にはしません。ただ、かなり衰弱しますから、激しい運動やハードな仕事は避けてくださいね。あと創作方面はもうできないと思います」

「じゃあ、私は絵が描けなくなるってこと?」

「残念ながらその通りです」

「やだ。そんなの絶対嫌」

「物理的に筆が持てなくなる訳ではないですから。もしかすると趣味程度なら可能かもしれません。未だかつて創作活動に戻られた方はいらっしゃらないですけど」

「魂って取られたら死ぬものじゃないの? 日常生活には支障はないの?」

「どの程度までを日常と呼ぶか、によりますが。生命維持は可能です。ただ、人にもよりますが、外見的にもかなり老けてしまうという弊害もあります。でも、死ぬよりはましじゃないですか?」

「人間、死なければいいってもんじゃないわ」

梟が一声鳴いた。嘲笑うようにも響いた。羽を膨らませている。冷たく輝く大きな瞳が宝石のようだ。

「そう……なんですか?」

少女は心底意外そうに目を見張った。

「生き物である以上、生きているということは、何よりも大切なことなのかと思いました」

「絵が描けなかったら死んだも同然よ」

「ご安心ください。それでしたら、無理に魂を抜くようなことは致しません」

少女は微笑んだ。

「でも、そうすると、私は生身で生贄確定なの？」

「はい」

少女はあっさりと頷いた。

「風の神も人形より生身の人間の方が喜びますし。毎回人間が落下していたら、大事ですが、たまにならなら、何とかごまかせるかと」

「魂を絵が描ける分は残して、人形に移してもらう訳にはいかないのかな」

「身体に傷をつけず、贅肉だけ食べてくれ、と虎に頼むようなものだな」

白衣の男が鼻で嗤う。

「何よ、その喩え」

逃げよう。この人たちはどう考えてもおかしい。後ずさりながら今度こそ出口に向かう。

「気が変わったら、どうぞ戻ってきてください」

「空から落下するのも、風の神とやらも怖いのかもしれないけど、貴方たちはもっと怖い気がする」

「それは貴女が空から落ちたこともなければ、風の神に逢ったこともないからそうお思いになるのです」

「来年には個展が決まっているんです。こんなことにかかわっている場合じゃないんです」

「あ、一年位は多分、大丈夫ですよ。風の神は貴女の中で肥大する混沌が熟成するのを待っているはずですから」

「そんなに時間があるんだったら、逃げられないの？　何処か遠くに。例えば外国とかでも」

「まあ、大概の場所では風は吹きますからね」

「じゃあ、家から一切出るなと？」

「全く出ないのは不可能でしょうし。下手すれば、家ごと吹き飛ばされますよ。大気のない場所を探すしかないですね。何処か思いつきますか？」

あるか、そんな場所。


視線が突き刺さる。

見知らぬ人間なのだが、むき出しの敵意を感じる。どんよりとした眼差しに背筋がぞっとした。じろじろと無遠慮に眺め、こちらが見返しても視線を逸らさない。顔色のひどく悪い男だ。年の頃は分からない。太っているのか、浮腫(むく)んでいるのかわからない。死人のように見える。私は慌てて視線を外した。

世界の色彩は日々変わっていく。目に入るもの、耳に入るもの、すべてが不可思議な色彩に変換される。何か妙な薬でも飲まされたのではないか、と疑う。あの金色の酒は実は麻薬の類だったのかもしれない。雲を翳める大きな黒い風切り羽、あれは風の神なのだろうか。死者のような男は私の行く先々に現れる。時折、雑踏を横切る黄金のマントを翻す人影も見える。

少女の言葉によれば、私の理性は壊れ、今まで脳が「見ない」ようにしていたモノがすべて見えるようになった、ということなのだろう。免疫機能を失い、混沌に蝕まれていく。

逃避、と言ってもいいのかどうか、私は絵を描き続けた。自分が存在している、と感じられるためには創作をするしかなかった。私のイラストや絵画はネットを中心にかなりの評判になった。尋常ではない美しさだとか、狂人の絵だとか、この絵を目にしただけで、十日後には命を落とす、等々いろいろな事を言われていたようだが、私はすでに何一つ気にならなくなっていた。

ノミネートされていた賞をもらった。取れればさぞ嬉しいだろうとずっとずっと思っていたが、喜びはなかった。もう、どうでもよかった。受賞記念に作品集を、という話ももらえた。

ただ自分の中から湧き上がる恐怖、形にならないもの、言葉にならないもの、目の前の変わり果てた世界をどうにか二次元に落とし込む。そうすると少々、落ち着く。仕上げた作品はもう二度と見たくない。賞を取ろうが、金になろうが、知ったことではない。金銭的に豊かになったからといって、それが何だというのだ。ほんの一瞬の安らぎもないのに。

追いまくられ、絵筆を走らせ続け、力尽きて倒れ、悪夢にうなされて飛び起きる。僅かな食物しか喉を通らない。手っ取り早くそのあたりにあるものを咀嚼して飲み込む。味などしないから、何でもいい。固いパンだろうが、ろくに調理していない肉だろうが。酒で恐怖が紛らせられるかと思ったが逆効果だった。酩酊するほどに恐怖が広がる。時間は瞬く間に過ぎた。いつお迎えがくるのだろうか、と風の音に怯えていた。

予定していた個展は開催した。画廊に向かうべく家から出ると、またあの男がいた。濁った眼でこちらをじっと見つめる。蒼黒く浮腫んだ手をゆっくりと上げ、私を指さした。爪は割れて、半分くらいしか残っていない。

「何か?」

恐怖を払いのけるように声を張る。顎を上げて男を睨みかえす。日中なので、気持ちは強くもてた。

男の分厚い唇が醜く歪んだ。嗤っているのか、と思う。言葉にならない空気が摩擦するような音が唇の間から漏れる。歯も黒ずんで、二、三本抜けている。発音が不明瞭なのはそのせいなのだろうか。腐臭が漂う。たんぱく質が変質した、耐えられない臭い。吐き気をこらえた。

「ゆぅぅぅぅ」

「あーる」

「ねくっと」

「は?」

何? 英語? 背筋が冷たくなる。今「You are next」って言ったのだろうか。

次は、お前だ、という意味なのか。

くっくっくっ、と嗤うとも呻くともつかない声を出して、男は軽く頭を振り、ゆっくりと背を向けた。よろめきながら遠ざかっていく。まともに歩けてはいない。私は言葉もなくぼんやりと見送った。

在廊しつつ、ひたすら憑かれたように描き続けた。描く端から売れていた。売約済みの赤い丸が並ぶ。

この一年で私はみるみるうちに痩せていった。全く減らない体重計の目盛りを睨みつつ、空しくダイエットをしていた頃がもう思い出せないくらい遠く思える。つい最近のことなのに。鏡を見ても、かつての面影はない。どちらかといえば、丸みを帯びていた貌が、眼窩は落ちくぼみ、頬骨の形がくっきりとわかる。顔色の悪さは街で度々見かけるあの死人のような男と変わらない。風の神はこんな骸骨のようになった女でも生贄にするのだろうか、と自嘲する。

起きているのか眠っているのかもわからない。気が付くと絵が描きあがっていることもある。常に夢の中にいるようだ。

自分自身の弔いの光景が目の前に広がる。魑魅魍魎が嬉々として集まり、騒ぎ、景気よく鐘を鳴らす。この音、この旋律。これは何だったたっけ。そうだ、ベルリオーズの『幻想交響曲』だ。ある芸術家がアヘンを飲んで自殺を計ったが、死にきれず、悪夢を見る。夢の中で、恋人を殺し、夢の中で裁かれ、死刑になり、弔われる。第五楽章は葬儀に集まる魑魅魍魎の奏でる音楽なのだ……好きな曲だった。

だが、今妄想の中で踊り続ける奇怪なモノたちはあまりにリアルで、耐えられない。この鐘は私の弔いだ。絵筆を走らせる。恐怖のあまり、描かずにはいられない。

もうすぐあの日のような風が吹く。風の吹かない場所はない。逃げ場はない。何処にもない。ミサ曲がパロディのように蹂躙される。嘲るような魔物たちの踊り。死の向こうにも安らぎはない。

私は自分の弔いの絵を描く。

人外が踊り、黄金色のマントの男が冥界の扉を開く。風に翻るマントとそこから歪む時空。

「綺麗だね、その絵」

声をかけられて、顔を上げると杖をついた白髪混じりの女性が微笑んでいた。肌は乾ききっているし、背中もやや曲がっているが、不思議にあどけない顔をしている。綺麗な人だな、とぼんやりと思う。

「私、それ買う。いくら?」

「今描き上げたばかりで、まだわからない」

いささか素っ気なく答えてしまった。無造作に署名を入れる。とりあえずタイトルは『幻想交響曲』だな。

「ま、いくらでもいいや。お金はあるの、私」

女性は軽く肩を竦めて言う。

「早く値段決めて。先に払っておきたいし。もうそろそろよ、貴女も」

「そろそろって?」

「次は貴女よ」

囁いて、くすくすと笑う。絵筆を取り落としそうになる。

「て、言ったでしょ、私」

「貴女が?」

「そう。旧生贄。貴女の先輩よ」

思わずしげしげと顔を見てしまう。

「私、もうすぐ十八歳だって言ったら、信じる?」

絶句した。枯れ枝のような身体だが、確かに話し方や表情は若々しい。

「魂を抜かれて、こんな姿になって生き永らえるくらいなら、私は死を選ぶ」

白髪の少女は低い声で言う。

「て、思ったんでしょ、今」

「いや、思ってない」

本当にそんなことを思ってはいない。

「駄目だよ、死んだら」

笑いながら杖を持っていない方の手を伸ばして、私の頬をぎゅっとつまんだ。頬に肉がないので、骨をつままれたようになったが。

「風の神に生身のまま喰われると、もう二目と見られぬ姿になるからね。まだ息があるうちに腐ってぶよっっぶよの肉塊になるんだから。人間、どうせいつかは死ぬって言ってもね、あんな死に方したら駄目よ。女の子なんだから」

「それ、見たの?」

「私の前の生贄の女の子は魂抜かれることを拒んだらしいの。地面に叩きつけられた腐肉に『次は貴女』って言われる気持ち、分かる? トラウマよ、トラウマ」

白髪の少女は身震いをした。先刻の男を思い出した。まるで腐肉の塊が動いているようだった。男だと思ったが、女だったのかもしれない。顔立ちからは判断できない。もし生身で落ちたらこうなる、という警告だったのかもしれない。

「貴女もイラストレーター?」

「私はピアニストだった。天才美少女ピアニストって言われてたの。信じられないでしょ」

美しい、とは思ったが、どう見ても少女ではない。

「『黄衣の王』を読んでからはね、悪魔に憑かれたような演奏してたの。片っ端からホールおさえて演奏しまくった。どんなホールだってお構いなしよ。とにかく演奏していないと息もできない感じでね。しかも、聴衆がいないと駄目なの。吐き出した先に誰かがいないと駄目なのよ。わかる？」

よくわかる。私も部屋に籠って絵を描いているだけでは駄目なのだ。相手が要る。この恐怖を何等かの形で共有してくれる誰かが。

「私ね、クラシック音楽界では伝説化しているみたい。ある意味都市伝説とも化していたし。私の演奏を聴くと、幻影が見える、という人もいたし。自殺した人もいた、なんて言われて。本当にいたのかどうか知らないけど、話題性、抜群よ。でもね、私自身は音楽を楽しめなかった」

「私も」

絵を描くことは苦役でしかない。描かずにはいられないのだけれど。

「これからずっと余生なの。悪くないよお。音楽が好きで好きでたまらなかった頃に戻れたような感じ。あれだけの恐怖と戦っていたから、今や怖いものなし」

くくく、と笑う。

「素敵ね」

力なく応じる。そんな余生、イメージできない。

「ここにプレーヤーは、ある？　あのパソコン借りていいかな」

少女は周囲を見回して言う。

「CDかけたいの。私の演奏聴いてほしい。貴女ならいい幻影見られると思うよ」

「あ、いいけど」

この曲、知っている。これは……フランツ・リストの『ラ・カンパネッラ』だ。もっとおどろおどろしいものを予想していたので、全くの肩透かしだと思った。

が。

音が転がりだす。美しい、と思う。美しいだけではない。気持ちが揺れる。景色がぶれる。何だろう、これは。空気が荒れ始めた。

風だ。風が吹いている。

風に捕らえられた。たちまち体温が奪われる。睫毛が凍るのがわかった。舞いあがっていく。空高く。高く高く。

何かが身体に潜り込んでくる。すべての細胞が変質していく。冷たくぶよぶよとして悪臭を放つものに覆われる。息が止まりそうな腐臭だ。ひどい吐き気に襲われたが吐けない。内臓が発酵しているかのように膨れあがっていく。私の輪郭が破壊される。白髪の少女が言っていた「二目と見られない姿」になるのだ。

「やだ。死にたくない」

心からの叫びだった。死ぬにしても、こんな死に方は嫌だ。あの腐りかけた人の顔が浮かぶ。嗤っているような泣いているような顔。そして、あの声にならない声。

You Are Next
「こんな死に方は嫌!!」

風に声を攫われながら、叫んだ。助けて。お願いだから助けて。

「ご安心ください」

目の前に玩具館の少女が立っていた。何のことはない。もとの画廊にいる。幻影、だった。大きく息をつく。だが幻影にしては、頬は凍りそうに冷たくなっていた。風に体温を奪われたあの日のように。

「人形をお持ちしました。ちゃんと手を加えて、貴女に似せてあるんですよ」

長い髪の人形を抱えている。似ているのかどうか分からない。空から降ってきた時と、どこが変わっているのかわからない。

「以前、お店にいらした時に髪をいただいたので、中に封じてあります。あとは人形の左胸のあたりに血でサインしていただければ」

細長いプラスティックの容器を当然のように差し出される。医療用の採血針のようだ。

「そこを押してあけて、針を指に刺すようになっています」

「これで魂が抜けるの？」

「儀式の作法はいろいろですが、うちではこんな方法を採用しています」

「もう、絵は描けなくなるんだね」

白髪の少女と玩具館の少女を見比べて微笑む。血を擦り付けて、名前を書く。先刻、絵に署名したように。筆が落ちた。床を転がるのを見つつ、言い直す。

「もう、絵は描かなくて済む、ね」

白髪の少女は頷き、そして尋ねる。

「ところで、貴女、高所恐怖症ではない、よね?」

「違うけど」

「それは何より」

白髪の少女は窓を開けて、無造作に人形を投げた。風が吹き荒れている。あの日のように。私は悲鳴をあげていた。

飛んでいくのは人形のはず、だったのに。私が風に捕らえられた。何故、と叫んだつもりが声にならなかった。窓から白髪の少女と並んでこちらを見ている私自身がいた。幽体離脱ってこんな感じだろうか。

高く、高く、高く。風に飛ばされ、風に乱暴に貪られる。ぐちゃぐちゃと咀嚼され、混沌の中にとりこまれていく。肉体を地上に置いてきて良かった、と心から思う。多少老けるにしても、人間の形は保てるに違いない。


危険な言葉で満ちた本を、読むべくして読んでしまったあなたへ。見えるはずのないものや聞こえるはずのないものにすでに遭遇しているだろうあなたへ。伝えるべき言葉だけを抱えて、抜け殻の私が舞いあがる。

あなたはどんな人なんだろう。音楽を奏でる人なのかもしれないし、私のように絵を描く人かもしれない。あなたがダンサーで、混沌を肉体の動きで表現してくれたら素敵だし、彫刻などの立体物やオブジェなんかも見てみたい。私が今、伝えられる言葉はひとつだけで、どんな伝え方をしても、きっとあなたには絶望しか与えられないと思うけど。

降下していく中で、せめて微笑んで告げよう、と思う。この一年ほど笑っていなかった。ずいぶん久しぶりに笑うことになる。

混沌の扉を開いたあなたのもとに過(あやま)たず、落ちる。

You are next.

HISTORY

解説

斎宮歴史博物館学芸員　日本古代史研究者（東アジア恠異学会会員）榎村寛之

I am next.

と言いたい所だが、風の神は華甲を迎えたおじさんなど生贄には望むまいから、残念ながら玩具館にはたどり着けそうにない。しかしこの玩具館は、『玩具館奇譚』（注）の「三隣亡」ではないような。私たちは石神茉莉という混沌の別の扉を開いたらしい。

それにしても石神茉莉の言葉には独特の揺蕩（たゆた）い感がある。日本語なのにどこか日本語ではない。抱きしめようとしてもするりと、人魚のようにするりと抜けてしまう。しかしそこに滑りはない。あるのはどこかもの寂しい乾き。

その言葉が導く世界では夔（キ）の神や件がマルディグラと同居する、件は皮を剥がれて太鼓となりその音は天界に響き渡ると江戸時代の人は書き残したが、石神茉莉の人魚は声を奪われ、それでも世界を揺り動かす。世界はそれぞれの物語の中で終わろうとしているが、オシラサマの伝説から生まれた娘はお馬の皮にくるまり、終わった世界で新しい宇宙を産もうとしている。

しかしその物語の行間からは言霊がつたわってこない。深く深く染み入ってくるのは紡がれた不協和音。底流の旋律を奏でるのはフルートか提琴か。KOTODAMAなどという言葉で捉えられないものがその隙間から覗いている。それは玩具館のポニーテールの少女の視線、あり得るようでけっしてありえない瞳、閉じられようとしている世界を彷徨うリンや知佳やリナや美那子たちの瞳。

ふと思う、イエズス会のパードレたちがローマ法皇に送った日本通信の読後感に似ている、と。そこに綴られているのは、歴史というフィルターを介さない、不器用で見たままの日本のスケッチ。しかしこれらの書簡は「驚異の世界」、まさにヴンダーカマーの先駆けとなる情報となった。未知の異国で接した日常は、彼らの現実感との乖離により、現実と非現実の不思議な融合の結果、ジャポニズムという幻想を生み出した。時間という泥濘、常識という手枷から自由な言葉は、なんと不思議で素敵な奇跡を生むのだろう。

幼年期を異国ですごしたという石神茉莉の行間にみっしりと詰まっているのは、言霊などという狭隘で小っぽけなKOTOBAではないらしい。もしかしたらそれは、まだ人間の話す言葉がひとつしかなく、私たちの祖先が未知のものを語り伝え始めた時代、神も仏も魔も霊も、もちろん妖怪も怪物も未分化で、世界が一つの「混沌」だった時代に始まる感覚なのかもしれない。

イシガミ・マリノギョウカンハ、ゔんだーかまーナノカモシレナイ。

追伸

このヴンダーカマーから、『三隣亡』のヒロイン美珠の視線を再び見つけられたら幸せなんだろうな。

（注：『玩具館奇譚』は、講談社ノベルスから刊行された石神茉莉の長編幻想ミステリのシリーズタイトル）

各話解説

深泰勉

各話解説に先立って、本短編集の作者・石神茉莉について少し紹介しておきます。石神茉莉は、両親が海外赴任していたブラジルのリオデジャネイロで生まれ、幼児期をブラジル、アメリカで過ごし5歳で帰国。就学後は東京で過ごし、日本大学芸術学部で文芸を専攻。一九九九年十月『季刊 幻想文学第56号 特集：くだん、ミノタウロス、牛妖伝説』に掲載された短編「Me & My Cow」でデビュー。井上雅彦氏監修の怪奇幻想アンソロジーの『異形コレクション』等で多くの短編を発表した後、二〇〇八年に講談社ノベルスから長編幻想ミステリ『玩具館奇譚シリーズ』二冊と短編集『音迷宮』を上梓。最近は、幻想文学・ホラー専門誌『ナイトランド・クォータリー』や、人形作家林美登利との共作となる人形作品集、『小説すばる』等に幻想短編を発表し続けています。

石神茉莉の作風は、端正で穏やかな文体を使って怪異や怪奇の領域にあるものを不思議の国の論理では語るような形で、POPでありつつどこか世界と軋轢を持つ人物が出会う幻想譚を得意としています。ある意味マジックリアリズム的な感性をエンタテインメント作品に書き換えたような面があるようです。一般に怪奇譚といえば現実にはありえない怪奇や幻想が現実に牙をむく物語を枠にしてカタルシスや絶望を生み出すものですが、石神茉莉は意識してその形式をとりません。怪異を「あるもの」として受け入れる人たちを描いた物語とでも言えばいいでしょうか、怪異に出会っても、恐怖にかられて拒否したり否定したり、怪異を滅ぼしたりするのではなく、受け入れていくことで世界の見え方が変わっていくという物語が石神作品の一つの特徴といえます。

それが顕著に現れているのは、『人魚と提琴』『謝肉祭の王』の長編幻想ミステリの玩具館奇譚シリーズです。明らかに怪異がおこったはずなのに、それを払い落とすことも退治することもせず、といって怪異を守るでもなく、その怪異があったのか無かったのか、登場人物の記憶や物理的な証拠さえはぐらかせ、どっちでもいいじゃないと怪異自体をモノとして陳列棚に収めてしまうことで、のほほんと混沌の中に戻してしまいます。そう、まさに怪異を蒐集・陳列する館として存在するのがこのシリーズのマジック・トイショップ玩具館・三隣亡でした。ミステリでは、『虚無への供物』に代表されるミステリの基本構造をぐらつかせるような作品を称してアンチミステリと分類することがありますが、玩具館奇譚は既出のアンチミステリとも違い、幻想的な事件を玩具館に収蔵することで、ある意味棚に上げてしまうのです。そして、確かに怪異な事件が起きたはずなのに、世は事もない状態に戻るという不思議なミステリとして小説を成立させているのです。

その傾向は、短編小説にも見られます。作品の中で怪異や幻想的な事件を認識した人たちは、物語の中で幻想そのものを受け入れていき、記憶も認識も現実生活の悩みも別の形に変容していきます。その結果、登場人物たちは現し世に戻ることもあれば、戻らないこともあります。人の記憶だっていいかげんなのだから、どちらでもいいじゃない、とでもいうように軽々と、時に破滅を、時に異形への変容を、ある意味救いとして生み出してしまうのです。純粋な恐怖譚ももちろんありますが、切れ味よく意味や価値を変換する技量にこそ、石神茉莉の特質があるのではないかと思えます。

本書は、石神茉莉が描く怪異譚をただ配置したのではなく、ヴンダーカンマーに陳列された驚異の品々が時に目眩を生み出すように、また作品群が螺旋を描いて連なる迷宮のように感じられるようにイメージして構成されています。それは異形の鉱石や音楽、さらには邪神の遺物さえ棚に陳列してしまう玩具館にもつながっています。

この各話解説もそのコンセプトに合わせて、各作品で使われた怪異の元を紐解く糸口になるようなお話を紹介する形で作成しています。作品ではモチーフにした怪異を元とはまるで違うコンセプトに変換していたり、物語のテイストやテーマが本来の怪異とまるで違う位相に移されている作品も少なくありません。そこで描写された幻想を理屈っぽく説明しても野暮というものです。ここでの解説が物語の周辺や背景をより味わい深く知るためのリファレンスになればと思います。

「海聾」（初出：光文社文庫『異形コレクション18　幽霊船』　光文社刊　二〇〇一年二月二〇日発行）

短編集最初の物語は、石神茉莉にとって初の人魚モチーフを使った短編です。ここで描かれる人魚はアンデルセンの『人魚姫』に登場するような儚く健気な美女としての人魚ではありません。ギリシャの船人を惑わせる歌で知られる海妖セイレーンや、ライン川の船人に怖れられたローレライ岩の少女のような、船人を破滅に導く「モノ」であり、その外見は日本では高野道の西光寺学文路苅萱堂など各地に保管されている人魚のミイラをイメージさせるような生物的で嫌悪も感じさせる海の怪として描かれます。

日本の人魚伝説には、近江八幡の観音正寺に伝わる聖徳太子と人魚の伝説や、竜宮で人魚の肉を食べて八百歳の寿命を得た若狭の八百比丘尼など様々な伝承がありますす。人魚の肉は不老不死の霊薬のアイコンですが、八百比丘尼伝説が広まった室町時代に人魚がどういう生き物として認識されていたのかといえば、人の頭が（時には手も）ついた魚だったようです。しかし江戸期に日本で作られた人魚のミイラは既に西洋的な半人半魚の体裁でヨーロッパにも輸出されており、今ひとつそのイメージソースが確定しにくい存在です。

一方、地中海のセイレーンは元々、ギリシャ神話に登場する半人半鳥の四姉妹の美女でしたが、後年人魚と習合していき、十九世紀にはラファエル前派などの絵画でファム・ファタル的な美女として描かれることで美しき人魚のイメージが確立しました。その歌声は船人を惑わせ船を難破させますが、それは岩礁などの海の難所＝船を破滅に導くもののメタファであり、ローレライの少女も同様の意味で人魚のイメージの元になっています。

現代の日本では、人魚は和洋折衷しながら誰でも知っている海の怪になっています。でもその出自をたどると実体が曖昧になっていくところは、石神茉莉の描く物語と通底しているようです。

本作はそのメタファの一つ、人魚の歌が主人公が子供の頃に日本からブラジルへ向かった時の母との船旅の記憶につながり、次第に幻想の領域で出会ったモノが浮かびだす物語です。個人的な経験に基づいた物語のように見えますが、作者は船旅の経験は無いそうです。

「**夢の子供**」（初出：『林美登利人形作品集　Dream Child（TH ART Series）』　アトリエサード刊　二〇一四年三月二八日発行）

本書の表紙の人形を見てとても魅力的だと思われた方も多いかと思います。人形作家・林美登利と写真家の田中流、石神茉莉の三人が出会って、一冊の作品集『林美登利人形作品集　Dream Child』を生み出したのは二〇一四年でした。その時に書き下ろされた本作は、林美登利が制作したフラスコの中に微睡（まどろ）むホムンクルスのドールからインスピレーションを受けて書かれました。しかし小説では、フラスコの中で生きる人造生命ホムンクルスの物語にはなりませんでした。石神茉莉が選択したのは、同じホムンクルスと呼ばれるものでありがなら、人から生まれたホムンクルスの物語でした。

ホムンクルスという言葉で思い浮かべるのは、一般には中世の錬金術師パラケルススの伝承にあるように、蒸留器のフラスコの中で造り出し、誕生の瞬間から森羅万象のすべてを知る精霊を宿した存在でしょう。しかし現代魔術ではそれとは異なる別の形を生み出していたのです。新たなホムンクルスを創造したのは、二十世紀最大の魔術師にして、性魔術の実験を含め様々なスキャンダルで悪名も高いアレイスター・クロウリー。彼が神秘主義小説『ムーンチャイルド』で提示した「現代魔術が生み出すホムンクルス像」は、フラスコを女性の子宮の比喩として読み替え、セフィロトの追儺で精錬した精霊を胎児に降ろし、星辰に合わせて魔術的に作り出す、人の子宮で受肉した精霊でした。

石神茉莉はクロウリー的ホムンクルスを元にしながらもちろんそのままには使わず、宇宙の知識の認識者、いわば情報ネットワークの検索処理システムとしてのホムンクルスと、その知識を現実に翻訳するインターフェイス＝審神者的なホムンクルスの二つの存在に分離しています。本来なら審神者の立場となって宇宙の知識を使うのは魔術師の役割なのですが、石神茉莉の創るホムンクルスは、自身が意思を持ち世界と向き合うことになるのです。

「I see nobody on the road」（初出：光文社文庫『異形コレクション31　妖女』　光文社刊　二〇〇四年十二月二十日発行）

　このタイトルが、ルイス・キャロルの『鏡の国のアリス』第七章：ライオンとユニコーンの一節〝I see nobody on the road, said Alice〟からとられたものなのは扉でも説明されている通りです。でも、ここで描かれる「人を隠すモノ」については、もう少し説明が必要でしょう。それはコトとモノの関係性が物語の基盤の一つにあるからです。

　いわゆる妖怪のモノコト論については、東アジア恠異学会の『怪異学の地平』『怪異学の可能性』等で分析・解説されています。

　この短編に出てくる怪異を例に大雑把に説明すれば、「しゃり、しゃり、しゃり」という怪しい音が聞こえるという現象の事を指して「コト」と呼び、それに名前をつけてキャラクター化したものを「モノ」と呼びます。音を立てる現象をモノ化した代表例としては、日本のあちこちに井戸や川辺で小豆を洗うような音をたてる「小豆あらい」「小豆とぎ」と名付けられたお化けがあります。正体が狐だったりムジナだったり幽霊だったり地方によって様々ですが、共通点は小豆をとぐような音が聞こえて怖いという怪異現象「コト」を説明するために、記号化された名前をつける＝「モノ」化して定着させたという関係性を持ちます。

　水辺からしゃりしゃりという音が聞こえれば、日本的にいえばそれは「小豆とぎ」というモノだとなんとなく理解できます。だから本作はイギリスを舞台にした邪悪な妖精物語でありつつ、「小豆とぎ」の物語ともいえるのです。

　本作ではさらに物語的な飛翔として、モノコト論を踏まえながらもそこから離れて、音の怪が本当に存在するなら伝承の中ではどうして音だけで語られるのか、その答えを求めた物語になっています。そこにいるのが妖精なのか小豆とぎなのかといえば、その向こうにいる邪悪なナニモノか、としか言えなくなります。Nobodyを見る事は必ずしも羨（うらや）ましがられるものではないのです。

「**月夜の輪舞**」（初出：光文社文庫『異形コレクション29 黒い遊園地』　光文社刊　二〇〇四年四月二十日発行）

幻想・ホラー小説では、レイ・ブラッドベリの『何かが道をやってくる』を筆頭に、移動カーニバルを扱った名作が多数思い浮かびます。チャールズ・G・フィニーの『ラーオ博士のサーカス』やトム・リーミィの『沈黙の声』、シオドア・スタージョンの『夢見る宝石』など、挙げていくときりがありません。そこには必ず、ネオン管やアセチレンランプに彩られた夢の遊具と作り物の怪物の裏側に本物の怪異が潜んでいます。

本作で描かれるのは連れて行ってもらえなかった夜のカーニバル。そこは子供にとって一夜の夢の国であり、人が隠した闇も垣間見せてくれる一夜の現(うつつ)でもあります。

試しに好きなカーニバル小説が何か作者に伺ってみたところ、映画のノヴェライズだけれどディーン・R・クーンツの『ファンハウス』が傑作だったという回答。ホラー映画ファンでも、一部で高評価を受けている作品です。でも映画本編は未だに見る機会がないのだとか。

「**人魚と提琴**」（初出：カッパ・ノベルス『異形コレクション・綺賓館　人魚の血』　光文社刊　二〇〇一年八月二十五日発行）

本作は、扉にもある通り、石神茉莉の初長編『人魚と提琴　玩具館綺譚』※のベースとなった小説です。失われた人魚の歌を奏でるヴァイオリン曲を題材にした幻想音楽が物語の主軸となります。

このテーマにヴァイオリンが選ばれた理由は、初期のヴァイオリンが人の声を模して作られたという伝承があるからです。だからこそ、失われた人魚の声を模して異界の「歌を」奏でられる、ということです。

人魚に直接触れその歌を摸した叔父と、その叔父に音を伝えられた私、その二人の物語が混ざり合って夢の底に穴が空いて世界は闇に落ちていきます。

本作を長編化した『人魚と提琴　玩具館綺譚』では、この短編集にも登場する玩具館三隣亡の面々を一種の探偵役として飄々とこの怪異と対峙させ、人魚の歌にもさらにひとひねりを加えた新たな物語が語られます。

※『人魚と提琴　玩具館綺譚』は、講談社から電子書籍版が発売中。

「FROGGY」(初出:光文社文庫『異形コレクション21 マスカレード』光文社刊 二〇〇一年一月二十日発行)

本作では、掲載されたアンソロジーのテーマであるマスカレードをハロウィンの仮装に置き換えて、架空の殺人鬼フロッギーの噂話=都市伝説としてのブギーマンを描いています。

アメリカの民俗学者ジャン・ハロルド・ブルンヴァンが始めた都市民俗学は、町の噂話=都市伝説を民話と同様に扱って現代の民俗を分析する手法です。都市伝説自体はホラー映画や実話怪談のインスパイア元としてお馴染みで、特に映画への影響に関する研究書も何冊も出版されています。日本でも映画版『リング』に始まるJホラーの足場を固めたのが、『現代百物語　新耳袋』を筆頭にした実話怪談集ですし、今口伝えで広がっている噂話が一番怖いというのは当たり前かもしれませんが、怖い話を作る上では重要な要素です。

そんな怪談の常套手段とも言える都市伝説をモチーフにしつつも、読み進めていくとこの物語が「不思議の国のアリス」もモチーフにしており、アリス的な言葉遊びの中に呪いの言葉を組み込む形にしていることがわかります。こういった要素を組み込むことが石神流ホラーのスタイルなのかもしれません。

アリスでカエル顔といえばクローケーの招待状を持ってくる蛙の従僕が思い出されます。だとするとフロッギーは、蛙の従僕が呪い言葉という死の招待状を回収する役回りに読み替えられているのかもしれません。チェシャ猫と呼ばれる私が、姪のアリスに翻弄される役割になることも、元々の不思議の国での役割から組み換えられています。役割がずれてしまうことが世界の違和感を生み出しているのです。

ところで、ホラー映画『ハロウィン』や『エルム街の悪夢』で描かれるブギーマン的な殺人鬼は、元々アメリカ各地に広がる都市伝説を下敷きにして生み出された怪物たちです。本作にそういった映画の影響があるのかを作者に伺ったところ、その手の映画はあまり見ないとのこと。でも、アリスをモチーフに使ったファニーな殺人一家の映画『マーダー・ライドショウ』はお好きだそうで、作者にとってアリスの物語は特別な存在のようです。

「**Left Alone**」（初出：同人誌『夔神巡礼記　きのかみじゅんれいき』二〇〇四年十月十日発行）

執筆経緯等は、本作の扉で作者本人が書かれておりますので、ここでは夔（き）について少し補足しておきます。

この神獣は日本のものではなく、『山海経』第十四「大荒東経」に出てくる神獣として知られています。

どのような存在だったのか、『山海経』の夔に関するくだりを見てみると

> 東海の中に流波山あり、海につきでること七千里、頂上に獣がいる、状は牛の如く、身（からだ）は蒼（あお）くて角がなく、足は一つ。これが水に出入するときは必ず風雨をともない、その光は日月の如く、その声は雷（いかずち）のよう。その名は夔（き）。黄帝はこれをとらえてその皮で太鼓をつくり、雷獣の骨でたたいた。するとその声（ひびき）は、五百里のかなたまで聞こえて、天下を驚かせたという。（『山海経』高島三良訳　平凡社ライブラリー　一九九四年一月十四日発行　より引用）

とあります。つまりは東海中の流波山頂にいる一本足の獣です。古代中国伝説の三皇五帝時代の最初の帝、蚩尤討伐で名高い黄帝に狩られて、太鼓の皮にされたということになるでしょうか。他にも中国古典の歴史書を紐解けば、一本足の龍だの猿神だの人の名前だの様々な記述が現れますが、山梨岡神社に祀（まつ）られているのは、『山海経』の夔そのもののようです。

そんな神獣が日本の神社に祀られている事自体がありえない珍事ですが、江戸時代前期に儒学者の荻生徂徠が『峡中紀行』で山梨岡神社の木彫りの像を夔と記録したことで信仰の対象物となって今に至っているとのことで、今では雷除けの御札にもなっています。想像するに、荻生徂徠先生がこんなこと言わなきゃ神様にならなかったものでしょうし、壊れた狛犬だという説さえ江戸時代にはありました。そこにいるのは、存在の根拠さえ曖昧なまま定着した異界の神様なのかもしれません。

作品では実際の旅行記の体裁もとりつつ、やはり現実と異界の境界認識があやしくなる物語として構成されています。存在自体が不可思議な日本生まれの夔の神のあり方をそのまま物語に組み込んだかのように。

「夢の入れ子」（初出：光文社文庫『異形コレクション24 酒の夜語り』 光文社刊 二〇〇二年十月二十日発行）

　お酒の飲めない作者が酒をテーマにしたアンソロジーに持ち込んだ物語は、扉の解説にもあるようにぬっぺっぽうの物語です。困ったことにこのお化け、江戸時代の絵師・鳥山石燕が『画図百鬼夜行』に描いた「人の顔がついた歩く肉塊」のイメージが強烈なのに、その正体が何者なのかさっぱりわからない代物です。江戸時代後期に喜多村信節が風俗雑事を項目別一覧にした書物『嬉遊笑覧』三「化物絵」の項には「ぬつへらほう」の名前があることから、のっぺらぼうの音表記の違いかとも思えますが、ぬっぺっぽうの名前で後の書物に顔を出してしまったら、別物として認識せざるをえません。ところが、このお化けの由来となるお話が見当たらないので解釈のしようがないのです。現代でもよく知られたお化けでありながら、現象としての「コト」がなく、名前とキャラクター＝「モノ」だけで存在するのですから、お化けの中でも特殊なあり方といってもいいかもしれません。

　そんな得体の知れないお化けと美しい鉱物を物語のアイコンにして、アルコール中毒の父を見る幼い娘の物語は、ウィスキーの香りが作る綻（ほころ）びから死の世界を覗く、一種の夢の国のお話になっています。死にかかわる悪夢を、死臭の漂う腐肉のお化けの形に仮託した物語なのかもしれません。

　また石神茉莉の小説では珍しく、その時には既に亡くなったはずの父が来訪していたという日常的な現代怪談の要素が入ることもこの物語の特徴ですが、それは彼女にぬっぺっぽうの物語を求めた方のために選んだ形だったのかもしれません。

　その方は私の知人でもありました。そういえば、あの方が好きだったウィスキーはなんだったろう。今はもう思い出せなくなってしまいました。

「**蛹化**」（初出：（初出：『林美登利 人形作品集 Dream Child（TH ART Series）』 アトリエサード刊 二〇一四年三月二八日発行）

この小説は、林美登利と石神茉莉の二人が人形と小説というお互いのクリエイションでキャッチボールをした中で生まれた作品です。作品集のためにどんなコラボレーションができるか、試行錯誤をする中で生まれたのが、一体の蚕蛾姫という名の人形と、蚕蛾姫のバックボーンとなる世界を描いたこの物語でした。

モチーフの中心となる蚕は人が絹糸をとるために交配という名の遺伝子操作を続けて作り出した家畜で、人が飼ってくれないと生きられないとても弱い昆虫ですが、ここで描かれる蚕は東北一円で家の守り神、養蚕の神様とされたオシラ様の伝説がベースになります。

柳田国男の『遠野物語』にはオシラ様の縁起譚が記録されています。それは美しい娘が飼っている馬を愛し夫婦になりますが、それを憎んだ父が馬を殺し桑の木に吊るすと、嘆き悲しんだ娘は馬の首に乗って（もしくは馬の毛皮に包まれて）天に登り去るという異類婚の物語です。また後に娘が夢枕で父に馬の顔に似た虫を伝えたのが養蚕の起源とされます。陰陽道か修験的な縁起譚で、馬と娘が蚕に変ずる「蚕馬」という中国の伝承とも通じています。また猫はネズミから蚕を守る養蚕の守り神ですから、この物語は少女の周囲に蚕と蚕を守る神様たちを配置して、オシラ様の縁起譚を残酷な現実から繭を介して別世界に移る形に再構成していることがわかります。

でもそんな解釈よりも、最後の一行を噛み締めて読み終えて欲しい物語です。そこには別世界の福音があるのですから。そしてこの物語が気に入ったら、『林美登利人形作品集 Dream Child』も是非ご覧ください。

「Play of Color」（初出：『ナイトランド Vol5 特集サイバーパンク／SFホラー』 トライデント・ハウス刊 二〇一三年三月二十日発行）

石神茉莉にとって二作目となるクトゥルー神話モチーフの作品です。

残されたオパールの指輪を手がかりに、失踪した妻の手がかりを探す男が、鑑定に訪れた玩具館で知ることになるのは、妻の秘密ではなく自らの一族の秘密。この物語も自分自身の本当の姿を知ってしまう恐怖譚です。クトゥルー神話をご存知の方なら、物語の構造上は『ダンウィッチの怪』的な神の子を巡る物語であり、半人半蛇の姿をした全ての蛇の父イグの係累が関係した怪異であり、最後に自分の出自を知ることになるのは『インスマウスを覆う影』的なことに気づくでしょう。また物語のタイトル「Play of Color」とはオパールの表面が七色に光る遊色効果のことですが、その色は『異次元の色彩（The Colour Out of Space)』も連想させます。

主要なラブクラフト作品の要素を換骨奪胎しながら、七色に光るオパールの煌きを怪異に変える物語なのです。

「夢オチ禁止」（初出：『音迷宮』 講談社刊 二〇一〇年七月二十八日発行）

本作は、扉の解説にも書かれていますが、処女短編集『音迷宮』を出版する際に、これまでに扱ったことのない怪異として、一九二〇年代に活躍した怪奇小説家ハワード・フィリップス・ラヴクラフトが創造したクトゥルー神話の邪神をモチーフに選んだ最初の作品です。

といってもクトゥルー神話設定をそのまま取り込んだわけではなく、ラヴクラフトの作品からコアになるイメージを解体し再構成する手法はこれまでの作品同様ですので、特にクトゥルー神話をご存じなくても大丈夫です。

本作で使われたモチーフは、世界の創造主であり盲目にして白痴の神アザトースのようですが、フルートの音色の下で眠り続ける描写などからも判るとおり、ラヴクラフトが『未知なるカダスを夢に求めて』に描いた「夢の国（ドリームランド）」の描写を意識していることは間違いなさそうです。アリスの不思議の国もラヴクラフトの夢の国も、石神茉莉の視線では地下の穴を通じてつながっているのかもしれません。

「迷界図」（初出：『異形コレクション32　魔地図』光文社刊　二〇〇五年四月二十日発行）

本作が掲載されたアンソロジーのテーマは地図ですが、ただの地図ではなく、地獄への案内図を巡る呪いの物語です。人を呪うというのは、気持ちのいいものではありませんが、それでも呪いたいと思ってしまう時もありますよね。そんな呪いの絵を探す人の物語です。

お正月に枕の下にひく宝船絵など、吉祥を呼び込むためのおまじないとしての「宝船絵」をご存知の方も多いと思います。好きな人の夢を見るためにその人の写真を置いたりもします。でもおまじないって、漢字で書くと御呪いなのですよね。宝船絵を地獄絵に書き換えてみる、そんな呪具も玩具館三隣亡の取扱商品の一つなのです。

日本に限らず、台湾やタイなどの仏教国にも地獄を描いた絵があります。それどころか、地獄のジオラマを実際にお寺の中につくってしまった通称地獄寺と呼ばれるお寺も沢山あります。それは人の道から外れないように戒めとして作られるという意図で作られたものです。ダンテの『神曲』地獄篇につけられたギュスターヴ・ドレの挿絵も一種の地獄絵と考えると、世界中に地獄の絵はあるのでしょう。偶像崇拝を禁じたイスラム圏では地獄絵はないかもしれませんが、それでもコーランにあらわれた「地獄の七つの門」をはじめ、説教のための統一された地獄（ジャハンナム）のイメージが中世には確立していたようです。

そんな地獄絵を宝船絵よろしく呪いに使う発想は、その絵が子供の落書きのような絵であっても恐ろしいものです。特に子供が感じた恐怖や不安は、しばしば未整理な故に生理的に怖いモノを写しだしてしまうものです。以前、イスラム文化圏ながら戦争下で過ごしたアフガニスタンの子どもたちが書いたお化けの絵の展示会を見たことがありますが、その生のまま描かれた怖さの力強さは想像で真似できるものではありませんでした。

本作はそんな地獄のイメージを刻み込んだ「子どもの思い描く地獄に続く地図」を探求する物語なのです。

「驚異の部屋」（初出：『ナイトランド・クォータリー創刊準備号　幻獣』　アトリエサード刊　二〇一四年十二月十一日発行）

　ナイトランド・クォータリー編集部からの執筆依頼の際にリクエストされたテーマが驚異の部屋ヴンダーカンマーでしたが、このテーマは当初漠然としすぎて、どういった物語を作るかで悩んだことを作者から伺いました。編集長と何度かやりとりして出来上がった物語は、ランドルフ・カーターの銀色の鍵を異界へつながるヴンダーカンマーの部屋の鍵に配して、少し世界が傾いたダーク・メルヒェンになりました。

　父から相続した洋館を訪れた私が、管理者の少女に案内された地下室で見せられるのは境界線にいるものたち。人の顔を持つ予言獣の件（くだん）と人魚のミイラ、マンドラゴラにゴーレムの残骸等々、何かと何かの間にあるものでした。そこは、最下層に眠る混沌の神さえもヴンダーカンマーの展示物の一つのように物語に組み込んで、石神茉莉が書き続けてきた怪しいモノたちの収蔵庫の様相を呈します。

　この物語の一番の趣向は、これまでの作品でしばしば怪しい遺物の収蔵先として登場したはずの玩具館が出ないことですが、その代りに登場する驚異の部屋たる地下室はまさに玩具館の在り方を説明するような存在で、その驚異の部屋を相続する主人公と案内者の少女もどこか玩具館オーナーと重なるように描写しています。

　そしてこの新たな収蔵庫の陳列棚に新たに飾られる邪神の遺物がなにかといえば、地下に眠る混沌とつながる神性、夢に微睡（まどろ）むアザトースの使いでもあるニャルラトホテプに擬（なぞら）えた無貌の顔の人形。この人形はこの驚異の館のオーナーとなる私の存在が何者になるのか、その意味も指し示します。それはいささか傾いた悪夢の管理者といってもいいのでしょう。

　それらは石神茉莉が紡ぎあげる幻想物語のちょっとした舞台裏なのかもしれません。

「You are next」（書き下ろし）

最後の物語は、この短編集のための書き下ろしです。久しぶりの玩具館と邪神の物語は、希望の無い人生の終わりの物語ですが、絶望しかないはずなのにどこかあっけらかんとしています。

今回のモチーフは作者が扉で明かしている通り、ロバート・W・チェイムバースの『黄衣の王』。神話に詳しい方なら風の神ハスターの物語なのはご存知かと思いますが、ラブクラフト作品以外のクトゥルーの邪神をモチーフにした最初の作品となります。玩具館の住人たちは、ハスターを止めるなんて無茶はしません。手を出すのはただ、ちょっとだけマシな選択肢を生贄に提示することだけ。その生贄となるものに投げかけられる問いにはちょっとした悪意が込められています。表現を生きがいにする人に、自分の命と自分の才能、どちらかを今失くすとしたら、あなたはどちらを選びますか？　と……。

閉塞感の強くなってしまった今を、表現者はどう生きるべきなのかという問いなのかもしれません。

林美登利《蚕蛾姫》（写真：田中流）
＝林美登利人形作品集『Dream Child』より

石神茉莉　小説一覧（発表順）※は、本短編集掲載作

Me & My Cow　季刊 幻想文学第56号 特集：くだん、ミノタウロス、牛妖伝説　アトリエOCTA（一九九九年十月三十一日）
龍宮の匣　異形コレクション16 帰還（光文社文庫　二〇〇〇年九月二十日）
※**海聲**　異形コレクション18 幽霊船（光文社文庫　二〇〇一年二月二十日）
※**人魚と提琴**　異形コレクション・綺賓館　人魚の血（カッパ・ノベルス　光文社　二〇〇一年八月二十五日）
※**Froggy**　異形コレクション21 マスカレード（光文社文庫　二〇〇二年一月二十日）
夜一夜　異形コレクション22 恐怖症（光文社文庫　二〇〇二年五月二十日）
川の童　怪　vol.0013　角川書店　二〇〇二年八月一日）
眼居（まなこゐ）　異形コレクション23 キネマ・キネマ（光文社文庫　二〇〇二年九月二十日）
※**夢の入れ子**　異形コレクション24 酒の夜語り（光文社文庫　二〇〇二年十二月二十日）
鏡を越えて　異形コレクション25 獣人（光文社文庫　二〇〇三年三月二十日）
アイネ・クライネ・ナハトムジーク　異形コレクション26 夏のグランドホテル（光文社文庫　二〇〇三年六月二十日）
海藍蛇　異形コレクション27 教室（光文社文庫　二〇〇三年九月二十日）
鳥の女　異形コレクション28 アジアン怪綺（ゴシック）（光文社文庫　二〇〇三年十二月二十日）
※**月夜の輪舞**　異形コレクション29 黒い遊園地（光文社文庫　二〇〇四年四月二十日）
※**Left Alone**　同人誌「夔神巡礼記（きのかみじゅんれいき）」（二〇〇四年十月十日）

※ **I see nobody on the road**　異形コレクション31　妖女（光文社文庫　二〇〇四年十二月二十日）

※ **迷界図**　異形コレクション32　魔地図（まちず）（光文社文庫　二〇〇五年四月二十日）

音迷宮　稲生モノノケ大全　陽の巻（毎日新聞社二〇〇五年五月三十日）

Rusty nail　異形コレクション39　ひとにぎりの異形（光文社文庫　二〇〇七年七月二十日）

人魚と提琴　**玩具館綺譚**　講談社ノベルス（二〇〇八年二月八日）

雨の夜、迷い子がひとり　異形コレクション40　未来妖怪（光文社文庫　二〇〇八年七月二十日）

謝肉祭の王　**玩具館綺譚**　講談社ノベルス（二〇〇九年八月十九日）

※ **夢オチ禁止**『音迷宮』書き下ろし（講談社　二〇一〇年七月二十八日）

前奏曲　異形コレクション48　物語のルミナリエ（光文社文庫　二〇一一年十二月二十日）

Dead or Alive　小説すばる　第二十七巻　第四号　二〇一三年四月号（集英社　二〇一三年三月十七日）

Ashes to asuhes, dust to dust　清水真理（人形）×石神茉莉（小説）『Ashes to ashes, dust to dust』（展覧会「吸血鬼幻想」のためのミニパンフレット　二〇一四年四月一日）

※ **Play of Color**　ナイトランドVol5　特集サイバーパンク／SFホラー（発行・トライデント・ハウス、発売・書苑新社　二〇一三年三月二十日）

※ **蛹化**　林美登利　人形作品集 Dream Child（TH ART Series）（発行・アトリエサード、発売・書苑新社　二〇一四年三月二十八日）

リデル　林美登利　人形作品集 Dream Child（TH ART Series）（発行・アトリエサード、発売・書苑新社　二〇一四年三月二十八日）

※夢の子供　林美登利 人形作品集 Dream Child（TH ART Series）
（発行・アトリエサード、発売・書苑新社　二〇一四年三月二十八日）

※驚異の部屋　ナイトランド・クォータリー新創刊準備号 幻獣（二〇一四年十二月十一日）

In the gathering dusk　ナイトランド・クォータリー vol.01 吸血鬼変奏曲（二〇一五年五月十九日）

Wish me luck!　小説すばる　第三十一巻　第一号　二〇一七年一月号（集英社　二〇一六年十二月十七日）

夢でしか逢えない　小説すばる　第三十一巻　第七号　二〇一七年七月号（集英社　二〇一七年六月十七日）

The Nightcomers　林美登利 人形作品集 Night Comers ～夜の子供たち（TH ART SERIES）
（発行・アトリエサード、発売・書苑新社　二〇一七年十一月八日）

人魚切　林美登利 人形作品集 Night Comers ～夜の子供たち（TH ART SERIES）
（発行・アトリエサード、発売・書苑新社　二〇一七年十一月八日）

※You are next　書き下ろし（二〇一九年九月二日）

単行本一覧

『人魚と提琴　玩具館綺譚』（講談社ノベルス　二〇〇八年二月八日）

『謝肉祭の王　玩具館綺譚』（講談社ノベルス　二〇〇九年八月十九日）

『音迷宮』（講談社　二〇一〇年七月二十八日）
収録作：「音迷宮」「I see nobody on the road」「眼居」「夜一夜」「鳥の女」「Rusty Nail」「海聲」「川の童」「Me and My Cow」「夢オチ禁止」

『林美登利 人形作品集 Dream Child（TH ART SERIES）**』**（発行・アトリエサード、発売・書苑新社　二〇一四年三月二十八日）
収録作：「リデル」「蛹化」「夢の子供」

『林美登利 人形作品集 Night Comers ～夜の子供たち（TH ART SERIES）**』**（発行・アトリエサード、発売・書苑新社　二〇一七年十一月八日）
収録作：「The Nightcomers」「人魚切」

石神茉莉（いしがみまり）

幻想小説・ミステリ作家。ブラジルのリオデジャネイロ生まれ。1999年、「Me and My Cow」にて作家デビュー（「季刊幻想文学」56号）。その後、光文社文庫の「異形コレクション」シリーズ等に数多くの短編作品を発表する。

主な著作に《玩具館綺譚》シリーズの長編『人魚と提琴』『謝肉祭の王』（講談社ノベルス）、短編集『音迷宮』（講談社）、共著に林美登利人形作品集『Dream Child』『Night Comers～夜の子供たち』（アトリエサード）がある。

◎写真＝人形：林美登利、撮影：田中流

TH Literature Series

蒼い琥珀と無限の迷宮

著　者　石神茉莉

発行日　2019年9月2日

編　集　岩田恵
発行人　鈴木孝
発　行　有限会社アトリエサード
東京都豊島区南大塚1-33-1 〒170-0005
TEL.03-6304-1638 FAX.03-3946-3778
http://www.a-third.com/ th@a-third.com
振替口座／00160-8-728019
発　売　株式会社書苑新社
印　刷　モリモト印刷株式会社
定　価　本体2400円＋税
ISBN978-4-88375-365-9 C0093 ¥2400E

Printed in JAPAN

www.a-third.com